Wolfgang Hasenpusch

Frevler – Gauner – Mörder

Kurzkrimis aus Hessen, Deutschland und der Welt

Wolfgang Hasenpusch

Frevler – Gauner – Mörder

Kurzkrimis aus Hessen, Deutschland und der Welt

TRIGA
Der Verlag

Bibliografische Information der Deutschen Nationalbibliothek
Die Deutsche Nationalbibliothek verzeichnet diese Publikation in der Deutschen Nationalbibliografie;
detaillierte bibliografische Daten sind im Internet über http://dnb.d-nb.de abrufbar.

1. Auflage 2017

Herstellung: TRIGA – Der Verlag UG (haftungsbeschränkt), GF: Christina Schmitt
Leipziger Straße 2, 63571 Gelnhausen-Roth
www.triga-der-verlag.de, E-Mail: triga@triga-der-verlag.de

Illustrationen: Wolfgang Hasenpusch

Druck: Druckservice Spengler, 63486 Bruchköbel
Printed in Germany

ISBN 978-3-95828-137-0

Inhalt

Kurzkrimis – ein unterhaltsames, kurzweiliges und geselliges Genre

Abhandlungen und Erzählungen über Räubergeschichten, Gesetzeswidrigkeiten und das Bemühen zu einem doch immer wieder misslingenden »perfekten Verbrechen« faszinierten die Menschen schon immer.

Seit der Ursünde im Paradies, sich fortsetzend in der zweiten Menschheits-Generation mit Kain und Abel, interessieren die Fragen nach den Ursachen, Beweggründen, der Schuld sowie der Sühne.

Anlässe für Kriminalgeschichten ergeben sich nicht selten aus tatsächlich geschehenen Ereignissen, von denen die Medien mehr oder weniger ausführlich berichten, mitunter aber auch aus der eigenen direkten oder indirekten Erfahrung von Ungerechtigkeiten.

Zwar gilt es als ein ungeschriebenes Gesetz, den oder die Täter, trotz all ihrer Raffinesse, schließlich doch der gerechten Strafe zuzuführen, um der Realität willen sollten aber auch Freveltaten als vorerst ungesühnt formulierbar sein.

Der besondere Reiz der Kurzkrimis liegt in ihrer Einfachheit und Überschaubarkeit. In kürzester Zeit erfahren sie ihre Abrundung und Entlarvung der Täter. Sie geleiten den Leser mit immer wieder neuen Ansätzen zu den verschiedensten Lebenssituationen und Hintergrundmotiven.

Leser von Kurzkrimis haben den Vorteil, nicht langwierigen Abhandlungen und Stimmungsschilderungen folgen zu müssen, sie können schnell und kurz in die kriminellen Welten eintauchen. Das gibt ihnen gegebenenfalls Zeit zum Reflektieren und Vergleichen, oder durch Vorlesen vor einem Zuhörerkreis die Möglichkeit, ein gemeinsames, unterhaltsames Gruseln zu erleben.

Hanau, August 2017
Wolfgang Hasenpusch

Auf ewig vereint

Es war einer der Sonntage, an denen ich zum Naturfreundehaus wanderte. Ich nahm die rund zehn Kilometer lange Strecke durch die Wälder des Spessarts gerne auf mich. Immerhin beflügelte mich die frische Waldluft, die Gelenke konnten zeigen, was in ihnen steckt, und am Ende der Wanderstrecke wartete eine schmackhafte Erbsensuppe, wie sie nur im großen Ansatz gelingen kann.

Da die Wanderstrecke auch Biker, Jogger, Spaziergänger und andere Wanderer frequentieren, trieb mich der Blasendruck ins Gebüsch. Doch was war das?!

Als ich außer Sichtweite vom Wanderweg zwei leblose Menschenkörper entdeckte, schien mir das Blut in den Adern zu gefrieren. »Hier ist ein schrecklicher Unfall geschehen!«, schoss es mir durch den Kopf.

Die erste Person, an die ich gelangen konnte, war weiblicher Natur. Ich legte meine Finger an die Halsschlagader. Sie fühlte sich kalt und leblos an.

Etwa fünf Meter weiter lag ein Mann, angelehnt an einem Baum. Sein Gesicht kam mir aschfahl vor. So vermied ich, ihn anzufassen.

»Hilfe – Hilfe holen! Ja, jetzt müsste ich ein Handy dabeihaben«, dachte ich. Doch ich hatte es nicht mitgenommen. Laut rief ich um Hilfe. Aber es schien mich niemand zu hören.

Ich lief auf den Wanderweg, überlegte, welche Richtung mich sicher zu einer Fernsprecheinrichtung bringen würde. Schon nach wenigen Metern sah ich ein älteres Paar mit Walking-Stöcken den Hauptweg queren. Noch im Laufen rief ich ihnen zu. Meine Stimme kam mir unnatürlich kreischend vor. Aber das Paar blieb erwartungsvoll stehen.

»Haben Sie ein Handy dabei?!«, fragte ich außer Atem schon von Weitem.

»Ja, ich hoffe, es hat noch genug Saft«, entgegnete der Mann.

Ich meldete meine fürchterliche Entdeckung über die Notruf-Nummer 112.

Den Ort sollte ich beschreiben. Hier mitten im Wald!

»Es werden noch etwa zwei Kilometer zum Naturfreundehaus Michelbach sein. – Immer den Hauptweg entlang. Ich gehe Ihnen bis dorthin entgegen«, rief ich in das Handsprechgerät hinein.

»Ich werde die Meldung noch an die örtliche Polizeidienststelle weiterleiten«, waren die letzten Worte, die aus dem Handy zu hören waren.

»Das ist ja schrecklich!« sagte die Frau, nachdem ich das Handy zurückgegeben hatte. »Können wir irgendwie helfen?«

»Ihr Angebot ist löblich«, sagte ich schnell, »doch der Krankenwagen und die Polizei können nur über das Naturfreundehaus zu uns stoßen. Da werde ich auf sie warten. Danke.«

Die beiden waren sichtlich froh, ihr Power-Walking fortsetzen zu können.

Das Sanitätsfahrzeug der Johanniter traf gemeinsam mit dem Streifenwagen am Naturfreundehaus ein. Dort bildete sich schnell eine Gruppe neugieriger Menschen, als das Tatütata immer eindringlicher zu vernehmen war. Beide Fahrzeuge erschienen zudem mit ihren rotierenden Warnlichtern.

Ich ging auf den Streifenwagen zu, stellte mich als Meldender vor und nahm auf dem Rücksitz Platz. Gemeinsam ging es, jetzt ohne Signalgebung, in den Wald. Die Polizei sperrte den Unglücksort weiträumig mit gelb-schwarzem Signalband ab.

»Exitus. Fremdeinwirkung ist nicht auszuschließen«, sagte der Unfallarzt kurz und knapp.

»Könnte es sich um eine Pilzvergiftung handeln?«, fragte einer der Polizeibeamten den Unfallarzt.

Aber der schwenkte seinen Koffer in den Sanitätswagen und sagte: »Unwahrscheinlich, denn das würde gut einen Tag unter großen Schmerzen bedeuten.«

»Oberinspektor Jürgen Herold ist bereits auf dem Weg!«, rief ihm einer der Beamten noch hinterher.

Dann wandte er sich zu mir und sagte: »Sie brauchen wir hier nicht mehr. Vielen Dank für die Meldung. Kommen Sie doch bitte morgen auf unser Revier, damit ich Ihre Beobachtungen protokollieren kann.«

Er reichte mir aus seinem Dienstfahrzeug eine Karte mit der genauen Anschrift seiner Dienststelle.

Erst jetzt machte mich meine Blase wieder darauf aufmerksam, dass sie gefüllt war. Ich holte nach, was ich eigentlich schon vor fast einer Stunde vorgehabt hatte.

Den Rest der Geschichte erfuhr ich einen Monat später, als ich mich wieder einmal auf dem zuständigen Revier erkundigte.

»Es war eiskalter Mord – Doppelmord«, begann Oberinspektor Herold, »bei den Toten handelt sich um Sabine Hergens und Martin Ganther.

Frau Hergens sah mit ihren 48 Jahren noch überaus adrett aus. Ihr sportlich-athletischer Körper bewies, dass sie sich in ihrem Leben nicht hatte gehen lassen, sondern vorbildlich auf ihre Figur achtete.

Aber auch Herr Ganther sah mit seinen 56 Jahren noch sehr attraktiv aus. Ein gepflegter Oberlippenbart verriet auch bei Martin Ganther, dass er sehr auf seine Körperpflege bedacht war.

Während aber Herr Ganther bereits seit zwei Jahren verwitwet war, lebte Sabine Hergens in einer abgekühlten Ehe mit ihrem Mann Dr. Christoph Hergens zusammen. Er arbeitete als leitender Psychiater in der Leonhards-Klinik, einer privaten Anstalt im Odenwald.«

»Ja, die kenne ich. Man liest oft Berichte über die Erfolge, die dort erzielt werden, in den Zeitungen«, fügte ich hinzu.

»Die Pathologie hatte schon sehr bald herausbekommen, dass es sich um einen Giftmord handelt«, fuhr Oberinspektor Herold unbeirrt fort. »Es wurde ein Cocktail mehrerer Giftstoffe, die in Kombination relativ schnell tödlich wirken, nachgewiesen. Der leitende Chemiker nannte mir auch die Namen der einzelnen Gifte, die sie in ihrem Labor analysieren konnten, aber ich habe sie nicht behalten können.

Uns war auch sehr schnell klar, dass nur der gehörnte Ehemann für die Tat in Frage kommen konnte.

Gleich am nächsten Tag suchten wir Dr. Hergens in seinem Krankenhaus auf. Zuerst wollte er uns mit einem späteren Termin abwimmeln. Aber wir bestanden auf einer sofortigen Befragung.

Da servierte uns doch dieser hinterhältige Doktor ein scheinbar astreines Alibi. Er wäre nämlich erst am späten Abend aus München von einer Tagung zurückgekehrt.

Wir mussten unverrichteter Dinge wieder abrücken.

Da kam vom Erkennungsdienst die entscheidenden Meldung, dass man in einer Trinkflasche in der Nähe des Fundortes Spuren von den Giftstoffen gefunden hatte, die auch im Mageninhalt der Opfer zu analysieren waren.«

»Das könnte aber auch auf Suizid hinweisen!«, warf ich ein.

»Natürlich hatten wir derartige Beweggründe bei dem Paar auch von Anfang an mit in Erwägung gezogen«, sagte der Oberinspektor, »aber der Dr. Hergens machte mir nicht den Eindruck eines Mannes, der sich kampflos seine Ehefrau wegnehmen lässt. Schon seine Geschäftigkeit nach dem Tod seiner Frau kam mir suspekt vor.

Jedenfalls ersannen wir einen riskanten Plan, um Hergens zu überführen. Glücklicherweise ging er erfolgreich auf. An die Medien vermeldeten wir in der anberaumten Pressekonferenz die ›Ente‹, dass Martin Ganther zwar ebenfalls schwer unter seinen Vergiftungen zu leiden habe, jedoch vermutlich noch zu den Lebenden zurückgeholt werden könne. Die Ärzte im Luisen-Krankenhaus seien schließlich Spezialisten auf dem Gebiet der Entgiftungen jeglicher Art.«

»War das denn von der Staatsanwaltschaft gedeckt?«, fragte ich schelmisch.

Der Oberinspektor Herold schaute mich entgeistert an. »Das wollen wir jetzt aber doch wohl nicht diskutieren.« Und er fuhr fort:

»Den Dr. Christoph Hergens haben wir sofort beschatten lassen. Schon am nächsten Tag machte er sich auf den Weg zum Luisen-

Krankenhaus. In seiner Leonhards-Klinik hatte er hinterlassen, er müsse einen Kollegen an der Universität aufsuchen. Allein das verbuchten wir bereits als Indiz, auf der richtigen Fährte zu sein.

Tatsächlich bog sein Fahrzeug aber alsbald in die Richtung zum Luisen-Krankenhaus ein. Wir erhielten diese Meldungen rechtzeitig genug für unsere Vorbereitungen.

Kurz nachdem Dr. Hergens die Luisen-Klinik betrat, fragte er an der Rezeption nach dem Zimmer von Martin Ganther. Die Dame dort war von uns instruiert worden, jedoch wirkte sie verräterisch nervös und geriet ins Stottern. Doch Dr. Hergens schien das nicht zu beachten. Schnell schwenkte er in den Gang mit den Toiletten ein. Nach kurzer Zeit verließ er diese Räumlichkeiten wieder in weißer Kleidung, wie sie die Ärzte und auch manche Pfleger in der Klinik tragen.

Er blickte sich im Flur noch einmal um, bevor er rasch das Zimmer 224 betrat.

»Mensch, da liegt ja tatsächlich der Ganther, dieses hinterhältige Schwein!«, hörten wir in unseren Verstecken die Stimme von Dr. Hergens.

Als ich sah, wie Dr. Hergens eine Spritze aus der Tasche holte, schlug ich die Bettdecke beiseite und ergriff seine Hand. Der war derart erschrocken, dass ihn eine regelrechte Körperstarre erfasste. Ein Polizeibeamter kam hinter einer Trennwand hervor. Er hatte keine Mühe, dem Dr. Hergens die Handschellen anzulegen.

Ich selbst hatte mir ein entsprechendes Bärtchen aufgeklebt. Eingehüllt in die Bettdecke sah mein Gesicht dem des Herrn Ganther täuschend ähnlich. Und der clevere Doktor ist ja auch drauf reingefallen.«

Ich atmete tief durch. Bei den letzten Sätzen des Oberinspektors hatte ich wohl die Luft angehalten oder zu flach geatmet.

»Bleibt noch zu berichten, dass die Spritze im Zimmer 224, die für Herrn Hergens bestimmt war, das gleiche Gift-Gemisch enthielt, wie es die Pathologie in den Mägen der Toten fand.«

Ich bedankte mich für diesen spannenden Bericht.

Seitdem wandere ich immer mit einem gemischten Gefühl zwischen Horror, Furcht und Zuversicht auf den weit verzweigten Wegen unseres großen Mischwaldes.

Das Gerippe im Wald

Den Arbeitern der Firma, die neue Lichtleitkabel durch den Wald der Bulau bei Hanau verlegten, fuhr der Schrecken in die Glieder, als sie am Morgen eines kalten Herbsttages, kurz nach Arbeitsbeginn gegen 7.00 Uhr, auf ein Gerippe stießen.

Der Mann in dem Bagger mit der schmalen Schaufel hatte gerade begonnen, den Kabelschacht, den er bereits an den Vortagen ausgehoben hatte, weiterzuführen, als sein Kollege am Spaten schrie:

»Halt mal, Gustav! Du bist auf eine Leiche gestoßen!«

Tatsächlich hatte die Baggerschaufel ein in Tuch gehülltes Gerippe aus dem Erdreich des Waldes gehoben.

Der Mann mit dem Spaten wollte gerade den Bodenfund weiter in Augenschein nehmen, als Baggerfahrer Gustav aus seinem kleinen Gefährt heraussprang und seinem Arbeitskollegen zu verstehen gab:

»Mach da nichts kaputt. Da muss die Polizei ran. Um einen Steinzeit-Menschen oder einen alter Römer wird es sich nicht handeln!«

Ein Streifenwagen bahnte sich schon eine Viertelstunde nachdem die Polizei mittels Handy über den Fund informiert wurde, den Weg durch das Unterholz.

»Das sieht mir sehr nach einer Straftat aus«, schätzte einer der Beamten den Leichenfund ein. »Bei dem Gewebe kann es sich um die Kleidung des Opfers handeln.«

Sein Kollege pflichtete ihm murmelnd bei.

»Wir werden Inspektor Reimers benachrichtigen und vielleicht auch gleich den Erkennungsdienst«, sagte er.

»Vielleicht telefonieren wir erst mit dem Reimers. Der wird schon wissen, wen er einzuschalten hat«, bekam er von seinem Kollegen zur Antwort.

Für Inspektor Herbert Reimers schien dieser Leichenfund ein Glückstreffer zu sein, denn er reagierte gleich übereifrig, als er von dem Gerippe im Wald hörte.

Sicherheitshalber schaute er sich den Fund erst einmal selbst an. Der Bereich war bereits weiträumig mit Signalbanderole abgesteckt. Die Arbeiter hatten ihre Sachen gepackt und machten sich ans Wegfahren. Inspektor Reimers konnte sich gerade noch ein paar Informationen zu dem Leichenfund aus erster Hand holen.

Schon zwei Stunden später rückten vier Personen aus Wiesbaden mit einem Kleinbus an.

Das Team vom Landeskriminalamt legte die Leichenteile sauber frei, nahm Bodenproben von der Umgebung. Die Reste der Kleidung hielten den größten Teil der Skelett-Knochen zusammen. Aber der Kopf und ein Schuh fielen von dem Gerippe ab. Ein Fotograf hielt alle Momente des Freilegens im Bild fest.

Es dauerte über zwei Stunden, bis das Team mit dem Leichnam in einem Plastiksack mit Reißverschluss davonfuhr.

Drei Tage musste Inspektor Herbert Reimers auf die Ergebnisse der Obduktion in der Pathologie, der forensischen Anthropologie, der Laboruntersuchungen sowie der Palynologie (Pollen-Analyse) warten. Die Resultate ließen ihn nicht gerade in Euphorie ausbrechen.

Nachdenklich hielt er das Fax mit den Resultaten in der Hand:

- Todes-Ursache: Schlag an die rechte Schädelseite mit einem länglichen Gegenstand.
- Alter der Leiche: zwischen 12 und 15 Jahren aufgrund von Untersuchungen an Hand, Brustbein und Schlüsselbein-Gelenken sowie nach Begutachtung des Orthopantomogramms, einer Panorama-Aufnahme des Gebisses. Untersuchungen zur Aminosäure-Racemisierung stehen noch aus.
- negroide Struktur-Elemente an Schädel und anderen Körperteilen.
- sportliche Konstitution. Die pädiatrische Endokrinologie konnte keine krankhaften Wachstumsstörungen an den Handwurzelknochen feststellen.

– Verweildauer der Leiche im Boden: ca. fünfzehn Jahre, plus/minus acht Monate. Der Befund stützt sich auf Madenstadien an den Füßen, die durch das Schuhwerk weitgehend erhalten und auswertbar blieben.

Inspektor Reimers schwirrte der Kopf.

»Müssen diese medizinischen, biologischen und chemischen Akademiker denn immer so unverständlich mit ihren Fachausdrücken um sich werfen?!«, dachte Inspektor Reimers bei sich.

Nach einigem Nachdenken rief er den Chef der Pathologie an, um sich nach der Aminosäure-Racemisierung zu erkundigen.

Am Telefon musste er sich folgende Erklärung anhören:

»In lebenden Organismen liegen die Aminosäuren, die Bausteine der Eiweiße, in einer bestimmten Struktur, der sogenannten L-Form vor. Nach dem Tod wandelt sich ein Teil der Aminosäure strukturell um, in die sogenannte D-Form. Anhand dieser Umwandlung lässt sich der Todeszeitpunkt über lange Zeiträume, sogar über Tausende von Jahren verfolgen. Da wir in den letzten Jahren sehr warme Temperaturen ...«

»Entschuldigen Sie, bitte, aber das übersteigt meine Vernetzung und Speicherfähigkeit im Kopf. Sagen Sie mir schlicht und einfach, ob Sie mit Hilfe dieser Methode das Alter der Leiche etwas einengen können. Die Spanne von 12 bis 15 Jahren scheint mir etwas groß zu sein«, unterbrach der Inspektor die Erläuterungen des Pathologen.

»Möglicherweise, zumindest wollen wir uns keine Vorwürfe ...«, vernahm Inspektor Reimers aus dem Hörer. Aber diese Auskunft reichte ihm vorerst.

Es gingen sechs Wochen ins Land, in denen Inspektor Herbert Reimers mit seinen Kollegen viele Recherchen, Erkundigungen und Befragungen unternahm.

Nach vielen vergeblichen Bemühungen und zahlreichen Koordinations-Besprechungen führte schließlich eine Spur in die USA. Auch nicht gerade ermutigend, aber zumindest einmal etwas Konkretes.

Von einem Zivilisten aus der Verwaltung der amerikanischen Besatzungsarmee erfuhr Inspektor Reimers, dass vor etwa einem Dutzend Jahren ein Junge in einer der Kasernen auftauchte, um nach seinem Vater zu suchen.

»Es muss die ›Underwood-Kaserne‹ gewesen sein. Aber ganz sicher bin ich mir nicht. Ich kann mich noch mal bei der Stefanie schlau machen.«

Nach einem kurzen Telefonat besuchten beide, der Zivil-Angestellte wie auch der Inspektor, die Frau Stefanie Gruber. Sie lebte bescheiden in einem Mehrfamilien-Häuserblock von einer kargen Rente, die ihr, wie so vielen Zivil-Angestellten der amerikanischen Besatzungsmacht, nach der Rückverlagerung aller Militär-Einheiten in die USA verblieb.

»Ja, ich erinnere mich noch an den Jungen. Ich musste damals mit ihm aufs Amt gehen, weil er ohne Visum eingereist war. Wie hieß er doch noch gleich? ›Jimmy‹ hatten wir ihn immer genannt. Aber das war nicht sein amtlicher Name«, sagte Frau Gruber.

»Können Sie sich noch daran erinnern, wohin Sie mit dem Jimmy gegangen sind und wo eventuell noch Unterlagen sein könnten?«, fragte der Inspektor.

Unter den kommunalen Behörden hatte es derart viele Personalwechsel und Umzüge gegeben, dass Inspektor Reimers noch nach einer Woche nur vertröstende Antworten mit Hinweis auf Personalmangel und Krankheiten bekam.

Da aber meldete sich Stefanie Gruber auf dem Revier. Sie traf Inspektor Reimers gerade bei einer Lagebesprechung mit seinen Kollegen an.

»Inspektor, mir ist der Name des Jungen wieder eingefallen. Jeremy Jackson hieß der junge Mann. Es ließ mir doch keine Ruhe. Er war 12 Jahre alt, als er hier plötzlich auftauchte. Ich habe sogar noch ein Foto von ihm und seinem Vater. Ich hatte es auf einem der Deutsch-Amerikanischen Freundschaftsfeste aufgenommen«, sprudelte es aus Stefanie Gruber nur so heraus. Das ganze Polizei-Team hörte gebannt zu.

»In den letzten Tagen konnte ich einige alte Kollegen aufsuchen und so manches über diesen Jungen erfahren«, fuhr Frau Gruber fort.

»Die Namen Ihrer Kontaktpersonen, respektive Informationsgeber, schreiben Sie mir aber bitte noch auf«, unterbrach Inspektor Reimers den Redefluss der Frau.

»Das Beste aber kommt noch!«, jubilierte Frau Gruber. »Der Sergeant Jackson, den Vornamen haben wir nicht mehr zusammenbekommen, hatte hier in der Stadt eine Bekannte, manche sagten auch Geliebte: die Gretel Russow. Sie kellnerte in der Jolly-Bar.«

»Wie können wir diese Frau Russow erreichen?«

Oberinspektor Reimer bat kurz darauf Frau Gruber, auf einen Besuch bei Frau Russow mitzukommen. Sie wäre in einer Viertelstunde daheim anzutreffen, wie telefonisch problemlos feststellbar war.

Frau Gruber hatte gerade ihre Schichtarbeit bei einem Schnellrestaurant beendet und empfing den Inspektor und Frau Gruber schon in ihrer Hausmontur, einem bequemen Hosenanzug.

Inspektor Reimers kam gleich zur Sache:

»Wir sind auf der Suche nach dem Vater von Jeremy Jackson. Sie waren eine Zeitlang mit ihm liiert?«

»Ach, der ›Fitzi‹, das ist schon lange her. Fitzgerald M. Jackson heißt er mit richtigem Namen. Was das ›M.‹ bedeutet, weiß ich auch nicht. Bei uns verkehrte er damals in der Jolly-Bar nur unter dem Namen Fitzi. Er konnte gut Gitarre spielen. Hatte auch so eine Western-Gitarre.«

»Haben Sie noch irgendwelche Erinnerungsstücke von ihm? Vielleicht Briefe, Postkarten, aus denen wir seinen Aufenthalt entnehmen könnten?«, erkundigte sich der Inspektor gelassen, während er sich in dem kleinen Wohnzimmer interessiert umsah.

»Von Bekannten hörte ich, dass er auf einer Bohrinsel in Alaska beschäftigt sei. Er war damals noch in Amerika verheiratet. Seinen Sohn habe ich nie zu Gesicht bekommen.«

»Du hast doch bestimmt noch ein Foto von dem Fitzgerald?«, mischte sich jetzt Frau Gruber ein.

»Ja, aber das ist schon über 15 Jahre alt. Er war ja damals sehr schnell verschwunden. – Ach, ja – ich habe damals noch eine Postkarte aus Oklahoma von ihm erhalten. Irgendeine Stadtansicht war darauf zu sehen. Auf der Rückseite entschuldigte er sich für sein plötzliches Abtauchen.«

Der Inspektor überreichte Gretel Russow seine Visitenkarte mit den Worten: »Falls Ihnen noch etwas einfällt, rufen Sie mich bitte zu jeder Zeit an.«

Damit verabschiedeten sich die beiden aus der kleinen Wohnung. Inspektor Reimers hatte sich noch die Namen von Fitzgeralds früheren Kasernen-Kumpels und Bekannten notiert.

Aber es sollte sich herausstellen, dass ein genauerer Hinweis auf einen Aufenthalt in den USA nicht zu beschaffen war.

Daher schaltete Inspektor Reimers mit Hilfe der Staatsanwaltschaft und einiger anderer Dienststellen das Federal Bureau of Investigation, kurz: FBI, in Amerika ein.

Die Suche war schon nach einem Monat erfolgreich. Über seine frühere Frau, denn Fitzgerald war in der Zwischenzeit von ihr geschieden, erfuhr das FBI seinen Arbeitsplatz bei einer Erdöl-Gesellschaft in Alaska. Die harte Arbeit auf zwei Plattformen der Off-shore-Ölfelder hatte er aus gesundheitlichen Gründen schon seit einigen Jahren aufgeben müssen.

In Alaska konnte er vom FBI festgenommen und noch vor Ort verhört werden. Nach der Andeutung, dass die Leiche seines Sohnes in Deutschland am Ort seines damaligen Wehrdienstes entdeckt und forensisch sowie pathologisch nach allen Regeln der Kunst untersucht wurde, gab Fitzgerald M. Jackson seine Widerstand auf. Zumal er eine Speichelprobe zum DNA- Vergleich abgeben musste. Das M. in seinem Namen stand übrigens für »Melvin«.

Die Überführung nach Deutschland sollte noch vier Monate Zeit in Anspruch nehmen.

Er war mit seinem Sohn Jimmy in fürchterlichen Streit geraten. Der Junge tauchte unerwartet bei ihm auf. Aber sein Vater wohnte mit sieben anderen Soldaten in einem Zimmer.

»Ich wusste nicht, wohin mit dem Jungen. Der passte überhaupt nicht in meine Lebensplanung«, erklärte der alte Jackson.

Er hätte die Tat auch schon unendlich bereut. Dass er ihn mit einem kurzen Stahlrohr tötete, war nicht seine Absicht, wie er immer wieder beteuerte.

Die deutschen und amerikanischen Justiz-Behörden einigten sich darauf, dass Fitzgerald Melvin Jackson die Strafe von sechseinhalb Jahren in einem amerikanischen Militärgefängnis in Deutschland absitzen konnte. Aber bereits zwei Jahre später verhängte ein US-Militärgericht die Haft-Überführung in die USA.

Das Geständnis-Testament

Sehr geehrter Herr Oberstaatsanwalt,

meine hinterlistigen Missetaten quälen meine lautere Seele mehr und mehr. Mit diesem Schreiben lege ich ein umfängliches Geständnis ab und erkläre die Zusammenhänge.

Herr Oberstaatsanwalt, hiermit gestehe ich den raffinierten Racheanschlag auf den unseriösen Dr. Kretschmer, den Vorgesetzten meiner Frau Beate, sowie die mir zupass gekommene Vergeltung an Beate. Sie sitzt im Zuchthaus, unschuldig, im Sinne der Anklage, verbüßt jedoch eine Schuld, die sie mir angetan hat.

Beate war schon immer sehr lebenslustig, aber auch überaus ehrgeizig, ihre selbst gesteckten Ziele zu erreichen. Damals war ich sehr stolz, dass sie sich mit mir eingelassen hatte. Denn als Chemiker bin ich eher der verschlossene Grübler-Typ, der abends nicht Bars oder Diskotheken aufsucht, um auf einfache Weise schnelle Frauenbekanntschaften zu schließen, sondern ich lese lieber wissenschaftliche Artikel, schreibe an technischen Berichten und Patenten oder bastele an chemischen Formeln herum.

Beate war da ganz anders: Sie liebte das Tanzen, das Ausleben unter vielen Menschen, das Flirten und das Reisen. Ich war immer verblüfft, wie sie an Triathlon-Wettbewerben mit gutem Erfolg teilnahm, keine Furcht vorm Fliegen in kleinen Privatflugzeugen zeigte und sogar nicht davor zurückschreckte, mit zwei Freundinnen an einem Fallschirmspringer-Kurs in Cuxhaven teilzunehmen. Das alles unternahm sie allein, ohne meine Begleitung. Zumindest glaubte ich lange Zeit, sie würde bei all ihre Unternehmungen nur von ihren Busenfreundinnen begleitet werden.

Eines Tages sah ich sie zufällig ausgelassen redend mit ihrem Boss, Dr. Kretschmer, die Straße entlangfahren. Der Kretschmer fuhr einen richtigen Aufreißer-Schlitten. Der auffällige Jaguar passte zu ihm. Mit seinen 42 Jahren lief er wie aus einem Modejournal gekleidet herum. Immer schick, stets gut frisiert und pedantisch manikürt. Kein Wunder also, dass die Frauen auf ihn flogen wie die Fliegen auf einen Pferdeapfel. Und Frauen hatte dieser Kretschmer wahrlich in Hülle und Fülle.

Beate entschuldigte ihr Nachgeben gegenüber Kretschmers Annäherungen damit, dass sie ihrer Ansicht nach auf diese Weise eher Aussichten auf eine Abteilungsleiter-Position habe.

Als Beate dann nächtelang nicht in ihrem ehelichen Bett schlief und selbst an Wochenenden verschwunden blieb, konnte ich natürlich nicht mehr an einen harmlosen Flirt zwischen Chef und Angestellter glauben.

Beate machte auch gar keine Anstalten, ihre aufregenden Seitensprünge zu verheimlichen. Sie schwärmte rücksichtslos von den mondänen Suiten und den abgelegenen Berghotels.

Ich wusste, dass ich meiner Beate ein derartiges Leben nicht bieten konnte, mich aber auch nicht danach sehnte. Meine Firma hatte mich zwar in eine hoffnungsvolle Position mit beneidenswerten Aufstiegschancen eingestellt, jedoch schon nach zwei Jahren fand ich mich in einen kleinen Lagerverschlag abgeschoben. Meine weniger verantwortungsvolle Aufgabe bestand in dem richtigen Ausfüllen von Lager- und Transport-Papieren der chemischen Produkte, die verschiedene Betriebe dort zum Abtransport bereitstellten. Die Stelle war niedrig dotiert, denn ein angelernter Lagerarbeiter hätte sie auch ausüben können.

Ich selbst hätte gerne die Firma gewechselt. Beate wollte jedoch nicht in ein anderes Haus ziehen, und mit weiteren Chemie-Unternehmen war es im Umkreis von 50 Kilometer nicht weit her. Mit dem Geld kam ich bei meinen bescheidenen Bedürfnissen sehr gut aus. Beate verdiente auch nicht viel weniger, zu Rücklagen reichte es bei ihr jedoch nie. Unser Häuschen war nicht überdimensioniert, das Grundstück eher zu klein, ersparte aber die viel beklagte Gartenarbeit der »Großgrundbesitzer«.

Als Beate eines Abends mit Tränen in den Augen heimkam, was ich von ihr gar nicht kannte, wusste ich, dass ihre Träume von der großen Karriere und dem feinen Leben in gehobener Gesellschaft ein jähes Ende genommen hatten. Dr. Kretschmer hatte sich einer jüngeren Dame aus dem Kreise seiner Schutzbefohlenen zugewandt. Obwohl er es nicht nötig gehabt hätte, lockte er auch sie wieder mit einer Stelle als Abteilungsleiterin, als seine rechte Hand sozusagen, die er in absehbarer Zeit zu besetzen gedachte.

Seine Neue war fachlich wesentlich unbedarfter, figürlich nicht gerade sportlich zu nennen und fast schon auffällig naiv.

Genau sie war es aber, die bereits zwei Monate, nachdem sie sich mit Kretschmer eingelassen hatte, mit einem pompösen Betriebsfest von Dr. Kretschmer zur Abteilungsleiterin gekürt wurde.

Meine Frau Beate musste sich wohl oder übel unterordnen. Dass Beate Reserve-Offizier bei der Bundeswehr war und acht Semester Werbepsychologie studiert hatte, blieb unberücksichtigt. Dabei zeigte sich die neue Abteilungsleiterin sowohl fachlich als auch von der Vorgesetzten-Kompetenz her völlig überfordert.

Es geschah während einer Jubiläumsfeier in unseren Laboratorien, dass mir die Idee kam, den Kretschmer auf elegante Art und Weise aus dem Weg zu räumen.

Zwar galt in der Firma allgemeines Alkohol-Verbot, anlässlich dieses Super-Jubiläums, bei dem gleich drei beliebte Mitarbeiter auf 25 Jahre zurückblicken konnten, ließen auch die Vorgesetzten einmal fünf gerade sein. Zum Kühlen der Sektflaschen holten Kollegen Trockeneis und gaben dieses in eine Edelstahlwanne mit Wasser. Der entstehende Bodennebel-Effekt erinnerte an Theateraufführungen.

Ich bemerkte, dass der Trockeneis-Generator vom Flur aus frei zugänglich war. Die Versorgung mit Kohlendioxid erfolgte durch eine Leitung aus großen Gas-Containern. Den Kretschmer mit Kohlendioxid zu ersticken, empfand ich mehr und mehr als eine grandiose Idee.

Das Spiel mit den Damen sollte er das letzte Mal in seinem Leben durchgezogen haben. Für einen derartigen Schuft reichen

43 Jahre völlig aus. Große Geister wie Friedrich Schiller erreichten kaum 46 Jahre und Georg Büchner musste gar mit weniger als 24 Lebensjahren auskommen.

Zuerst kreiste dieser teuflische, aber der Gerechtigkeit dienende Plan in meinem Hirn herum, reifte aber schließlich zu einem konkret ausführbaren Projekt heran.

Im heranziehenden Winter schienen sich alle Projekt-Elemente zu einem lückenlosen Plan zusammenzufügen: das Trockeneis sollte im Motorraum von Kretschmers Jaguar so deponiert sein, dass es ihm während der Autofahrt unmerklich den Sauerstoff der Luft zum Atmen nähme. Bewusstlos würde er gegen einen Baum oder gegen die Leitplanken fahren oder auf andere Weise verunfallen.

Sorgfältig studierte ich die Gegebenheiten im Motorraum des Jaguar-Typs anhand von Prospekten und Zeichnungen. Ich fand eine geeignete Stelle vor der Luftansaugung für die Heizung, bei der keine Leitungen einfrieren konnten und keine elektrischen Leitungen entlang geführt waren.

Aus eigenen Versuchen erfuhr ich, wie schnell sich in kalten Winternächten das Trockeneis in Kohlendioxid-Gas verflüchtigt, und wie schnell, wenn der Motorraum heiß gefahren wird.

Von der nichts ahnenden Beate wusste ich, dass Dr. Kretschmer am folgenden Tag schon früh zur Zentrale nach Düsseldorf fahren wollte. Das erschien mir der geeignete Zeitpunkt zu sein.

Nachts konnte ich unbemerkt das Trockeneis aus dem Generator des Laborgebäudes holen. Ich packte es in Alufolie und wickelte das Ganze in zwei Wolldecken ein.

Es gegen 4.00 Uhr nachts in den Motorraum des Jaguars zu verstauen, erwies sich als das geringste Problem. Ich hatte nur aufzupassen, dass die Flüssigkeitsleitungen nicht durch die Kälte des Trockeneis einfrieren. Das feste, weiß »dampfende« Trockeneis, das ich vor die Luftansaugung der Heizung platzierte, schien mir fast überreichlich zu sein.

Schon wenn sich zehn Volumenprozent von diesem erstickenden Gas in dem Fahrzeug verteilten, träten in kurzer Zeit Krämpfe, Ohnmacht und der Tod ein.

Unter den Beifahrersitz warf ich eine geöffnete Tablettenröhre mit starken Schlaftabletten aus Beates Nachtschrank. Sie platziert sie dort in mehren Packungen. Ich erinnere mich noch an meine Verwunderung, wie leicht bei einem Jaguar die Türen zu öffnen sind. Dabei hatte ich genügend Werkzeuge und Gerätschaft dabei, den Luxuswagen auch mit alternativen Mitteln zu öffnen.

Es schien alles nach Plan zu klappen. Beate befand sich mit ihren Freundinnen wieder auf Disko-Tour und tauchte erst gegen 6.00 Uhr früh daheim auf, als ich mir bereits einen starken Kaffee aufbrühte.

Die Meldung vom Tod des Dr. Anton Kretschmer verbreitete sich wie ein Lauffeuer. Tränen vergossen nur wenige. Dabei verlief alles recht tragisch, wie ich später erfuhr. Die örtliche Presse berichtete in einem großen Artikel über sein tragisches Ende: Dr. Kretschmer stürzte aus noch ungeklärter Ursache mit seinem Fahrzeug von der Autobahn über eine Böschung und stürzte dann 20 Meter einen Abhang hinunter. Zunächst nahm die Polizei Übermüdung an.

Selbstmord wurde relativ schnell ausgeschlossen.

Als sich dann aber die Kriminalpolizei einschaltete, war meine Frau Beate schnell als verdächtige Person ausgemacht: Beamte fanden das Aluminiumröhrchen mit den starken Schlaftabletten. Auf dem Röhrchen prangten zweifelsfrei Beates Fingerabdrücke. Mit ihrem Alibi verhaspelte sie sich ein paarmal. Unschuldig und für sie unverständlich verstrickte sie sich immer stärker. Indizien brachten sie schließlich lebenslänglich ins Zuchthaus. Ich hätte ihr mehr Widerstandskraft vor Gericht zugetraut. Aber sie war eine gebrochene Frau, die sich nicht mehr wehrte. Die Medien stimmten schon lange vor der Urteilsverkündung für eine Verurteilung. Zudem veranstaltete der Staatsanwalt eine derart theatralische Aufführung im Gerichtssaal, der die weniger erfahrene Pflichtverteidigung nicht gewachsen war.

Was mich auch im Nachhinein stark wunderte, war, dass sich die Beamten am Tatort oder später aus den verbeulten Trümmern des Jaguars nicht den Motorraum genauer vornahmen. Vielleicht hätten die abgekühlten Stellen noch feststellbar sein können. Carbonate hätten sich vielleicht in auffällig hoher Konzentration analysieren lassen. Die gefundene Tablettenröhre hat die sorgfältigen Untersuchungen an den Fahrzeugteilen offenbar verkürzt. Auch die Obduktion hätte nicht auf die Einnahme von Schlaftabletten schließen lassen oder sie wurde zu spät durchgeführt. Das Medikament hätte auch von Beate nur geliehen gewesen sein können.

Vor Gericht hatte ich als Angehöriger nicht aussagen müssen. Meine Vernehmungen durch die Polizei verliefen recht harmlos und routiniert. Nie hatte ich das Gefühl, selbst in den Kreis der Verdächtigen mit einbezogen gewesen zu sein. So bekam ich alles nur aus der Entfernung mit.

Diesem Büro-Casanova Kretschmer hatte ich die gerechte Strafe verpasst und meiner lebenshungrigen Beate einen langjährigen Dämpfer der Besinnung.

Sie wird nach diesem Geständnis eine gehörige Entschädigung vom Staat bekommen. Das Image dieses theatralischen Staatsanwaltes sollte durch die Verurteilung einer Unschuldigen auch angekratzt sein.

Die Länge meines Lebens ist durch dieses Geständnis-Testament eng an das Schicksal meiner Frau Beate geknüpft. Ich hoffe zu ihren Gunsten, dass ich nicht mehr lange lebe und Beates Zuchthaus-Aufenthalt dadurch nur von kurzer Dauer ist.

Meine kriminelle Tat, bei der ich ausnahmsweise einmal über mich hinauswuchs, bereue ich nicht.

Für meine zielgerichtete, wie ich finde, angemessene kriminelle Energie schäme ich mich nicht.

Mit freundlichen Grüßen
Ihr Friedrich Oldmann

Epilog

Beate Oldmann hatte fast acht Jahre im Zuchthaus eingesessen, als die Lokalpresse die Nachricht vom Suizid ihres Ehemannes in einem kurzen Artikel verbreitete. Die Staatsanwaltschaft öffnete das Testament urlaubsbedingt erst einen Monat später: ein zusätzlicher Monat, den Beate Oldmann als gebrochene, in sich gekehrte Frau unschuldig hinter Gittern zubringen musste.

Der Abfall-Frevler

Als ich am Samstag vor gut einem Monat mit der Lauftreff-Gruppe durch den Wald joggte, stießen wir unweit von der Landstraße auf einen illegal abgekippten Haufen Bauschutt, vermengt mit Farbdosen, Kanistern mit Lösungsmitteln sowie diversen Teppichresten. Eine zerbrochene Glasflasche ließ eine ölige Flüssigkeit ins Erdreich versickern. Wir unterhielten uns noch während des gesamten restlichen Laufes aufgebracht und angeregt über diese unverantwortliche Freveltat.

Einer der Sportskollegen wollte noch am gleichen Abend bei der örtlichen Polizei anrufen. Wie wir an dem darauf folgenden Samstag zu hören bekamen, zeigte sich der Sportler frustriert.

»Das haben wir des Öfteren!«, musste er sich von dem Beamten anhören. »Wollen Sie eine Anzeige aufgeben? Sind Sie direkt betroffen?« Diese Fragen ließen die Vermutung zu, dass die Such-Aktionen nach den anonymen Übeltätern in der Vergangenheit ziemlich aussichtslos verliefen.

Noch während der zwei Stunden unseres Dauerlaufes fassten wir eine Reihe von Beschlüssen. Diesen Umweltsünder und Abfall-Kriminellen wollten wir nicht davonkommen lassen. Noch am gleichen Abend versammelten sich vier Läufer um den entdeckten Abfallhaufen. Manfred hatte eine hochwertige moderne Digitalkamera dabei. Er fotografierte die verschiedenen Abfallarten. Auf den Lösungsmittelflaschen wären vielleicht Fingerabdrücke zu entdecken. Um die wollte sich Carola kümmern. Sie verfügte über eine Garnitur, um Fingerabdrücke sichtbar zu machen, mit Graphit-Staub und entsprechenden Klebefolien.

Alte und neue Teppichbodenreste könnten helfen, den Besitzer der Wohnung ausfindig zu machen, in der Renovierungsarbeiten abliefen. Banderolen verwiesen auf den örtlichen Baumarkt. Daher konnte der Übeltäter nicht weit entfernt wohnen.

Große Hoffnungen setzten wir auf den Adressaufkleber eines hiesigen Farbengeschäftes. Zudem entdeckte Richard etwa einhundert Meter von den Schutthaufen entfernt eine deutliche Spur eines Fahrzeugs. Sie hätte natürlich auch von einem Fahrzeug der Waldarbeiter stammen können.

Schließlich ließen sich die neuen und alten Tapeten- und Farbenmuster auseinanderhalten. An die hundert Fotos hatte Manfred auf dem Speicher-Chip seiner Kamera festgehalten.

Mit den Fotos suchten wir getrennt die Maler-Geschäfte auf. Es dauerte nur einen Tag, da stieß Karl-Heinz in einem Farbengeschäft auf eine Verkäuferin, die sich noch an die neuen Tapeten- und Teppichmuster erinnern konnte. Der Inhaber eines kleinen Bauunternehmens hatte sie in einem Baumarkt erstanden und wollte bei ihr zwei passend abgestimmte Farben dazu kaufen.

»Wir haben da einen Farb-Computer, der jede gewünschte Farbe zusammenmischen kann!«, erklärte die Verkäuferin stolz. Sie hatte schnell die Rechnung herausgeholt. Aber der Kunde hatte bar bezahlt. Allerdings wusste die smarte Dame, dass der Kunde sein kleines Unternehmen im Industriegebiet Nord haben musste, wenn sie sich noch richtig erinnerte.

So konnten wir die Suche auf die zitierte Gegend ausrichten. Die Möglichkeiten waren damit gewaltig eingeschränkt. Carola wollte noch eine Anzeige in die Lokal-Zeitung setzen: »Giftige Fehlcharge bei einem Tapetenmuster« sollte die Überschrift des Artikels mit dem Foto des Tapetenmusters lauten. Darauf hätte sich der Besitzer vermutlich schnell gemeldet. Aber diese Option verschoben wir auf später.

Im Industriegebiet Nord gab es nur zwei Bauunternehmer. Allerdings waren diese von derart großem Ausmaß, dass die Suche nach dem gewissen Fahrzeug, von dem wir die Reifenspuren entdeckt hatten, wenn es denn überhaupt eines dieser vielen Fahrzeuge sein sollte, ziemlich mühsam und auffällig hätte werden können.

Ein Reifenhändler hatte auf Reifen der Marken Fulda oder Dunlop getippt, als ihm Manfred das Foto mit dem Reifenabdruck zeigte.

Es war Karl-Heinz, der etwas später zu uns stieß. Er hatte

einen weißen Kastenwagen ohne Aufschrift in einer Auffahrt entdeckt. Eine Passantin, die mit ihrem Dackel spazieren ging, erklärte ihm, dass die beiden Söhne des alten Kowalski Malerarbeiten, Tapezieren und Fliesenverlegen unter der Hand erledigten.

»Die haben immer schon ›schwarz‹ geschafft!«, erklärte die ältere Dame, während sie ihren Dackel von einem Baum wegzog, »aber darum kümmert sich in unserem Lande heute auch keiner mehr. ›Nachbarschaftshilfe‹ unter Club-Kameraden heißt es dann!«

Wir wandten uns direkt diesem Grundstück zu.

»Wer hat das Reifen-Foto?«, fragte Carola. Ich hielt es direkt neben die Hinterreifen.

Es stimmte überein.

Als die Haustür aufging, schrie uns eine laute Stimme entgegen: »He! – Was macht ihr da an meinem Wagen!?«

Wir verdrückten wir uns, ohne zu antworten. Drei Häuser weiter schlug Karl-Heinz vor: »Jetzt verständigen wir aber die Polizei! Wir müssen uns da kein ›blaues Auge‹ holen!«

Den beiden Schutzmännern erklärten wir unsere Entdeckung und die entsprechenden Vorarbeiten.

»Das Detektiv-Spielen sollten Sie lieber nicht zur Gewohnheit werden lassen!«, sagte der Hauptkommissar, nachdem die beiden Brüder festgenommen und im Polizeiwagen verstaut waren.

»Morgen früh um 9.00 Uhr erwarte ich Sie auf der Hauptwache am Freiheitsplatz, zweiter Stock!«, und er fügte hinzu: »Aber alle!«

Der Bluff

Miroslav Grabovsky war einer der gerissensten Täter, den Inspektor Wolfram Eggers in den letzten Jahren festsetzen konnte. Über ein halbes Jahr hatte Eggers den Grabovsky verfolgt. Leute befragt und Spuren analysiert. Grabovsky schwieg sowohl zu seinen Einbrüchen als auch zu seinem Mord am Wachmann eines großen Einkaufs-Center.

Kurz nach Mitternacht war Miroslav Grabovsky über eine Feuerleiter und eine Dachluke in den Center-Komplex eingestiegen. Der Wachmann Kurt Gravert sah auf seinen Monitoren einen Schatten. Die Kameras eines Überwachungsbereiches schwenkten sofort alle auf diesen bewegenden Schatten.

»Da macht sich doch einer dort zu schaffen!«, durchfuhr es Kurt Gravert, der es sich vor den Bildschirmen in seinem Überwachungsraum gemütlich gemacht hatte. Es dauerte eine Weile, bis er seine Sicherheitsschuhe wieder an seinen Füßen hatte. Eigentlich wäre seine nächste Runde erst in 20 Minuten dran gewesen.

So griff er nach der Lampe wie auch nach seinem Schlagstock und machte sich auf den Weg in das zweite südliche Obergeschoss, wo die Kameras den dunklen Schatten registriert hatten. Sicherheitshalber rief er auch noch in der Zentrale der Wach- und Schließgesellschaft an, in der er sein über zwölf Jahren seinen Dienst versah.

»O.K., Kurti!«, hörte Gravert die Antwort-Stimme aus dem seinem Handy-Lautsprecher. »Ruf wieder an, wenn du etwas Konkretes gesehen hast.«

Zu dem Konkreten sollte es so schnell nicht kommen.

Denn noch ehe der für sein Alter noch sportlich trainierte Wachmann Kurt Gravert sich auch nur ansatzweise mit seinem Gummiknüppel zur Wehr setzen konnte, hatte ihm der Eindringling bereits mit dem Eisenteil eines Garderoben-Ständers den Schädel zertrümmert. Miroslav Grabovsky sah im Schein seiner Taschenlampe, wie Blut aus dem Schädel des Wachmannes floss.

Er wusste, wo sich die Überwachungskabine des Centers befand. Den Wachmann hatte er schon eine ganze Weile im Visier.

»Der ist hin!«, sagte Grabovsky zu sich. »Jetzt kann ich mich in aller Seelenruhe nach etwas Verwertbarem umschauen.«

So ganz klappte es dann doch nicht.

Als sich der Wachmann nicht nach einer Viertelstunde meldete und auch nicht über sein Handy mehr erreichbar war, schaltete die Zentrale der Wach-Gesellschaft die örtliche Polizei ein.

Nach einer abenteuerlichen Jagd, kreisten die Beamten der Polizei den Einbrecher und Totschläger Miroslav Grabovsky ein. Als er nach einem gewagten Sprung von einem Gebäudeteil unglücklich mit den Füßen aufkam und sich am Boden wälzte, fand er sich in unmittelbarer zeitlicher Folge von Beamten mit gezückten Pistolen umgeben. Bereitwillig hielt er seine beiden Arme zum Anlegen der Handschellen in die Luft.

Es folgten zeitraubende Vernehmungen, in denen Miroslav Grabovsky den Beamten eine unglaubwürdige Geschichte nach der anderen auftischte.

Inspektor Wolfram Eggers war es schließlich leid, sich an der Nase herumzuführen. Er ließ den Grabovsky in eine Zelle des Reviers einquartieren. Die Vernehmungen dauerten ohnehin weit in den Feierabend des Inspektors hinein.

Am kommenden Tag traf der Bruder des tödlich niedergestreckten Wachmannes ein. Er war noch am Vorabend benachrichtigt worden.

Als Inspektor Eggers die Bilder des Toten betrachtete und immer wieder auf den Besucher schaute, bemerkte er scharfsinnig: »Sie sehen sich aber verdammt ähnlich!«

»Ja, das ist richtig. Schon in der Schule konnte uns keiner auseinanderhalten«, bemerkte der Bruder des Toten. Er hatte sich als Peter Gravert vorgestellt.

Da schlug dem Inspektor, wie vom Blitz getroffen, ein hinterlistiger Plan in seine Gedanken ein.

Die Nacht in der Polizei-Gefängniszelle hatte Miroslav Grabovsky nicht gerade bequem und entspannt hinter sich gebracht.

Schon beim Betreten des Vernehmungsraumes maulte er herum: »Das, was Sie mit mir hier machen, ist doch menschenverachtend, ich werde mich über diese Behandlung beschweren. Ein Croissant zum Frühstück! Wer soll denn davon satt ...«

Hier unterbrach ihn Inspektor Eggers: »Herr Miroslav Grabovsky«, begann er in dienstlichem Ton, »wir halten aus der gestrigen Vernehmung fest:

- Sie waren nur zufällig in der Nähe des Einkaufs-Centers
- Das Kaufhaus haben Sie in der vorgestrigen Nacht nicht betreten
- Mit einem Wachmann hatten Sie keinen Kontakt.«

Miroslav Grabovsky schaute unbeteiligt zur Decke, um dann zu sagen: »Genau so war es, Herr Inspektor! Im Übrigen hatten Sie mir einen Pflichtverteidiger versprochen. Oder ich sag kein Wort mehr!«

Inspektor Eggers wies einen Polizeibeamten an, den Bruder des Ermordeten hereinzubitten.

Das Gesicht von Miroslav Grabovsky verfärbte sich kreideweiß. Sein Mund blieb offen.

Man hatte den Bruder des Toten, den Peter Gravert, mit Kopfverband und blutig geschminktem Hemd in der Kleidung der Wachleute hergerichtet.

»Der lebt ja noch!«, entfuhr es dann nach einer Weile dem Miroslav Grabovsky.

Inspektor Eggers wunderte sich, wie geständig und beflissen er in allen Einzelheiten von seinem nächtlichen Streifzug in dem großen Kaufhaus berichtete. Diesmal schien sich auch alles mit den Befunden der Spurensicherung zu decken.

Es muss ein schwerer Schlag für Miroslav Grabovsky gewesen sein, als der Inspektor ihm den Bruder des Ermordeten vorstellte. Der Traum von dem »auferstandenen« Wachmann platzte in Grabovskys Hirn wie eine Seifenblase.

Der Inspektor hatte ihn übel hereingelegt. Eine gelungene, vom Zufall begleitete »Retourkutsche«!

Der große Bluff

Ralf Wollmann hatte einen einnehmenden Auftritt, als er voller Stolz, Routine und Selbstsicherheit die große Empfangshalle des Plaza-Hotels betrat. Am noblen Empfangs-Tresen sprach ihn die elegant gekleidete Angestellte mit vollem Namen an. Ralf Wollmann war hier Stammgast. Er ließ sich durch seine Sekretärin im Voraus anmelden.

Rolf Wollmann arbeitete als Geschäftsführer bei einer internationalen Möbelfirma. Das brachte viele Geschäftsreisen zu Filialen und Geschäftspartnern mit sich.

Als er festen Schrittes mit seinem Rollkoffer auf die Fahrstühle zueilte, folgten ihm jetzt nicht mehr nur die Augen einer jungen Dame, sondern sie selbst in ganzer Person.

Marylin Ritaki lag schon seit einer halben Stunde auf der Lauer nach einem geeigneten Opfer. In Ralf Wollmann glaubte sie das Abbild ihres Wunschkandidaten gefunden zu haben. Er machte auf Marylin Ritaki den Eindruck eines wohlhabenden, konservativen Geschäftsmannes in höherer Position. Genau der Typ, auf den sie heimlich wartete.

Ralf Wollmann wunderte sich, als er beim Arrangieren seiner Kleidung ein leises Klopfen an seiner Zimmertür vernahm.

Als er die Tür öffnete, stand eine attraktive junge Dame vor ihm. Sogleich sprach sie ihn an.

»Ich soll Ihnen Gesellschaft leisten«, sagte die Dame mit leicht gesenktem Haupt. »Sie können für 500 Euro die ganze Nacht über mich verfügen.«

Ralf Wollmann amüsierte dieser Auftritt. Er gehörte nicht zu den Geschäftsleuten, die jede Gelegenheit für ein kurzes anonymes Abenteuer suchen.

So entgegnete er dem Fräulein: »Sehr verehrte Dame, Sie sind zwar eine atemberaubend hübsche Erscheinung, aber ich möchte jetzt meine Ruhe haben.«

»Aber ich brauche das Geld!«, wurde ihm sogleich entgegnet.

Die Besucherin erzählte etwas von alleinerziehender Mutter und zwei Kindern.

So stieg etwas Mitleid in Ralf Wollmanns Gemüt empor. Er wusste, dass nicht alle so viel Glück und Erfolg haben, wie er selbst.

Daher fragte er: »Soll ich Ihnen ein Sandwich bestellen?«

Er bekam ein sanftes Nicken zur Antwort.

Während Ralf Wollmann am Telefon zwei belegte Brötchen und ein Kännchen Bohnenkaffee orderte, setzte sich die junge Dame auf das Sofa des geräumigen Hotel-Appartements. Er hatte den Eindruck, dass sein überraschender Besuch eine Stärkung gut brauchen konnte.

»Ich heiße Marylin«, sagte das Mädchen. Artig bedankte sie sich dafür, dass sie noch bleiben durfte.

Als ein Kellner die Bestellung lieferte, zog sich Ralf Wollmann ins Badezimmer zurück, um vor dem Schlafengehen noch ein warmes Duschbad zu nehmen. Er hatte einen anstrengenden Tag mit Besichtigungen und Verhandlungen hinter sich.

Nach einer halben Stunde betrat er im Schlafanzug und übergeworfenem Bademantel wieder seinen großen Appartement-Raum.

Sofort sah er, dass die Besucherin, die sich mit Marylin vorgestellt hatte, erstochen am Boden lag. In der Gürtelgegend steckte ein großes Messer mit hellem Porzellangriff.

Er wollte zunächst das Messer herausziehen. Dann aber besann er sich, dass das keine gute Idee war. Aufgeregtheit übermannte Ralf Wollmann. In dieser Situation kam er sich völlig hilflos vor. Blut schoss ihm durch den Kopf. Welch prekäre Situation!

Die innere Unruhe beherrschte ihn: Er bemerkte nicht, dass kein Blut zu sehen war, dachte nicht daran, den Puls der Dame zu fühlen oder schnell zum Telefonhörer zu greifen.

Kopflos und entsetzt verließ er sein Appartement.

An der Rezeption schilderte er aufgelöst seine soeben bemerkte Situation. Man solle schnellstmöglich einen Notarzt herbeischaffen.

Jetzt erst fiel Ralf Wollmann ein, dass er Erste Hilfe oder Sofortmaßnahmen zur Rettung der Dame hätte einleiten müssen.

Bereits nach acht Minuten näherte sich ein Sanitätsfahrzeug mit Blaulicht und Sirene dem Plaza-Hotel. Eine Unfall-Ärztin und ein Sanitäts-Assistent begleiteten Ralf Wollmann zu seinem Appartement. Sie bekamen nicht mehr mit, dass nur wenige Minuten später auch ein Polizei-Fahrzeug beim Hotel eintraf.

Als Ralf Wollmann sein Hotelzimmer mit der Ärztin und ihrem Begleiter betrat, bot sich ihm ein völlig anderes Bild, als er es noch vor wenigen Minuten beim Verlassen vorgefunden hatte:

Seine Besucherin saß leibhaftig heulend und blutend auf dem Sofa. Ihr Körper zeigte an mehreren Stellen Schnittwunden.

Als die junge Dame Herrn Wollmann unter den Eintretenden entdeckte, schrie sie laut auf und bezichtigte ihn des brutalen Übergriffs mit dem Messer sowie der versuchten Vergewaltigung. Ihre zerrissenen Kleider und die blutigen Wunden am Körper zeigten ein deutliches Bild eines hemmungslosen Übergriffs auf eine wehrlose Dame. Auf dem Boden lag ein Messer mit blutiger Klinge und einem hellen Porzellangriff.

Kriminalpolizei und Erkennungsdienst arbeiteten noch bis spät in die Nacht hinein. Ralf Wollmann musste nach stundenlangen Verhören die restliche Nacht in einer Zelle des Polizeireviers verbringen.

Erst am Nachmittag des Folgetages durfte er das Revier verlassen. Allerdings mit der Auflage, das Hotel nicht zu verlassen.

Aber es sollte für Ralf Wollmann noch dicker kommen:

Der Erkennungsdienst hatte den Abdruck seiner Hand auf dem Porzellangriff des Tatmessers analysiert und mit positivem Resultat verglichen.

Zudem meldete sich am folgenden Tag ein Herr Josua Ritaki bei Ralf Wollmann. Er schien sich in der aktuellen Situation des Geschäftsführers Wollmann bestens auszukennen.

Er würde die ganze Angelegenheit im Hotel auf sich beruhen lassen. Zudem würde seine Frau Marylin die Anzeige widerrufen, wenn er ihnen eine Entschädigungssumme von 250.000 Euro zukommen lassen würde.

»Noch können wir die Presse aus diesem Fall weitgehend heraushalten. Ihr Name würde nicht in der Öffentlichkeit erscheinen«, sagte sein Besucher. Und er fuhr mit listig klingender Stimme fort: »Wenn erst einmal die Anschuldigungen aktenkundig und belegt sind, gibt es kein Pardon mehr für Sie!«

»Ein Horror-Szenario, in das ich geraten bin!«, schoss es Ralf Wollmann durch den Kopf.

Mit den Worten »Wir geben Ihnen 24 Stunden Zeit, um das Geld aufzutreiben!«, verabschiedete sich der ungebetene Gast in seinem abgewetzten, billigen Anzug.

Ralf Wollmann verständigte umgehend das örtliche Kommissariat. Er hätte sich ohnehin melden müssen.

Dort schienen die Beamten den »faulen Braten« des Gauner-Paares Ritaki bereits gerochen zu haben.

Zum einen ergaben die Recherchen, dass Marylin Ritaki mit einem Mann zusammenlebte, der bereits mehrfach in den Polizei-Akten zu finden war, zum anderen fand der Erkennungsdienst tief unter den Fingernägeln von Frau Marylin Ritaki Hautfetzen ihres eigenen Körpers.

Das untermauerte zumindest die Hypothese einer fingierten Beschuldigung.

Bei der Geldübergabe durch Herrn Wollmann konnte Josua Ritaki festgenommen werden. Seine Frau Marylin befand sich bereits in Polizeigewahrsam.

Wie die Fingerabdrücke von Ralf Wollmann auf den Porzellangriff des angeblichen Tat-Messers gelangten, mit dem sich Frau Ritaki danach die Wunden selbst zufügte, war schnell geklärt:

Marylin Ritaki hatte den Messergriff mit Hilfe einer Vorrichtung fest an ihrem Gürtel fixiert. Den hatte Ralf Wollmann planmäßig angefasst. Später steckte sie vorsichtig eine Klinge in den Porzellangriff, um sich die Verletzungen selbst zuzufügen.

Mit dem so ergaunerten Geld wollte das durchtriebene Gaunerpärchen in eine sorgenlose Zukunft starten. Das ist ihnen auch gelungen. Allerdings auf eine nicht vorhergesehene und weniger angenehme Weise.

Der tödliche Schlag

Wenn in der Stadt die Jahrmarktsleute ihre Buden, Fahrbetriebe, Karussells und Zelte aufbauen, dann sind die Buben nicht weit, sobald sie ihre Schulstunden beendet haben.

In jenem Jahr war das Boxzelt die große Attraktion der Kirmes. Es zeigten sich drei muskuläre Sportler in Boxertrikots demonstrativ auf einer Bühne. Wer aus dem Publikum gegen den ersten dieser Boxer antritt und im fairen Boxkampf eine Runde von drei Minuten übersteht, bekommt 50 Euro, wer gegen den zweiten gewinnt, 100 Euro, und wem es gelingt, den dritten, sehr großen und muskulösen Jahrmarkts-Boxer auf die Bretter zu schicken, darf sich gar über 250 Euro freuen. Das verkündete in unregelmäßigen zeitlichen Abständen lauthals ein Sprecher, dessen eingedrückte Nase darauf deutete, dass er auch einmal in einem Boxring stand.

Vor diesem Zelt, das etwa für 100 Personen Stehplätze bot, versammelte sich stets eine große Menschenmenge. Es fanden sich immer junge Maurer, Zimmerleute oder andere Schwerarbeiter, die gerne einmal in ihren Kräften messen wollen, ohne die raffinierten Dimensionen eines sportlichen Wettkampfes mit 10-Unzen-Lederhandschuhen und der trainierten Geschmeidigkeit und Schlagfertigkeit der Profi-Boxer zu erahnen. Besonders in Begleitung der Freundinnen und Bräute steigerte sich schnell der Mut in ungeahnte Höhen, um bereitwillig den ungleichen Kampf aufzunehmen.

Sobald sich zwei oder drei Kandidaten aus dem Publikum gemeldet hatten, lichtete sich die Bühne. Umso lauter schrie der Sprecher in sein Mikrophon und die Gäste strömten in Scharen zur Kasse, um sich dieses Spektakel nicht entgehen zu lassen.

Nur wer den Jahrmarktsleuten schon beim Aufbau ihres Zeltes zugeschaut oder den ganzen Nachmittag die Show-Auftritte verfolgt hatte, erkannte, dass sich oft auch Angestellte des Schau-Geschäftes unter das Publikum mischten, um sich dann als scheinbar unbedarfte Box-Partner zur Verfügung zu stellen.

Jens Haberstein verfügte als elfjähriger Schüler nicht über so viel Taschengeld, dass er sich einen Besuch im Boxzelt leisten konnte.

So suchte er sich eine Stelle am Zelt, wo zwei Planen zusammengesteckt waren, um von außen einen Blick zu riskieren. Ein Risiko mit tödlichen Folgen.

Jahrmarktsgäste fanden Jens Haberstein zusammengesunken zwischen Boxzelt und Eisenpfosten. Obwohl sie per Handy schnell den Notarzt alarmierten, konnte dieser nur noch den Exitus attestieren.

»Allem Anschein nach hat er aus dem Zelt einen Schlag versetzt bekommen, als er durch eine Zelt-Öffnung dem Boxkampf zuschauen wollte. Entscheidend aber war der Rückprall gegen einen scharfkantigen Eisenträger, der zu inneren Hirnblutungen geführt hat«, befand der Arzt. Und er fügt noch hinzu: »Schauen Sie, Inspektor, hier ein deutliches Hämatom an der Schläfe, und dort auf der anderen Schädelseite der Aufprall auf den Stahl.«

Auf Veranlassung von Kommissar Lohmüller beendete die Polizei die Box-Veranstaltung und nahm die Personalien aller Zuschauer und Schausteller sowie der Mitglieder des Show-Geschäftes auf. Die Vernehmungen zogen sich mit vier, später acht Polizeikräften über drei Stunden hin.

Die entscheidende Frage lautete: »Wer hat beobachten können, dass ein Mitarbeiter des Schau-Geschäftes oder, was für unwahrscheinlicher gehalten wurde, ein Zuschauer auf die Innenseite der Zeltwand eingedroschen hatte?«

Es meldeten sich zwar Zeugen, die gesehen haben wollten, wie ein Mann an der hinteren Zuschauer-Reihe hin- und hergegangen sei. Aber beschreiben konnte ihn keiner. Es ging schließlich um das Geschehen im zentral aufgestellten Boxring.

Nachdem sich Kommissar den Reiseplan der Box-Schausteller hatte geben lassen, hob er die Sperre des Betriebes auf. Vermutlich hätte der Erkennungsdienst mikroskopisch feine Fasern an der Hand des Täters feststellen können. Aber derartige Untersuchungen bei einem zu wenig definierten Täterkreis hätte zu viel Zeit in Anspruch genommen.

Immerhin fand der Pathologe, der den toten Jens Haberstein untersuchte, deutliche Polyester-Mikrofasern an seiner Schläfe. Die Zeltbahnen standen immerhin schon einige Jahre in den Diensten der Schausteller.

Nach fünf Tagen erreichte Kommissar Konrad Lohmüller die Nachricht: »Einer der mitreisenden Hilfskräfte hat überraschend gekündigt, weil er angeblich eine attraktivere Stelle in einem großen Freizeitpark finden konnte.« Die Nachricht übermittelte die Frau des Schau-Boxring-Betreibers, die während der Vorstellungszeiten an der Kasse saß.

Sie nannte auch den Namen des Mannes, der sich mit seinem Verschwinden zumindest verdächtig gemacht hatte: Gustav L. Sawatzky.

Auch nach einer weiteren Woche, ließ sich ein Gustav L. Sawatzky nicht bei den deutschen Vergnügungsparks sehen oder gar einstellen. Er schien untergetaucht zu sein. Mit seinen Eltern in Schwäbisch Gmünd hatte er keinen Kontakt gehabt. Auch bei einer ehemaligen Braut hatte er sich angeblich seit vier Jahren nicht mehr gemeldet.

Jetzt blieb Kommissar Lohmüller nur der Schritt zu einer Großfahndung.

Die Passbild-Kopie, die von seiner letzten Arbeitsstelle, dem Box-Geschäft, zu erhalten war, ließ sich nicht als Fahndungsfoto verwenden.

So musste ein Zeichner aus den erkennbaren Fragmenten der Passbild-Kopie ein fandungstaugliches Bild erstellen.

Schließlich meldeten Polizeikollegen aus Holland, dass sich der per Fahndung gesuchte Gustav L. Sawatzky als Arbeitssuchender bei dem holländischen Freizeitpark WALIBI in Biddinghuizen gemeldet hätte. Das Vergnügungsareal ist der viertgrößte Park in Holland und verfügt über Varieté, Fahrgeschäfte, Riesen-Achterbahn und vieles mehr.

»Das alles deutet auf ein sehr, sehr schlechtes Gewissen hin«, sagte Kommissar Lohmüller zu dem erstaunten Gustav L. Sawatzky. Er war selbst nach Biddinghuizen gereist, um den Flüchtigen in Empfang zu nehmen. Seine holländischen Kollegen hatten ihn bereits in Verwahrung genommen.

»Aus dem bekommen Sie nichts heraus!«, vermeldete ein holländischer Polizei-Kollege, bevor Sawatzky in Handschellen wieder in heimatliche Gefilde gebracht wurde.

Mangels sorgfältiger Beweissicherung versuchte es Inspektor Lohmüller mit einer List.

»Hören Sie, Herr Sawatzky, wir haben Hautschuppen an der Innenwand des Boxzeltes sichergestellt. Genau an der Stelle, an der Sie zugeschlagen haben. So stark, dass ein Junge dadurch sein Leben lassen musste!«

Bei den letzten Worten hatte sich die Lautstärke des Kommissars deutlich erhöht.

Aber immer noch blieb Gustav L. Sawatzky stur und hartnäckig wie ein mittelalterliches Bollwerk. Ja, er forderte sogar einen Anwalt.

Als ein Polizeibeamter schließlich einen Becher mit Kaffee vor ihn auf den Tisch stellte und Gustav L. Sawatzky das heiße Getränk hastig ausgetrunken hatte, ging er in sich und gab seine zurückhaltende Mauer-Strategie auf.

»Es hat ja doch keinen Sinn: Mich ärgerte es, dass Leute den Eintritt sparen wollen, um durch die Zeltritzen die Boxkämpfe zu erspähen. Ja, ich habe zugeschlagen. Beim zweiten Gratis-Gucker habe ich vielleicht etwas heftiger zugeschlagen. Ich konnte ja nicht ahnen, dass da ein Junge versuchte, sich ein Sichtfeld zu schaffen. Und, und …«, Gustav Ludomir Sawatzky, jetzt mit ganzem Namen bekannt, legte eine kurze Pause ein, fuhr dann aber fort: »Und dass der sich noch den Hinterkopf an einer Eisenstange aufschlägt, kann ich doch nicht ahnen!«

Da hatte er zwar nicht ganz unrecht, aber in Tateinheit mit seiner offensichtlichen Flucht sowie einer noch nicht abgebüßten Bewährungsstrafe musste sich Gustav Ludomir Sawatzky auf eine mehrjährige Haftstrafe in einer Vollzugsanstalt gefasst machen.

Die Leiche am Rande der Schonung

Mit gerümpfter Nase wandte sich Kriminal-Inspektor Manfred Gernreich von der Leiche in der dichten Schonung ab. Sie zeigte bereits einen erhöhten Verwesungsgrad und roch entsprechend fürchterlich. Dabei hatte der Tag gerade erst begonnen.

»Das schau' ich mir lieber später auf den Fotos an!«, befand er kurz entschlossen.

»Wissen Sie schon, ob es sich um eine Straftat handelt!?«, rief der Inspektor dem im niedrigen Tannengrün knienden Beamten vom Erkennungsdienst zu. Doch der zuckte nur mit den Achseln.

»Das können wir erst in der Pathologie klären!«, kam es aus den ein Meter hohen Tannen zurück.

Über der Leiche lag ein langer Ast. Morsch. Er hätte den Mann auch erschlagen haben können.

»Wie haben Sie den Leichnam denn finden können, Herr Oberförster?«, fragte Gernreich den Herrn mit dem grünen Anzug, der mit seinem Hund am Rande der Tannenschonung wartete.

Einige Bäume ragten weit über die Schonung hinaus.

Anstatt eine direkte Antwort zu geben, beschäftigte den Förster vielmehr die Verantwortung, dass einer seiner Bäume aus altem Bestand offensichtlich einen Menschen erschlagen hatte.

Nach einer Weile aber antwortete er: »Ja, mein Jacob hatte Witterung aufgenommen. Er zerrte mich zu dieser Stelle.« Jacob, ein prächtiger Vorsteherhund, saß gehorsam neben seinem Herrn.

Die Leute vom Erkennungsdienst fotografierten. Fixierten die Abstände zu dem Baum, von dem der schwere Ast abgebrochen war. Sicherten Spuren von Füßen und Reifen.

Schon am nächsten Morgen lag eine dicke Mappe mit Fotografien, Berichten, Messdaten und Ortsskizzen auf dem Schreibtisch von Inspektor Gernreich. Nachdem er sich kurz eingearbeitet hatte, beraumte er eine Besprechung an. Eine Assistentin hatte bereits vergrößerte Fotos und Skizzen mit wichtigen Details auf Wand- und Metaplantafeln aufgesteckt.

»Ein Fremdverschulden konnten wir bisher nicht feststellen«, vermeldete der leitende Pathologe, »außer den Verletzungen, die von dem heruntergefallenen Ast herrührten, konnten wir keine weiteren Einwirkungen feststellen.«

Bei dem Zustand der Leiche kein Wunder!

Die Frage nach dem Todeszeitpunkt konnte der Gerichtsmediziner nur vage mit »vor acht bis zehn Tagen« angeben.

Die Fotos, wie auch die genommenen Holz-Präparate von dem betreffenden Baum, ließen keine Zweifel offen, dass es sich um einen abgebrochenen Ast von jenem Baum handelte.

Nach Feststellung der Identität, die im Wesentlichen auf einer Vermisstenmeldung und dem zahnärztlichen Gutachten beruhte, sowie zahlreichen Befragungen im Verwandten- und Bekanntenkreis, gab Inspektor Gernreich die Leiche nach zwei Wochen zur Einäscherung frei.

Bei der Leiche mit deutlichen Verwesungsspuren handelte es sich um Jens Brokowsky, einen sehr von sich eingenommenen Besitzer mehrerer Damen-Boutiquen.

Zwar hielt sich seine Beliebtheit bei den männlichen Verwandten und Bekannten in Grenzen, aber die Damenwelt lag ihm zu Füßen. Eifersüchteleien, geschäftliche Machenschaften oder Feindschaften ließen sich von Inspektor Gernreich und seinen Kollegen nicht feststellen.

So blieb es bei dem Befund eines tragischen Unfalls in der Tannenschonung am Waldrand.

Akten und Beweismittel verschwanden in die Asservatenkammer.

Es sollte noch ganze 32 Jahre dauern, bis ein gänzlich anderes Licht auf die Todesursache fiel.

Ein gewisser Fred Gerber hatte nach seinem Tod ein Testament hinterlassen, in dem er ein ausführliches Geständnis zu der geschickten Planung der Tötung von Jens Brokowsky handschriftlich verfasste.

Von den fast 20 Seiten seines späten Geständnisses sei nur so viel festgehalten:

Das schlechte Gewissen über das ungesühnte Verbrechen sei für Fred Gerber eine schwere Last gewesen und vielleicht auch Ursache für seinen Magenkrebs, dem er schließlich erlag.

Sein Mordmotiv lag einzig und allein in dem arroganten Auftreten von Brokowsky. Dass dieser seine Anziehungskraft auf Frauen schamlos ausnutzte, machte Fred Gerber mit der Zeit immer wütender.

So ersann er einen teuflischen Mordplan, den er ganz alleine ausführte.

Es gelang ihm, die geschlossene Limousine von Brokowsky mit Kohlendioxid zu fluten. Als dieser sich schwungvoll in seinen Wagen schwang, dauerte es nicht lange, bis sein Kopf auf das Lenkrad fiel.

Fred Gerber stand mit einer großen Plastiktüte bereit, um den Leichnam darin aufzunehmen. Das giftige, atemlähmende Kohlendioxid-Gas verflüchtigte sich nach Herunterlassen der Wagenfenster schnell.

Am Waldrand aus der Tannenschonung einen Ast abzureißen, war kein großes Kunststück. Der als geeignet befundene Ast war morsch und ließ sich leicht mit einem Kunststoffgurt abbrechen.

Aufwendiger gestaltete sich, das Szenario mit dem fingierten Erschlagen einzurichten. Der schwere Ast musste mit dicken Gummihandschuhen kräftig angehoben werden und auf den Leichnam niedergeschmettert werden. Damit dabei keine kräftigen Stiefelspuren entstanden, umwickelte Gerber in gerissener Weise seine Schuhe mit einer dicken Plastikfolie. Mit der Zeit würde sich der Waldboden zwischen den kleinen Tannen schon wieder seinem unbeschädigtem Zustand nähern.

Damit, dass sein Testament bereits zwei Wochen später die Polizei beschäftigen würde, hatte Fred Gerber nicht gerechnet.

Für ihn lief dennoch alles gut.

Jetzt hatte er sich nur noch seinem Schöpfer gegenüber zu verantworten. Und ob das weniger leidvoll ist, steht in den Sternen.

Die Leiche im Deich

Mit Schrecken erinnern sich noch viele Bewohner der Nordsee-Region an die Sturmflut-Katastrophe aus dem Jahre 1962. An den Fluss-Unterläufen von Elbe und Weser sowie ihren damals noch kaum gesicherten Nebenflüssen stieg das Wasser über die Ufer und breitete sich weit in der Flusslandschaft aus.

Vor allem an all den Deichen, die seit der vorangegangenen fatalen Sturmflut aus dem Jahre 1953 noch nicht erhöht worden waren, ja, sich sogar teilweise in einem schlechten Pflegezustand befanden, kam es zu schweren Erosionsschäden und zahllosen Deichbrüchen.

Trotz der zahlreichen Todesopfer wiesen Politiker und Verwaltungsbeamte eine Mitschuld an dieser erneuten Flutkatastrophe von sich.

Nicht ungeschoren allerdings blieb der Mörder einer Frau, deren Leiche bei der Aushöhlung eines Deiches zum Vorschein kam. Soldaten entdeckten bei ihrem Einsatz mit Sandsäcken ein in Tücher gewickeltes Gerippe. Sie wurden genau an diese Stelle beordert, wo die Flutwellen den Deich deutlich abgetragen hatten, so dass er zu brechen drohte.

Eile war geboten, die halb aus dem Deich freigespülte Leiche zu bergen, um mit dem Abdichten beginnen zu können. Noch ehe die Kriminalpolizei vor Ort erschien, hatten Soldaten den bis auf die Knochen verwesten Leichnam aus dem Deich gezogen. Dass er dabei in drei Stücke zerfiel, zeigte sich unter diesen Umständen als unvermeidbar.

Polizei-Beamte überführten die geborgenen Teile des Leichnams in die Pathologie der Gerichtsmedizin. Dort begannen Laborkräfte sofort mit der Reinigung. Fotoaufnahmen von Leichenteilen, Stoff- und Kleidungsresten hielten alle Details sorgfältig fest.

Dass die auf etwa 30 bis 35 Jahre geschätzte Frau nicht durch einen Unfall in den Deich gelangte, war Kommissar Schneider von Anfang an klar. Als er jedoch sah, dass den Beinen noch Seilreste einer Fesselung anhafteten, schwand jeglicher Zweifel an einem grausamen Mord.

Gerichtsmediziner datierten den Todeszeitpunkt zunächst zwischen zehn bis fünfzehn Jahre zurück. Ein recht langer Zeitraum. Die Recherche nach Vermissten-Meldungen brachte im ersten Durchgang keinen Erfolg.

»Wir müssen den Kreis um die Fundstelle erweitern!«, ordnete Schneider an, »suchen wir 100 Kilometer im Umkreis nach Vermisstenanzeigen der letzten 18 Jahre.«

Er fügte noch hinzu: »Die Altersangabe und das Geschlecht erleichtern die Suche.«

»Pathologie und Forensik werden uns weitere Indizien zur Identifizierung des Opfers liefern«, ergänzte einer der Beamten. Ein anderer setzte die größte Hoffnung auf die Charakteristik des Gebisses.

Aber es kam noch besser.

Der eine Fuß des Opfers steckte noch in einem Halbschuh. An dem zweiten Zeh befand sich ein Silberring mit der Aufschrift »Helmuth«. Der Täter oder die Täterin muss an diesen Zeh-Ring nicht mehr gedacht haben. Denn ansonsten waren keinerlei Schmuckgegenstände an der Leiche zu finden. Vielleicht gingen sie auch bei der rabiaten Notbergung aus dem Deich verlustig. Dieser Ring aber, verborgen und geschützt in dem rechten Schuh, erwies sich als ein sehr wertvolles Asservat.

Schon nach einer Woche engte sich der recherchierte Kreis der vermissten Frauen auf vier Möglichkeiten ein. Nach weiteren sieben Tagen erwies sich der kleine Silberring als die erfolgreichste Ziel-Spur:

Ein Schuster und Graveur in einem Kaufhaus erinnerte sich noch nach so langer Zeit, dass ihm ein kleiner Silberring von einer Dame vorgelegt wurde, in den er einen Namen einschleifen sollte. An den Namen konnte er sich nicht mehr erinnern. Auch über das Datum konnte der Mister Minute-Angestellte nur sehr vage Angaben machen.

»An den Ring erinnere ich mich deshalb so genau, weil er

zu klein für mein Werkzeug am Arbeitsplatz im Kaufhaus war«, erzählte der Angestellte.

»Da mich die Dame so inständig bat, vertröstete ich sie auf den nächsten Tag. Bei einem befreundeten Uhrmacher konnte ich den Auftrag durchführen. Er verfügte über modernste Gravier-Einrichtungen.«

An die Frau erinnerte sich der Mann jedoch in keinster Weise. Dem Gerichtszeichner bei einem Portrait behilflich zu sein, lehnte er ab.

»Jetzt haben wir den Wohnkreis des Opfers erheblich verkleinert«, triumphierte Kommissar Schneider, »die Suche nach ihrem Zahnarzt dürfte nicht mehr schwer sein.«

Und tatsächlich: Die Beamten stießen recht bald auf einen Dr. Michaelis, einen Zahnarzt am Ort des Kaufhauses, aus dem der Hinweis mit dem Ring kam.

»Eigentlich darf sich die Aufbewahrungsfrist für zahnärztliche Befunde auf zehn Jahre beschränken«, erklärte Dr. Michaelis, »ich kann aber schlecht etwas vernichten. Im Keller befinden sich noch Befunde, die 22 Jahre zurückreichen. Auch nachdem ich die Praxis von meinem Onkel übernommen hatte, war ich zu faul, die alten Patienten-Akten zu vernichten.«

Dr. Michaelis zeigte sich sehr verständnisvoll und hilfsbereit. Nach über zehn Stunden eifrigster Sucharbeit, hatte er gemeinsam mit einem Kollegen aus der Gerichtsmedizin die passende Patienten-Akte gefunden: Dagmar Gärtner, damals vor zwölf Jahren 33 Jahr alt, verheiratet mit einem Helmuth Gärtner …

»Helmuth Gärtner!«, Kommissar Schneider wiederholte den Namen nachdenkend mehrmals in gedehnter Weise.

»Die Miniatur-Gravur auf dem silbernen Zeh-Ring mit dem Namen Helmuth!«, entfuhr es ihm. »Jetzt sind wir schon ein ganzes Stück weiter!« Er machte einen unverkennbar zufriedenen Gesichtsausdruck, als er sich über sein Kinn strich.

Im Einwohnermeldeamt erfuhren die Beamten, dass ein Helmuth Gärtner die Stadt vor zwölf Jahren verließ, jedoch seine neue Adresse nicht nachreichte.

Die Suche nach Helmuth Gärtner blieb monatelang ergebnislos. Selbst Berichte und Aufrufe in den Medien brachten keine verwertbaren Resultate.

Schließlich erreichte den Kommissar eine anonyme Telefon-Nachricht von einem männlichen Anrufer, dass sich der Gesuchte in der französischen Stadt Lyon niedergelassen hätte.

Mit Hilfe der französischen Polizei dauerte es nicht lange, bis der Aufenthaltsort des mutmaßlichen Täters bekannt war: Rue de Richelieu 11.

Die Wohnung zeigte sich in einem Zustand, als wäre sie gerade mit dem Nötigsten verlassen worden.

Es dauerte nur wenige Stunden, bis Helmuth Gärtner in die Fänge einer Ringfahndung geriet.

Das Verhör durch Kommissar Schneider hielt er nicht lange durch. Geständig berichtete er von den Streitereien mit seiner Frau. Mit einer hohen Dosis von Schlaftabletten hatte er sie heimlich gefügig gemacht.

Bevor er seine willenlose Frau in der Baugrube am Deich verscharren konnte, strampelte sie plötzlich derart mit den Beinen, so dass er sie mit einem Seil hatte zusammenbinden müssen. Aus der Baugrube konnte sie sich jedenfalls nicht mehr befreien. Ein grausamer, hinterhältiger Mord!

Die bestialische Untat nagte unaufhaltsam an seinem Gewissen, und Gärtner zeigte sich erleichtert, dass die zurückliegenden zwölf Jahre, die wie Blei auf ihm lasteten, jetzt endlich vorüber waren.

Auf Helmuth Gärtner, der nicht wieder geheiratet hatte, kam das volle Strafmaß für einen Mörder zu.

Die Rache der Rollstuhlfahrer

Eine Schülerin aus der Nachbarschaft war die Erste, die Sven Hinrichs vor seiner großen Stahlplastik im Garten fand. Er lag auf dem Bauch, mit dem Gesicht im Gras. Das Gebüsch um sein Einfamilienhaus ließ nur wenig Sicht in seinen Garten zu. So war es ein Zufall, dass dieser leblose Körper schon am frühen Morgen entdeckt wurde.

Sven Hinrichs lebt schon über zehn Jahre alleine in seinem Haus, das er einst selbst geplant und entworfen hatte. Seine Frau ging durch ein Herzleiden schon früh von ihm. An der großen Holzplastik in seinem Garten hatte er fast drei Jahre lang gearbeitet. Viele Passanten hatten bewundert, mit welcher Akribie er an seiner Figur arbeitete. Als sie vollendet war, bewunderte jeder den alten Hinrichs.

Jetzt lag er regungslos vor seinem Kunstwerk.

Das Schulmädchen hatte mit ihrem Tablet-PC nach kurzem Zaudern die Polizei alarmiert, ohne das Grundstück selbst zu betreten. Der Beamte am Ende der Leitung verlangte zwar von ihr, vor Ort zu bleiben, sie gab aber ihren Namen, ihre Handy-Nummer und Adresse an, um den Weg in die Schule fortzusetzen. In der ersten Stunde gab es Zeichenunterricht. Den wollte sie auf keinen Fall versäumen.

Der Arzt, der mit der Polizei auf dem Grundstück von Sven Hinrichs eingetroffen war, stellte sehr schnell den Tod des Hauseigentümers fest. Die Leichenstarre war schon zum Teil eingetreten. In der Kälte der Nacht dauert es etwa 15 Stunden bis zur vollständigen Erstarrung der Muskulatur. Da der Kopf und die Knie bluteten, musste von einer Fremdeinwirkung ausgegangen werden. Das rechte Bein schien sogar völlig unnatürlich abgewinkelt zu sein. Hosenbeine und Hemd hingen in Fetzen am Körper.

Der Erkennungsdienst der Kriminalpolizei hatte bereits den Gartenbereich um das hölzerne Kunstwerk weiträumig abgesperrt. Das Blitzlicht eines Fotografen ließ jedes Mal aufschrecken. Oberinspektor Horst Dräger beugte sich kurz über den leblosen Körper von Sven Hinrichs. Aufmerksam musterte er die Umgebung. Er sah, wie Kollegen von der Polizei in den Büschen nach brauchbaren Spuren suchten.

»Was sind das für viele Radspuren!?«, rief Dräger über das Gartengelände.

»Ich habe alle fotografiert!«, rief der Mann mit der Kamera zurück.

Dräger wandte sich zu einem Kollegen vom Erkennungsdienst: »Bitte, machen Sie Abdrücke von allen Reifenspuren.«

Dräger überlegte, wann er zum letzten Mal einen Mord aufzuklären hatte. Es mochte wohl schon ein halbes Jahr her gewesen sein. Damals ging es um Rauschgift. Um was in aller Herrgottsfrühe geht es diesmal bei dem alten Hinrichs?

Raubmord kam nicht in Frage: im Haus hatte man keine Einbruchsspuren gefunden. Rache? Wer konnte dem alten Mann schon böse sein. Er lebte seit Jahren hier zurückgezogen und bescheiden.

Die Nachforschungen im Leben von Sven Hinrichs und die Befragung der Nachbarn blieben zunächst erfolglos. Kinder und Verwandte schien der alte Hinrichs nicht mehr zu haben.

Es vergingen einige Tage, bis sich ein Angestellter des Gerichts in der Hauptstadt meldete. Er verwies auf das Verfahren gegen Sven Hinrichs. Es habe vor annähernd 20 Jahren stattgefunden. Die Verhandlungen wären eingestellt worden. Aber er wolle im Archiv noch einmal nach vorhandenen Akten suchen lassen.

Am folgenden Nachmittag legte ein Gerichtsbote aus der Hauptstadt die Gerichtsakte auf den Schreibtisch von Oberkommissar Dräger.

Nach dem Studium der verstaubten Unterlagen wurde ihm einiges klar.

Sven Hinrichs hatte zwei Männern, die sich nachts an seiner Holzplastik im Garten zu schaffen machten, kurzerhand mit seinem Militär-Gewehr in die Knie geschossen. Das Gleiche blühte dem Fahrer des kleinen Lasters, der rückwärts an sein Gartengrundstück gefahren war. Er wollte die Flucht ergreifen. Aber Hinrichs war mit seinem Gewehr schneller. Mit offener Heckklappe hatte der Kleintransporter auf die Verladung der Plastik gewartet. Der schwere Granit-Sockel war schon mit einem Spaten freigelegt. Die Absicht des ungebetenen Arbeitsteams war für Hinrichs unverkennbar. Da kannte er kein Pardon. Da sah er rot.

Zum Glück von Sven Hinrichs stellte sich heraus, dass er drei lange gesuchte Gelegenheitsdiebe und Einbrecher zur Strecke gebracht hatte. Für das Gewehr aus seiner Militärzeit hatte er weder eine Erlaubnis noch eine Lizenz, damit umzugehen.

Aber die Richter gingen gnädig mit ihm um. Sie beließen es bei einer kleinen Geldstrafe, die mit der Belohnung zur Ergreifung der drei Banditen kompensiert wurde.

Oberkommissar Dräger ließ die drei Ganoven auftreiben und in sein Kommissariat bringen. Da sah er die Bescherung und das Tatmotiv mit einem Blick, denn alle drei Männer saßen im Rollstuhl. Die Knieverletzungen, die ihnen Sven Hinrichs beigebracht hatte, ließen sich nicht mehr zufriedenstellend operieren. Nerven und Knochen waren so stark beschädigt, dass nur Spezialkliniken da hätten helfen können. In der Gefängnis-Klinik waren derartige Möglichkeiten allerdings begrenzt. So blieb ihnen ein klägliches, schmerzhaftes Leben im Rollstuhl. Ein wahrlich teurer Preis für ihr Banditentum.

Das dachten sie nach einigen Jahren auch. In Sven Hinrichs Schießwut und Treffsicherheit sahen sie immer stärker die ungerechte Ursache ihres Leidens.

Zunächst wunderte sich Oberkommissar Dräger, dass die drei Banditen keine Ausflüchte, Achselzucken oder Unschulds-Beteuerungen an den Tag legten. Das leidvolle Leben hatte diese gewieften Gauner demütig werden lassen.

Etwas anderes als ein umfangreiches Geständnis hätte ihnen auch nur noch größeren Schaden zugefügt.

Die sieben Haare

Revierförster Hinrichs stapfte schon in aller Frühe mit seinem Jagdhund Romeo durch das Unterholz seines Reviers. Das Schwarzwild wühlte immer wieder an den Waldwegen auf der Suche nach Nahrung für den Winter. Sie nahmen überhand, diese Wildschweine. Wenn die Schwarzwild-Jagd in wenigen Tagen beginnen würde, wollte Hinrichs die Suhlen kennen, in die sich die Wildschweine bei Anbruch des Tageslichtes zurückziehen. Es ist dann ein lautes Grunzen zu vernehmen, wenn sich die Tiere ihre Ruheplätze gegenseitig streitig machen.

Revierförster Hinrichs war noch ganz in seine Strategie zum Auffinden der Wildschwein-Lagerstätten vertieft, als Romeo intensiv an der Leine zog. Hinrichs fasste die Hundeleine kurz. Hatte Romeo Schwarzwild gewittert? Nach wenigen Schritten offenbarte sich Hinrichs ein grauenvoller Anblick. In einer dichten Tannenschonung sah er einen Körper vom Ast einer Eiche hängen.

»Hier hat sich ein Verzweifelter sein Leben genommen!«, schoss es Hinrichs durch den Kopf. Ein kurzer Blick genügte, um festzustellen, dass hier jegliche Hilfe zu spät kam. Ihm blieb nur noch übrig, umgehend mit seinem Diensthandy die Polizei zu verständigen.

Der Wachhabende machte den Anschein, noch recht verschlafen zu sein, als Hinrichs seine Meldung durchgab. Aber in diesem Fall schien schnelles und fachgerechtes Handeln notwendig zu sein. So trafen kurz nacheinander Ortspolizei, Kriminalbeamte, Erkennungsdienst sowie ein Polizeiarzt und ein örtlicher Polizeifotograf bei Hinrichs vor der Revierförsterei ein. Er begleitete die Gruppe zu der entsprechenden Stelle im Wald, wobei er eine Abkürzung wählte.

Dem fachmännischen Blick des Oberkommissar Kretschmers entging nicht, dass der Leichnam relativ hoch an der Eiche hing. Auch ließ sich kein Baumstumpf, Schemel oder Ähnliches finden, mit dem der mutmaßliche Selbstmörder seinen Suizid hätte herbeiführen können.

Hier musste ein Mörder am Werk gewesen sein!

So zeigten sich die Mitarbeiter des Erkennungsdienstes gleich doppelt motiviert, ihre Arbeit mit Hilfe ihres umfangreichen Instrumentariums aufzunehmen, als sie die Schlussfolgerung des Oberkommissars vernahmen. Zum Abhängen der Leiche beorderte Kretschmer mit Hilfe der Ortspolizei die Feuerwache. Sie rückte mit einigen Steh- und Anlehnleitern an.

Schon am kommenden Morgen lagen die erkennungsdienstlichen Fotos, die ersten Berichte der Pathologie sowie die des forensischen Labors auf dem Schreibtisch von Oberkommissar Kretschmer.

Zunächst schickte er seinen Assistenten mit den Fotos los, um die Identität des Toten in Erfahrung zu bringen. Trotz des verzerrten Gesichtes sollte er in der Nachbarschaft oder im Ort zu erkennen sein, wenn es sich um einen einheimischen Bürger handelte.

Gedanken machte sich Kretschmer über die Haare, die man zwischen den Hosenbeinen des Opfers fand. Es waren sieben an der Zahl.

»Handelt es sich um einen Reiter, der seinem Leben ein Ende bereitete?«, sinnierte Kretschmer. »Dann müsste irgendwo der reiterlose Gaul aufzufinden sein!«

Entsprechende Befragungen in der Umgebung verliefen jedoch ins Leere.

Da stürmte Kretschmers Assistent freudestrahlend durch die Tür:

»Ich habe seine Identität! – Es handelt sich um den Gutsbesitzer Gerbholz.«

»Der sollte in der Tat vielen bekannt sein«, fiel Kretschmer ein und er folgerte: »Dieser Gerbholz war ein rechter Haudegen. Wer es mit ihm verdorben hatte, wurde seines Lebens nicht mehr froh. Er muss einen würdigen Gegner gefunden haben.«

»Oder einen gerisseneren!«, warf der Assistent ein.

Ländereien im weiten Umkreis zählten zu den Besitztümern von

Frank-Hermann Gerbholz. Er konnte in langer Erbfolge auf Häuser, verpachtete Grundstücke und landwirtschaftliche Höfe zurückgreifen. Dabei sprang er mit seinen Pachtnehmern und Mietern nicht zimperlich um. Davon wussten viele Bürger in der Gegend.

Auf dem Gut der Gerbholz-Familie war das Verschwinden des Hausherrn noch nicht bemerkt worden. Jeder hatte seine Aufgaben auf dem weit angelegten Hofgelände. Die Frau des Hauses weilte in der Stadt bei ihrer Schwester.

Da erreichte Oberkommissar Kretschmer unerwartet ein weiteres Telex des forensischen Untersuchungslabors: Die Analyse der sieben sichergestellten Haare an den Innenseiten der Hose des Opfers ergab, dass es sich nicht um Pferdehaare, sondern um Haare eines Esels- oder Maultieres handele.

»Eselshaare! – Interessant! – Aber wo befinden sich Esel auf dem Gerbholz-Gut?«, fragte sich der Oberkommissar. Das ließe sich leicht feststellen. Doch die Suche sowie die Befragungen in den Stallungen blieben ergebnislos.

Hinweise verdichteten sich dann jedoch auf einen gewissen Adolf Polomsky. Er besäße einen Esel für seine landwirtschaftlichen Arbeiten. Seine Pacht erstrecke sich auf einen kleinen landwirtschaftlichen Bereich, eine Parzelle, auf der er Schafe und Gänse halte.

Als der Oberkommissar mit seinem Assistenten und zwei Polizeibeamten die kleine Bauernkate der Familie Polomsky betrat, zeigte sich Adolf Polomsky recht verwirrt. Da er als Einziger dieser Gegend im Besitz eines Esels war, blieb ihm nichts anderes übrig, als die Tat unumwunden zuzugeben. Seine Frau brach in Tränen aus. Sie musste mit acht Kindern zukünftig alleine zurechtkommen.

Auf dem Polizeirevier ging der arme Adolf Polomsky wütend aus sich heraus. Fast hatte man den Eindruck, er wolle seine Untat rechtfertigen:

»Dieser Halsabschneider, dieser widerliche Gerbholz! – Schon wieder wollte er die Pacht für Haus und Hof heraufsetzen. Wir kommen jetzt schon kaum über die Runden.«

»Aber wie konnten Sie diesen starken Mann denn überwältigen?«, fragte Kretschmer sichtlich interessiert.

»Der Zufall hat mir ein wenig dabei geholfen«, schmunzelte Polomsky kaum vernehmbar in sich hinein, »als er zu mir in den Schafstall hineinpolterte, stolperte er über eine Schwelle. Auf dem Boden lag unter ihm das Seil zum Absperren des Stalles für die Schafe. Geschwind wickelte ich es, fast wie von einer Hand geleitet, um seinen Hals und zog die Schlinge zu. Diesen Drecksack auf den Esel zu heben, war für mich das größte Stück Arbeit.«

Die Tote auf den Schienen

Man schrieb noch das Jahr 1990, als ich mich auf einer Dienstreise befand, die ich im Leben nie vergessen werde.

Entspannt drückte ich mich mit meiner Zeitung wieder in die Ecke meines Fensterplatzes. Ein Schaffner hatte mit der Entschuldigung »Personalwechsel« zum dritten Mal die Fahrkarten kontrolliert.

Da schießt das Quietschen greller Bremsgeräusche durch die Zugabteile. In unangenehmer Weise drückt mich das heftige Bremsen des Zuges in die Sitzpolster. Metall mahlt auf Metall.

Schreie dringen aus den Nachbar-Abteilen zu mir herüber. Meine vollgepackte, schwere Sporttasche stürzt auf mich herab. Noch bevor der Zug zum Stehen kommt, höre ich die Stimmen aufgeregter Menschen an den Gleisen.

Instinktiv habe ich mich zusammengeigelt. Sekunden brauche ich, um wieder Herr der Lage zu sein. Abteilfenster werden heruntergerissen. Nach einer Weile gelingt es auch mir, nach draußen zu schauen, entlang des Schienenstranges.

Mitreisende schreien aus den Abteilen einem zurücklaufenden Schaffner Fragen entgegen: »Warum halten wir hier?« – »Was ist passiert?« – »Wann geht es weiter?!«

Der Bedienstete hastet an dem Bahndamm entlang, ohne sich um die Rufe der Reisenden zu kümmern.

Viele Minuten vergehen, bis wir die Fahrt fortsetzen. Die Nachricht, dass eine Frau auf den Schienen lag, drang auch zu mir. Offenbar war die Dame betäubt.

Fragen blieben vorerst unbeantwortet. Vermutungen und Phantasien mussten als Ersatz herhalten. In das aufgeregte Stimmengewirr der Zugpassagiere mischten sich Geräusche des Türschließens sowie das Geräusch der Metallräder auf den Stahlschienen.

Zunächst rollt der Zug so langsam, dass Menschen im Einsatz, Neugierige und Polizei-Fahrzeuge gut erkennbar vorüberzogen. Blaulicht kreiste auf den Einsatzfahrzeugen.

An Zeitunglesen war jetzt nicht mehr zu denken.

»Eine Frau auf den Schienen!«, schoss es mir durch den Kopf, »welch' Schicksale stecken dahinter? – Mord? – Freitod? – Schrecklich ist beides!«

Den nächsten Halt, meinen Zielbahnhof, hätte ich bei dem Grübeln fast verpasst.

In diese Stadt hatte mich mein Chef beordert, um die Datenverarbeitung auf dem Polizeiposten zu installieren. Vier Beamte sollte ich in vier Tagen mit den Programmen vertraut gemacht haben. Bis in die späte Nacht herrschte jetzt noch reger Betrieb auf den engen Fluren und in den relativ kleinen Büros des Reviers. Offensichtlich waren alle Beamte mit Feuereifer mit der Frau auf den Schienen beschäftigt.

Das Opfer war durch Messerstiche in Brust und Gesicht ziemlich unkenntlich gemacht worden. Die Beamten vermuteten, dass der Eilzug den Rest zur Unidentifizierbarkeit beitragen sollte.

Aber noch am gleichen Abend gelang es der Polizei, die Identität der Frau aufgrund von Vermissten-Anzeigen und Körper-Merkmalen zu ermitteln. Es handelte sich um Johanna Buttgereit. Sie kam aus diesem Ort, war verheiratet und überaus attraktiv. Bis spät in die Nacht befragten Kriminalbeamte den Ehemann, Verwandte und Nachbarn.

Ich etablierte in all dieser Hektik das EDV-System und formatierte Datenträger. Ungewollt werde ich Zeuge von Befragungen. Sie graben sich jedoch nur bruchstückhaft in mein Gedächtnis ein.

Die Zeiger der Wanduhr im Foyer meines kleinen Gasthauses rückten schon auf Mitternacht zu, als ich mit meinen beiden Koffern dort eintraf.

In der Gaststube herrschte noch reger Betrieb. Als ich mich selbst später noch für einen »Absacker« an den Tresen der kleinen Bar setzte, bemerkte ich schnell, dass die Tote auf den Schienen auch hier die Themen der Gespräche bestimmte.

Als eine Stunde später unter reichlich Alkoholeinfluss manche Äußerung unkontrollierter durch die Gaststube drang, konnte ich interessiert den Stimmen der Einheimischen an einem Ecktisch lauschen. Von dezenter Zurückhaltung gingen die Herrschaften bereits in lautes, mitunter schon unverständliches Gegröle über.

»Der Alte war's! Der Buttgereit hat doch noch nie etwas getaugt!«, hallte es unüberhörbar durch den Raum.

Ungewollt erfahre ich auch von einem Fremden, der hier im Gasthaus abgestiegen war. Er sei heute ungewöhnlich früh auf sein Zimmer gegangen. Gestern noch hing er bis nach Mitternacht an der Theke herum.

Ein Vetter der Buttgereits aus München sei in den letzten Tagen zu Besuch gewesen. Auch das Verhältnis mit einem attraktiven Nachbarn blieb in dieser kleinen Stadt nicht als Geheimnis verborgen.

Noch bevor ich dem leitenden Kommissar von dem Gehörten in meinem Gasthaus berichten konnte, waren die betreffenden Personen bereits für den Nachmittag des Folgetages vorgeladen worden.

Alle Beamte waren mit Befragungen, Zeugen-Vernehmungen und dem Begleiten sowie Heranholen von Personen beschäftigt. Aus den Räumen drangen gedämpfte Verzweiflungschreie und Wutausbrüche.

Am Abend raufte sich der leitende Inspektor das dünn gewordenen Hinterkopfhaar: »Was haben wir in unseren Netzen?! – Nichts! Aber auch gar rein nichts!«

Und er fuhr nach einem kurzen Moment fort: »Wer die Kaltblütigkeit besitzt, eine verunstaltete Leiche auch noch über einen Kilometer auf die Gleise der Fernzüge zu transportieren, der wird sich schwerlich von uns auf Anhieb einschüchtern lassen.«

Ich bemerkte die Niedergeschlagenheit der Polizeibeamten. Den ganzen Tag hatte ich an den Computern gearbeitet.

Bar jeglichen kriminalistischen Wissens fasste ich allen Mut zusammen und machte dem Kommissar einen verwegenen Vorschlag, um die Verdächtigen aus der Reserve zu locken. Es schien sich um einen stark eingeschränkten Täterkreis zu handeln.

»Meinetwegen! Aber jetzt hau ich mich erst einmal in die Falle.«

Am nächsten Vormittag waren alle verdächtigten Personen wieder auf dem Revier versammelt.

»Es kann losgehen!«, deutete mir der Kommissar an.

Den verdächtigten Personen gebe ich ganz gewöhnliche Kopfhörer. Ein Computer überträgt verschiedene technisch klingende Geräusche auf die Kopfhörer. Zusätzlich erhalten sie Kupfer-Manschette um die Armgelenke. Tonband, Lautsprecher-Boxen, eine UV-Lampe sowie eine Video-Kamera geben der Anlage ein bedeutungsvolles Aussehen.

Jeder der betreffenden Personen erkläre ich: »Diese Anlage entspricht dem neuesten Stand ausgefeilter kriminaltechnischer Entwicklung. Sie beruhen auf den Prinzipien der sensomotorisch digital gesteuerten Wahrheitsfindung.« Voller Ernst spulte ich den zusammenfantasierten Text herunter. Eigenartigerweise widersprach keine der Personen, auch wenn sie mit Skepsis und weiteren Erläuterungen zögerten.

Die Fragen hatte ich mit dem Kommissar vorher abgesprochen. Ich trug sie durchweg sachlich, ohne jegliche Emotion vor. Die Antworten begleiteten Geräusche. Auf dem Monitor des Computers erschienen digitale Signale und Zahlen-Kolonnen.

Jetzt kam die Reihe an den Fremden, der an dem Tag der Tat auf den Schienen schon so früh auf seinem Zimmer verschwand. Zwei Polizisten hatten ihn bereits am Vortag ausfindig gemacht und ein Kriminalbeamter hatte die anschließende Vernehmung geleitet.

An dem heutigen Tag wirkte er nervöser. Der Führerschein wies ihn als Erwin Servas aus. Seiner Bitte um Rauch-Erlaubnis gab ich trotz des allgemeinen Rauchverbotes in diesen Räumen nach.

Die Befragung dauerte gut eine Viertelstunde. Fragen wiederholten sich, wurden schneller gestellt, auch nachgefragt.

Immer weniger konnte Erwin Servas seine Unsicherheit überspielen.

»Jetzt zeige ich Ihnen die Auswertung«, sagte ich, »kommen Sie bitte mit zum Bildschirm. Sie sollen das Ergebnis der Befragung unmittelbar erleben.«

Ich winkte Erwin Servas um den Computertisch herum.

Mehrere Zahlenkolonnen erschienen auf dem Monitor. Im Kopfhörer des Befragten nähern sich gepulste Geräusche, wie von einer Dampflokomotive, nur heller, durchdringender. Dann erklang eine schrille Glocke. Plötzliche Ruhe. Dann erschien, für den Bruchteil einer Sekunde aufblinkend, in übergroßen Lettern auf dem Monitor: MÖRDER – MÖRDER – MÖRDER – ....

Servas schließt die Augen. Er stützt den rechten abgewinkelten Arm an der Wand ab. Der Kopf folgt. Schamvoll vergräbt Erwin Servas sein Gesicht in seinem Jackenärmel.

»Warum, Servas? Warum?«, donnerte die Stimme des Inspektors durch den Vernehmungsraum.

Servas stammelte etwas von abgewiesener Liebe. Er schien, sichtlich gebrochen zu sein.

Nach zwei Stunden unterschrieb er sein Geständnis. Drei Polizeibeamte begleiteten ihn zu einer der Zellen im Keller des Reviers.

Der Überraschungs-Effekt durch eine beeindruckend vorgespielte, unbekannte moderne Technik jener Tage, war dem eiskalten, aber einfachen Gemüt eines Erwin Servas doch überlegen.

Die Tote unter dem Eis

Es war das erste Mal, dass Elisabeth Sumera nach langer Zeit mal wieder über das Eis des heimischen Badesees glitt. Früher hatte sie mehr Muße, mit ihren Schlittschuhen Kurven und Pirouetten zu drehen. Mit ihren Schulfreundinnen brachte sie es damals zu einer gewissen Fertigkeit. Jetzt, zwanzig Jahre später, musste sie sich erst wieder an die Kufen gewöhnen. Mitunter knackte das Eis. Aber die schlanke Elisabeth vermochte das Eis an allen Stellen des Sees zu tragen. Erst die vergangene Nacht brachte mit einer Kälte von –12°C genügend Frost, um die Eisdecke hinreichend zu stabilisieren.

Elisabeth Sumera glaubte sich schon wieder im Bereich ihrer einstigen Fähigkeiten im Eiskunstlaufen, als sie über einen der vom Schnee verdeckten Steine strauchelte. Kinder hatten sie auf das noch dünne Eis geworfen. Mit dem Körperschwung rutschte sie gut fünf Meter über das Eis, bis sie mit vorgestreckten Armen liegen blieb. Die Arme hatten den Schnee vor sich hergeschoben. Elisabeth konnte durch das glasklare Eis bis fast auf den Grund des Sees blicken.

Sie glaubte ihren Augen nicht zu trauen. Da lag ein halb nackter Mensch direkt unter der Eisfläche. Hastig wischte sie weiteren Schnee zur Seite. Plötzlich blickte sie in ein weißes Gesicht. Sie wollte schreien. Die großen Augen unter dem Eis waren auf sie gerichtet. Elisabeth schluckte. Ein Kloß saß ihr im Hals. Dann aber gellte ihr Schrei über das Eis.

Der erste sich nahende Eisläufer vermutete zunächst, dass der Schrei noch die Folge des Sturzes wäre. Er wollte ihr wieder auf die Kufen helfen. Wortlos deutete Elisabeth auf das Gesicht unter dem Eis. Den hilfsbereiten jungen Mann durchfuhr sichtbar ein Schaudern. Geistesgegenwärtig griff er jedoch zu seinem Handy. Er wählte die Notruf-Nummer 112.

Am anderen Ende meldete sich schnell eine Stimme:

»Notruf-Zentrale Hamburg-Süd – Michaelsen«

»Am Waldbadesee in Elmsbüttel liegt eine Leiche unterm Eis!« rief der Helfer aufgeregt in sein Handy.

»Mein Name? – Norman Sondermann!«

Der Posten in der Feuerwehr-Alarmzentrale stellte noch einige Fragen, bis er zum Ende kam:

»Gut, Herr Sondermann, ich gebe die Meldung gleich weiter. Bitte, bleiben Sie zur Einweisung in der Nähe des Fundortes. Polizei und Feuerwehr werden in etwa zehn Minuten bei Ihnen sein.«

Es dauerte fast 20 Minuten bis zum Eintreffen der Einsatzkräfte. Norman Sondermann und Elisabeth Sumera kam diese Zeit gar nicht lange vor. Sie stellten sich beide gegenseitig vor, erzählten von ihrer Arbeit und phantasierten über die Möglichkeiten, wie der Leichnam wohl unter die Eisdecke gekommen sein könnte.

Kommissar Petersen von der Hamburger Mordkommission traf erst ein, als die Männer der Feuerwehr das Eis mit Kettensägen bereits geöffnet und die Stelle gesichert hatten. Den Leichnam, offensichtlich eine Frau, legten sie behutsam auf eine Plane, als wäre noch Leben in dem kreideweißen Körper.

In der zerrissenen Kleidung waren keine Taschen zu entdecken. Die Identität blieb also weiterhin im Verborgenen.

»In die Obduktion!«, murmelte Petersen kurz.

»Das wird wieder ein langer und aufreibender Investigations-Prozess!«, dachte der Kommissar bei sich.

In der Tat! Es sollte noch eine Woche dauern, bis der Name der Toten feststand. Vermisst hatte sie noch keiner. Anhand des Tattoos auf dem rechten Schulterblatt, an das sich ein Leser der örtlichen Presse erinnerte, sowie des Plombenbildes der Zähne konnte die Leiche unter dem Eis als Swetlana K. aus Polen identifiziert werden. Unter diesem Namen wurde sie auch in den Presseberichten erwähnt.

Ein Landsmann hatte sie vor gut einem Jahr mit seinem Laster aus Polen mitgenommen, sich dann aber nach wenigen Wochen schon wieder von ihr getrennt. Wie sich des Weiteren ergab, schlug sich Swetlana mit Gelegenheitsarbeiten durch. Lange hielt sie es aber nirgendwo aus. Ohne Aufenthaltsgenehmigung glaubte sie offensichtlich, immer wieder untertauchen zu müssen.

So zog sie beispielsweise drei Wochen mit dem Fernlastwagenfahrer Antonov Smirnow durch Europa. Smirnow entstammte der Verbindung eines russischen Gastarbeiters und einer Deutschen, wurde in den Nachkriegsjahren in einer Kleinstadt nahe Hamburg geboren. Er meldete sich, als die Bilder der hergerichteten Toten in den Medien zu sehen waren. Auch einige Fernfahrer hatten Swetlana und Antonov in einigen Autorasthöfen gesehen.

Antonov Smirnow gab zu, die hilflose Situation der arbeitslosen Polin ausgenutzt zu haben. Er sei dann aber durch ihre Schlampigkeit abgestoßen worden.

»Die hat sich doch selten gewaschen oder geduscht, das Miststück! Das Luder stank mitunter wie ein Fischkutter!«, rechtfertigte Smirnow seine Trennung.

»Ich riet ihr, wieder nach Polen zurückzukehren. Bei uns herrschen auch keine paradiesischen Zustände – weiß Gott nicht!«, ergänzte er. »Nein. Geld habe ich ihr nicht mit auf den Weg gegeben.« beantwortete Smirnow die entsprechende Frage des Kommissars.

Einen Monat konnte Swetlana bei einem Bauern unterkommen. Sie half bei der Ernte und der Viehfütterung.

»Zu einem erotischen Verhältnis ist es nicht gekommen«, bekräftigte der Landwirt aus der Lüneburger Heide schon, bevor Kommissar Petersen danach fragte.

»Ich habe ihr noch 100 Euro zugesteckt. Meine Frau weiß nichts davon!«, erzählte der Landwirt. »Für ihre Arbeit hatte ich ihr 500 Euro bei freier Kost und Logis gegeben.«

Der Landwirt machte auf Kommissar Petersen einen sehr zuverlässigen Eindruck.

Nachbarn hatten Swetlana von ihren Einkäufen im Dorf in Erinnerung gehabt. Einige von ihnen hatten sich ebenfalls bei ihrem Polizeiposten gemeldet.

Einen weniger guten Eindruck bei Kommissar Petersen hinterließ ein Herr Samuel Kessler, der sich als Manager ausgab, sein Geld jedoch im Frankfurter Rotlicht-Milieu verdiente. Swetlana hatte in seiner Wohnung im Westend der Stadt nicht nur eine persönliche Beziehung mit ihm angefangen, sondern sie musste zeitweise auch fremde Herren sexuell bedienen, die Kessler anschleppte.

Auf die Frage nach der Reinlichkeit und Hygiene entrüstete sich Kessler:

»Dass ich die Swetlana den Herren nur in gebadetem und gepflegtem Zustand habe zukommen lassen, müssen Sie mir als Geschäftsmann schon glauben!«

Samuel Kesslers äußere Erscheinung hätte in der Tat einen Angestellten aus der Bankenwelt abgeben können, wenn ihm nicht sein grobschlächtiger Charakter im Gesicht gestanden hätte. Dass er ihr nur ein paarmal Geld für den Friseur und die Kosmetikerin zugesteckt habe, rechtfertigte Kessler mit seiner hohen Investition: »Für über 3.000 Euro habe ich ihr erst einmal vorzeigbare Klamotten kaufen müssen. In Lolas Boutique! Und die ist nicht billig! Das können Sie alles ruhig nachprüfen, Herr Kommissar!«

»Ja, und dann verschwand sie über Nacht«, spielte Kessler noch den Hintergangenen, gab dann aber doch zu: »Na ja, den Einsatz habe ich wieder herausbekommen. Aber es hätte noch ein gutes Geschäft werden können. Das Projekt lief gerade gut an.«

Es wären immer andere Freier gewesen, die Kessler aufgabeln konnte. An eine Beziehung mit ihnen glaube er nicht.

Diese Befragungen brachten ebenso wenig Anhaltspunkte, wie die Vernehmungen von gut einem Dutzend anderer Personen, mit denen Swetlana in Deutschland zusammengetroffen war.

Zwei Monate vergingen, da brachte der Zufall neues Licht in den »Fall Swetlana K.«: Der Frühling hatte das Eis schmelzen lassen. Mitglieder eines Tauchvereins aus der Nachbarschaft betauchten den Badesee mit ihren Geräten. Sie fanden eine kräftige Goldkette mit einem auffälligen Sternzeichen. Die ehrlichen Finder brachten die Kette zum örtlichen Polizeiposten. Sie trug einen Stempel »750«, das bedeutet, sie bestand zu drei Vierteln aus Gold. Der

Beamte notierte die Namen der Finder und bedankte sich für den edlen Charakter, den die Sporttaucher bewiesen hatten.

Am folgenden Tag erschien ein kleiner Artikel über den Fund im Badesee. Eine größere Bedeutung maß der Polizist dieser Kette jedoch nicht bei.

Zwei Tage später sichteten Angler an dem Badesee einen einsamen Taucher, der mitten durch den Bereich des Naturschutzgebietes ins Wasser stieg. Den Anglern sind Taucher ohnehin immer ein Dorn im Auge. Wenn dann aber noch ihre Fischruhezonen ignoriert werden, kennen sie kein Pardon. Per Handy meldeten sie dieses unvernünftige Vorgehen umgehend ihrem Dorf-Sheriff.

Der Polizeibeamte schwang sich sofort in seinen alten Streifenwagen und machte sich in Richtung Badesee auf. Lange brauchte der Beamte nicht am Ufer zu warten, bis der Taucher wieder an der Wasseroberfläche erschien.

Der Taucher verschwand nach kurzem Augenblick wieder im See. Vermutlich hatte er den Streifenwagen entdeckt. Es dauerte jedoch keine zehn Minuten, da entdeckte der Polizist den Taucher im Schilf. Er machte zunächst keinerlei Anstalten, dort hervorzukommen. Vom Ufer her war der Taucher jedoch gut zu erkennen. Zumal das Schilf-Dickicht über den Winter hinweg stark gelitten hatte. Schließlich stieg der Gerätetaucher aus dem Wasser.

Den Beamten überraschte es sehr, dass ihm das Gesicht des Mannes bekannt vorkam.

»Sie brauchen zum einen eine Taucherlaubnis für den See, zum zweiten sind Sie durch das Naturschutzgebiet ins Wasser gestiegen und zum Dritten taucht kein verantwortungsbewusster Sporttaucher alleine ohne Tauchpartner!«, ermahnte der Polizist den frierenden Froschmann, dessen Name ihm nicht mehr im Gedächtnis geblieben war. Er wusste jedoch, dass er ihn bei den Vernehmungen im Zusammenhang mit der Eisleiche gesehen hatte.

»Ich werde gegen Sie eine Ordnungsstrafe von 50 Euro verhängen«, musste sich der Einzeltaucher von dem nun dienstbeflissenen Polizeibeamten sagen lassen. Erleichtert holte der Taucher, noch im Neoprenanzug, seine Geldbörse aus seinem Volvo.

»Ich wollte mir einmal die Fischbestände in diesem See anschauen«, gab er als Begründung für seinen Tauchgang an.

Der Beamte verabschiedete sich mit nochmaligen Ermahnungen und Zurechtweisungen. Nach einigen hundert Metern bog er jedoch in einen Waldweg ein. Per Handy informierte er Kommissar Petersen. Mit einem Fernglas beobachtete er, wie sich der Taucher seines Anzugs entledigte, um sich wieder normale Kleidung überzustreifen. Der Beamte hatte die Autonummer des Volvos notiert. So ließ er den Taucher davonfahren, ohne einzugreifen.

Es dauerte noch eine halbe Stunde, bis Kommissar Petersen mit einem Assistenten am Badesee eintraf. Als sie hintereinander zum Polizei-Gebäude fuhren, entdeckten sie den Volvo auf dem Parkplatz vor dem Dorfkrug. Der Kommissar wies seinen Assistenten an, den Hinterhof im Auge zu behalten. Der Kommissar betrat alleine das Lokal, während der Polizeibeamte des Dorfes noch kurz in sein Büro fahren wollte.

»Das ist aber eine großartige Überraschung, Sie hier anzutreffen, Herr Antonov Smirnow!«, begrüßte der Kommissar den verdutzt dreinschauenden Sporttaucher. Er wärmte sich gerade an einem dampfenden Grog auf.

»Haben Sie etwas in dem See gesucht, Herr Smirnow!?«, fuhr der Kommissar fort. Stotternd versuchte Smirnow das zu verneinen. Gerade wollte er wieder die Geschichte mit dem Interesse an der hiesigen Fischpopulation auftischen, als ihm das Wort im Halse stecken lieb.

Gerade war der Dorfpolizist in der Kneipe erschienen. Er hielt die schwere Goldkette pendelnd in der Hand.

Smirnow schluckte. Nachdem er kurz mit sich rang, sagte er geistesgegenwärtig: »Die gehört mir nicht, Herr Kommissar!«

»Sie haben sich doch gerade bei mir erkundigt, ob hier im Dorf eine Goldkette mit Sternkreiszeichen Stier gefunden wurde«, warf der Wirt unverhofft ein.

»Ja, Herr Antonov Smirnow, weiteres Leugnen bringt Ihnen

nichts mehr! Über die Frau im Eis werden wir uns noch einmal gründlich unterhalten müssen!«, sagte Kommissar Petersen mit strenger, dienstlicher Stimme. Smirnow senkte sein Haupt mit den noch nassen Haaren. Er sah die Ausweglosigkeit seiner Lage ein.

Der Verhaftung und dem Anlegen von Handschellen widersetzte er sich nicht.

Swetlana hatte ihn mit seinen »Schwarzen Transporten« erpressen wollen, durch die er sich noch ein nennenswertes Zubrot verdiente.

Doppel-Suizid

Er sah ein Glas mit heißem Tee auf dem Tisch stehen, als er die Wohnungstür von Elvira Kottenhahn hinter sich bedächtig schloss. Sie hatte ihn in ihre Wohnung gezogen.

»Das Luder will mich erpressen!«, schoss es immer wieder durch seinen Kopf. Er sann nach einem Ausweg aus dieser vertrackten, dummen und völlig unnötigen Situation. Diese Kottenhahn war die Nachbarin seiner Arbeitskollegin Sandra Schäfer.

Seine ersten Besuche bei Sandra waren noch recht harmlos verlaufen. Aber dann sprangen die Funken doch über. Dabei ist es wohl etwas laut geworden. Jedenfalls stand die Kottenhahn in der Tür, als sich Jakob Wegener spät in der Nacht aus dem Staub machen wollte, um nach Hause zu eilen. Seine Frau würde keinen Verdacht schöpfen, denn er opferte für diesen Abend einer seiner Stammtisch- oder Vereinsabende.

»Sieh an, sieh an – der Doktor Wegener!«, hörte er die Nachbarin süffisant reden. Sie hatte einen seidenen dünnen Morgenmantel übergelegt, aus dem ihr Dekolleté verführerisch offen lag.

Jakob Wegener hatte sie kaum beachtet. Zwar rief sie ihm irgendetwas hinterher, aber er verstand nichts und wollte auch nichts von dieser Dame verstehen.

Am nächsten Tag jedoch stockte Wegener der Atem, als er gewahr wurde, dass er diese Nachbarin seiner Freundin, diese Elvira Kottenhahn, in der Telefonleitung hatte. Er wollte sich mit einem kurzen »Ich habe jetzt keine Zeit!« aus der Affäre ziehen. Aber da kannte er die Kottenhahn schlecht. Sie war ein Aufreißer-Weib. Zwei Scheidungen hatte sie sehr zu ihrem Vorteil überlebt. Jetzt lebte sie in den Tag hinein. Ging mit 42 Jahren keiner Arbeit mehr nach und ließ sich ziemlich gehen.

»Hören Sie, mein lieber Dr. Jakob Wegener!«, hörte er sie durch die Leitung säuseln, »Sie werden das nächste Mal zu mir kommen und zu meinen Diensten…«

Wegener lief rot hat. Die Wut hatte ihn vereinnahmt. Ein ungeeigneter Partner in brenzligen Situationen. »Was fällt Ihnen ein!« Mit diesen Worten schmiss er den Hörer auf seinen Schreibtisch. Griff ihn dann aber und legte ihn auf den Telefon-Apparat.

Es klingelte noch einige Male, bis sein Chef an die Tür klopfte.

»Eine Frau Kottenhahn nervt mich, Sie würden ihr Unrecht tun!«, sagte er und schob Wegener einen Zettel mit einer Telefonnummer hin.

»Regeln Sie das bitte umgehend!«, sagte der Boss.

Die Telefon-Nummer benötigte Wegener nicht mehr, denn sein Telefon machte sich wieder mit der Frau Kottenhahn bemerkbar.

»Was wollen Sie dauernd! Jetzt belästigen Sie auch noch meinen Vorgesetzten!«, schrie Wegener in die Sprechmuschel.

»Jetzt hören Sie mir mal ganz genau zu! Wenn Sie nicht wollen, dass ich Ihre Frau…!«

Wegener hielt den Atem an. Diese unverfrorene Frau kannte keine Scham. Jetzt verlangte sie auch noch Liebesdienste von ihm. Dass sie genügend Terror veranstalten konnte, hatte sie Wegener schon hinreichend bewiesen.

Er verabredete sich für den kommenden Nachmittag. Seine Kollegin Sandra Schäfer, mit der er unglücklicherweise eine nicht verheimlichte Liaison begonnen hatte, würde an diesem Abend erst sehr spät nach Hause kommen. Sie pflegte einmal in der Woche ins Aerobic-Studio zu gehen.

Verständlicherweise fand Wegener in der Nacht nicht eine Minute Schlaf. Er hatte noch eine Dose mit Natriumzyanid in der Garage, die er sich eigentlich einmal für Wühlmäuse von einem Arbeitskollegen mitbringen ließ, jedoch nie benötigte.

Jetzt schien es die beste Lösung für ihn zu sein. Diese Kottenhahn würde er auf andere Wege im Leben nie loswerden.

Bis zuletzt, als er schon in ihrer Wohnung stand, sann er nach harmloseren Alternativen. Aber keine gefiel ihm so richtig.

Dann ging alles sehr schnell: er sah den heißen Tee auf dem Couchtisch, den sie sich offenbar gerade zubereitet hatte. Eine gute Gelegenheit, sein mitgebrachtes Zyanid im Teeglas aufzulösen. In dem heißen Getränk würde das ruck zuck gehen.

»Kann ich auch etwas zu trinken haben«, fragte Wegener kleinlaut. Die Situation schnürte ihm die Kehle zu.

»Aber gerne doch!«, rief Elvira Kottenhahn. Sie verschwand geschwind in der Küche und kam mit einem Glas Tee zurück.

»Lass es noch ein wenig abkühlen!«, empfahl sie und stellte das Teeglas direkt neben das, aus dem sie schon einen Schluck getrunken hatte.

Doktor Jakob Wegener konnte die beiden Tee-Gläser nicht im Auge behalten, wie sich Elvira einen Moment davorstellte. Als sie sich umdrehte hielt sie beide Tee-Gläser in der Hand. Sie gab ihrem genötigten Lover das stärker abgekühlte Tee-Glas. Sie wollte ihm bei Laune halten. Er sollte sich nicht noch an dem Tee verbrühen.

Wegener war sich unsicher. Um sich keine Blöße zu geben, nippte er einen kleinen Schluck von dem Tee.

Als er das Gesicht verzog, sagte Elvira Kottenhahn: »Es ist doch nicht zu heiß? Ich habe mit Ihnen heute Abend noch viel vor!« Die letzten Worte betonte sie in, wie sie meinte, erotischer Manier.

Aber der Finanzdirektor Dr. Wegener hörte schon nichts mehr. Die Knie sackten ihm wie weiche Knetmasse zusammen und die Sinne schwanden, gleichzeitig überfiel ihn plötzlich ein übergroßes Schlafverlangen.

»Mein Lieber, so stiehlst du dich nicht davon!«, rief Elvira und rüttelte an dem Körper des offenbar in Ohnmacht gefallenen Mannes.

»Nanu, was ist denn mit meinem Tee …?«, sagte Elvira noch leise vor sich hin, als sie auch schon einen großen Schluck aus dem Tee-Glas probierte, das sie ihrem unfreiwilligen Besuch gereicht hatte.

Erst nach einer Woche fand man die beiden Leichen, die sich ganz augenscheinlich mit Zyanid das Leben genommen hatten. Die des schmächtigen Dr. Jakob Wegener und die der korpulenten Elvira Kottenhahn. Weder die Nachbarin Sandra Schäfer noch Wegeners Ehefrau konnten sich darauf einen Reim machen. Und auch die Kriminalpolizei schloss alsbald die Akten mit dem Vermerk »DOPPEL-SUIZID«.

Drei ältere Damen im Grand-Hotel

Inspektor Jens Sachleben weilte schon seit zwei Tagen im Grand-Hotel »Stella del Mare« an der Costa Brava. Ihn hatte die Bitte eines früheren Klassenkameraden hierher verschlagen. Manfred van Stätten hatte im väterlichen Hotel in Düsseldorf seine Ausbildungszeit begonnen. Seit vier Jahren leitete er den »Seestern«, wie Stella del Mare auf Deutsch heißt, in Spanien.

Innerhalb der vergangen zwei Wochen verschwanden in dem feudalen Hotel auf unerklärliche Weise wertvolle Schmuckstücke von noblen Gästen. Die beiden Hotel-Detektive waren ratlos. Sie hatten sich bereits an verschiedenen Stellen der weiträumigen Hotel-Anlage postiert, aber keiner der Gäste hatte sich nach ihrem Dafürhalten verdächtig gemacht.

Mit Überwachungs-Kameras ging van Stetten sehr zurückhaltend vor. Seinen Gästen wollte er nicht die intimen Privatzonen in seinem noblen Etablissement nehmen. So beschränkten sie sich auf die Parkanlagen, den Pool und das Vestibül.

Inspektor Sachleben erschien dieser Aufenthalt mit all seinen Annehmlichkeiten wie ein Erholungsurlaub. Wann kann sich ein Inspektor schon den Aufenthalt in einem derartigen Hotel leisten!?

Von draußen drang das Rauschen des Mittelmeeres sowie das Auf und Ab der späten Herbststürme an sein Ohr. Dabei zeigt das Thermometer noch angenehme 20 Grad Celsius an.

In der Bibliothek saßen nur ältere Herrschaften. Die imposanten Bücherwände schluckten die kargen Gespräche der Hotelgäste. Nur eine kleine Gruppe von drei modisch hergerichteten Damen mit kleinen, neckischen Hütchen schien sich ausgelassen des Lebens zu freuen. Sie schienen aus dem britischen Einflussbereich zu stammen, denn ihr klassisches Englisch ließ trotz des hohen Alters der Damen nicht zu wünschen übrig. Inspektor Sachleben schätzte sie auf ein Alter um die 80 Jahre.

Zunächst wunderte sich der Inspektor, warum er ausgerechnet die Stimmen dieser vergnügten Damen relativ deutlich vernehmen konnte. Ein Blick zur Decke brachte ihm die einleuchtende Antwort:

Durch die Deckenwölbung der Bibliothek reflektierte der Gesprächs-Schall der Damen in fokussierter Form direkt in seine Sitzecke, obwohl sie recht weit entfernt lag. Inspektor Sachleben erinnerte das an die Flüsterschalen in alten Palästen, mit denen sich verliebte Paare in Zeiten des Barocks Schmeicheleien und erotische Botschaften zuflüstern konnten, ohne dass die Umstehenden etwas bemerkten.

Er wollte schon seine Zeitung zusammenlegen, um gegenüber den Damen nicht indiskret zu sein. Da vernahm er ein schelmisches Kichern. Die drei Damen im Alter von Urgroßmüttern unterhielten sich doch tatsächlich über das frühe Ableben ihrer Ehemänner. Eine schlechte Erbschaft schienen sie alle drei nicht gemacht zu haben.

Da fiel Inspektor Sachleben gleich wieder in seinen bequemen Sessel zurück. Ja, er fingerte sein Lausch-Gerät aus der Brusttasche hervor, ein kleiner kompakter Verstärker mit integriertem Aufzeichnungsgerät. Was er von diesen unschuldsvollen, nahezu engelsgleichen zarten Damen zu hören bekam, ließ ihm den Atem stocken.

»Mein Karl-Eberhart war zuletzt ein reiner Geizhals«, hörte der Inspektor über seine Ohrstöpsel, »ja, glaubt ihr denn, wir wären auch nur einmal in solch einem feudalen Hotel abgestiegen!?«

»Mein Egbert war nicht viel anders!«, drang eine andere piepsige Damenstimme an Inspektor Sachlebens Ohr. »Schaut mal! – Diese Handtasche habe ich mir im letzten Jahr genehmigt. 1.200 Euro hat sie gekostet!«

»Die sieht aber auch todschick aus!«, war des Weiteren zu hören.

»Egbert macht schon einen Aufstand, wenn ich mir etwas für 100 Euro leistete. Schuhe, Kleidung – alles musste günstig, praktisch und bequem sein.«

»Ja, und in höchstens fünf Minuten ausgesucht sein!«

Unter den Damen brach ein mehrstimmiges Gelächter aus. Es erwies sich als fast zu laut für das empfindliche Abhörgerät des Inspektors. Dabei hielten die Damen schon zum Teil ihre behandschuhten zarten Hände vor ihr Gesicht.

So richtig spannend aber empfand es Inspektor Jens Sachleben, als die Damen auf das Ableben ihrer Ehemänner zu sprechen kamen.

»Mit meinem Eduard war in den letzten Jahren kein Auskommen mehr. Er war zwar erst 58 Jahre alt und seine Frührente hätte für ein luxuriöses Leben im dritten Lebensabschnitt gesorgt, aber was macht er? – Spielte den eingebildeten Kranken. So dachte ich jedenfalls. Später stellte sich heraus, dass er es wirklich an den Bronchien hatte.«

»Und was hat ihn nun dahingerafft?«, folgte der Einwurf dieser weniger respektvollen Frage.

»Ich habe ihm einfach ein paar der vielen Tabletten weggenommen und versteckt. Als ich eines Abends von unserer Bridge-Runde heimkam, lag er röchelnd auf dem Sofa. Ich dachte bei mir: Röchele du nur. Willst nur meine Aufmerksamkeit auf dich lenken.«

»Aber du hättest ihm doch noch helfen können!«, gab eine der Damen von sich.

»Ja, hätte ich machen können. Aber mir war der Ernst der Lage zu der Zeit noch nicht bewusst. Vielleicht wollte ich auch nicht, dass er mir ins Bewusstsein dringt. Jedenfalls lag er auch am nächsten Morgen noch auf dem Sofa. Verkrampft, zusammengekauert – tot. Der Notarzt bestätigte Herzversagen. Sein Hausarzt, der Doktor Moritz bestätigte das später. Das Schlimmste waren für mich die Trauerfeierlichkeiten.«

Die beiden anderen Damen pflichteten ihr bei.

Aber die Stimme fuhr sogleich fort: »Als ich von dem Testamentsvollstrecker erfuhr, dass mein Mann ein Vermögen von sieben Millionen Euro auf verschiedenen Konten angelegt hatte, abgesehen von unserem großen Wohnhaus, buchte ich erst einmal eine Weltreise mit dem Traumschiff ›Deutschland‹. Ihr wisst doch, das, was immer im Fernsehen vorkommt.«

Drei diebische ältere Damen im Grand-Hotel unter Beobachtung

»Da hast du ja noch etwas aus deinem Leben machen können! Wie alt bist du jetzt?«

Inspektor Sachleben hörte eine leise zugeflüsterte Stimme: »86 Lenze jung.«

»Mein Mann, der Egbert, schaffte es mit mir bis zu seinem einundsiebzigsten Lebensjahr. Viel war mit ihm auch nicht mehr los. Konzerte mochte er nicht. Bei Busfahrten wurde ihm schwindelig. Und bewegen wollte er sich immer weniger. Nur seine Münzen- und Briefmarkensammlungen waren sein Ein und Alles. Da habe ich ihm sicherlich zu viel Salz in das Essen gegeben. Denn sein extrem hoher Blutdruck hatte seinen Hausarzt dazu bewogen, ein striktes Salz-Verbot zu verhängen.«

»Aber dann schmeckt doch alles fade und langweilig!«, meldete sich eine andere Stimme.

»Genauso ist es. Erst hatte ich mich auch an die ärztliche Anweisung gehalten. Nicht so ganz strikt, aber ziemlich. Dann aber hatte ich sie schließlich ignoriert, ja – vielleicht sogar übertrieben. Jedenfalls lag er eines Tages tot in seinem Bett. Die Ärzte sprachen von Schlaganfall und Herzinfarkt. Jedenfalls war ich ab diesem Zeitpunkt auf mich alleine gestellt.«

»Und genießt das Leben!«, ergänzte eine der Damen mit melodiöser Stimme.

»Jetzt bin ich wohl an der Reihe«, wechselte die Stimme zu einer anderen Dame.

»Karl-Eberhart, Gott hab ihn selig, wäre in diesem Jahr mit mir 88 Jahre alt geworden. Wie schon gesagt, sein Geiz war sprichwörtlich. Dabei kam er selbst schon mit einer satten Erbschaft in die Ehe. Aber zuletzt hielt ich es einfach nicht mehr aus. Er war 67 Jahre alt, glaube ich, da fiel er mitsamt einer Leiter auf die betonierte Hof-Einfahrt. Er wollte die Blätter vor dem angekündigten schweren Regen aus der Rinne herauskratzen. Das machte er öfters. Also nichts Ungewöhnliches. Als er aber so da lag, dachte ich bei mir: Also einen querschnittsgelähmten Partner will ich mir im Alter nun auch nicht ans Bein binden. Ich ließ ihn einfach liegen, legte mir einen Mantel um und fuhr mit dem Bus in die Stadt.«

»Also astreine unterlassene Hilfeleistung!«, kam ein Einwand.

»Na, du musst dich gerade melden, mit deinen versteckten Tabletten!«

»Rein aus Versehen!«, versuchte sich die Stimme zu verteidigen.

»Als ich dann spät abends, nach einem ausgiebigen Stadtbummel heimkam, lag mein Karl-Eberhart da wie ein nasser Sack. Er gab keinen Mucks von sich, als ich an ihm rüttelte. Der Notarzt stellte Tod nach Unfall fest. Ich beschwor, nicht im Hause gewesen zu sein, als er sich die Knochen brach. Ja, so bin ich jetzt hier. Dieses Kostüm habe ich mir in einer Boutique für annähernd 2.000 Euro gekauft. Mein Karl-Eberhart würde sich noch im Grabe umdrehen, wenn wir ihn nicht hätten einäschern lassen.«

Die Gespräche verliefen ins Uninteressante. Bis Inspektor Jens Sachleben abermals seine Ohren spitzen musste.

»Hast du den Klunker an der Alten mit dem grünen Kleid gesehen!?«

»Meinst du die Hochnäsige mit ihrem Pekinesen?«

»Ja, genau die! Ihre Perücke mit den roten Haaren scheint mir aber erstklassige Arbeit zu sein!«

»Mag ja sein. Aber das Gesicht passt nicht zur Perücke!« Es folgte wieder ein verhaltenes Gekicher.

»Kennst du die Nummer ihres Apartments!«

»Nein, aber das kriegen wir raus!«

»Zum Abendessen zieht sie sich immer um. Wir treffen uns also, wie gehabt, um 19.00 Uhr vor ihrer Tür.«

Inspektor Sachleben hatte genug gehört. Jetzt musste auch er nur noch herausbekommen, wo die elegante, derzeit rothaarige Dame mit dem Pekinesen nächtigte. Mit dem Hoteldirektor und den beiden Hoteldetektiven würde er zur vernommenen Uhrzeit zuschlagen.

Die Urgroßmütter gingen raffiniert und geplant vor: Zwei der Damen hielten sich an beiden Seiten des Flures auf, wo die Dritte mittels eines Nachschlüssels in die geplante Hotel-Suite eindrang.

Der Zugriff geschah nach erfolgter Diebestour. Als die Detektive von beiden Seiten auf die Damen zueilten, vernahmen sie noch einen gut hörbaren Pfeifton als Warnung der Schmiere-Steherinnen. Aber selbst das theaterreif gespielte In-Ohnmacht-Fallen half den Senioren-Diebinnen nicht mehr.

In ihren eigenen Apartments fand das Hotelpersonal den gestohlenen Schmuck sowie eine kleine Bronze-Figur und zwei zusammengerollte Ölgemälde aus dem Hotelbestand.

»Über das Ableben Ihrer Ehemänner müssen wir uns auch noch einmal unterhalten!«, rief Inspektor Sachleben den geknickt dahinschleichenden Damen noch nach. Damit übergab er einen kleinen Chip mit den belauschten »Geständnissen« an den leitenden Oberinspektor vor Ort.

»Ja, wie heißt es so schön: Alter schützt vor Torheit nicht!«, sagte der Inspektor zu seinem ehemaligen Klassenkameraden und jetzigem Hoteldirektor Manfred van Stätten.

»Du kannst dich gerne hier bei uns noch ein paar Tage verwöhnen lassen!«, erwiderte dieser.

Aber Inspektor Jens Sachleben bedankte sich, ergänzt durch ein paar Komplimente zum noblen Ambiente, und ließ sich noch am gleichen Abend zum Flughafen fahren.

Ein netter Kollege

Er hieß Dr. Fritz Unstädt und kam aus Hamburg. Seinen norddeutschen breiten Dialekt hatte er auch nach zwölf Jahren noch nicht abgelegt. In Hamburg und Heidelberg hatte er an seiner Promotion gearbeitet und mit »summa cum laude« seinen Abschluss gemacht. Danach arbeitete er durch Beziehungen seines Doktorvaters noch zweieinhalb Jahre an der berühmten Harvard-Universität in Massachusetts. In dem universitätseigenen Verlag konnte er sogar ein Buch über sein Spezialgebiet, die komplexchemische Enantiomeren-Trennung, herausbringen. Es brachte ihm nicht nur viel Ansehen an der amerikanischen Universität ein, sondern in Deutschland hatte er auch mit fast 32 Jahren kein Problem, eine Stelle zu bekommen. Dabei herrschte in der deutschen chemischen Industrie mal wieder offiziell Einstellungsstopp.

Obwohl ihn seine Professoren und Mentoren an der »Harvard« inständig bedrängten und auch ein erhöhtes Gehalt in Aussicht stellten, hatte Fritz Unstädt doch Sehnsucht nach seiner Heimat, den Wanderungen im Harz und, was unterschwellig vielleicht auch eine Rolle gespielt haben mag, Sehnsucht nach seiner Kommilitonin Evelyn Schneider, die mit ihm im gleichen Studentenheim gewohnt und Sport und Biologie studiert hatte. Es waren zwei Fächer, die dem Fritz Unstädt als sportbegeistertem und naturverbundenem jungen Mann auch lagen.

Als er aber in Hamburg bei seinen Eltern wieder einzog, erfuhr er schmerzlich, dass seine Evelyn schon verheiratet und der Nachwuchs bereits unterwegs wäre.

Bereits eine Woche später nahm er seine Arbeit in einem hessischen Konzern in der Nähe von Frankfurt auf. »Sie können Ihr erarbeitetes Wissen gut in der Forschungsgruppe ausbauen und praxisrelevant einsetzen«, hörte er von seinem Vorgesetzten, der sich als Inhaber von mehr als 70 Patenten brüstete.

Das machte Eindruck auf den jungen Akademiker. Bisher hatte er sich nur mit der Grundlagenforschung der Enantiomeren-Trennung beschäftigt. Hier könne er mit Ingenieuren und Verfahrenstechnikern diese Verfahren zur Produktionsreife bringen.

Es dauerte nicht lange, da merkte auch Dr. Fritz Unstädt, welch »Dünnbrettbohrer« sein zugewiesener Forschungs-Chef in Wirklichkeit war. Er konnte ihm nicht im Mindesten das Wasser reichen. Zwar hatte auch er promoviert. Jedoch in Mathematik. So fiel es ihm doch schwer, die chemischen Mechanismen der pharmazeutischen Synthesen zu übersehen. Aber das war noch nicht einmal das Schlimmste. Als Dr. Unstädt seinen ersten Patententwurf an die Patentabteilung schicken wollte, hatte er mit seinem Abteilungsleiter der Organischen Forschung ein längeres Gespräch. Dr. Unstädt sollte doch noch einmal die patentrechtlichen Zusammenhänge erläutern. Er tat dieses sehr gerne und auch mit ein wenig Stolz.

Die Enttäuschung kam erst, als er mit einem Schreiben der Patentabteilung mitgeteilt bekam, dass sein Anteil an der erfinderischen Arbeit mit 50 % veranschlagt war. 30 % sollte sein Vorgesetzter erhalten und zweimal 10 % noch höhere Vorgesetzte, von denen er einen noch nie zu Gesicht bekommen hatte.

»Das ist bei uns so üblich«, hörte er von Kollegen. »Das ist die »Patent-Mafia« in unserem Hause. Da kann man und sollte man auch am besten nichts machen«, rieten ihm andere Laborleiter resigniert.

Dr. Unstädt wälzte das Arbeitnehmer-Erfindergesetz. So einfach wollte er sich mit diesen Gepflogenheiten nicht abspeisen lassen. Er holte juristischen Rat bei einem Rechtsbeistand des Unternehmens ein. Aber das befriedigte ihn überhaupt nicht.

»Lieber Kollege, natürlich sind Sie theoretisch im Recht. Wenn Sie aber in diesem Unternehmen bleiben wollen, müssen Sie abwägen, ob Sie sich das Recht erstreiten wollen und bestenfalls in die Abteilung für Literatur-Recherchen abgeschoben werden oder sich mit ein wenig Unrecht nicht doch abfinden können.«

Noch enttäuschender fiel die Beratung beim Betriebsrat, einem der älteren freigestellten Gewerkschaftler des Standortes aus: »Wir sind einfache Arbeiter. Wenn Sie auch in der Werkstatt arbeiten würden, könnten wir Ihnen helfen. So aber müssen Sie sich wohl oder übel mit Ihrem Vorgesetzten arrangieren!«

Es folgte an jenem Abend nach langer Zeit mal wieder ein Kneipenbesuch, bei dem sich Dr. Fritz Unstädt derart mit alkoholischen Cocktails von Caipirinha bis Zombi volllaufen ließ, dass ihn einer der Gäste regelrecht nach Hause schleppen musste.

Am folgenden Abend traf er diesen hilfsbereiten Herren wieder an der Bar. Dr. Unstädt hatte seinen Mantel dort in der Kneipe am Haken hängen lassen. Kein Wunder bei dem Blackout am Vorabend.

Der Herr stellte sich als Dr. Sven König vor. Als Unstädt erfuhr, was sein Hirn ausgeblendet hatte, war es ihm peinlich, sich derart gehen gelassen zu haben.

Es dauerte nicht lange bis sie sich das Du anboten. Beide waren sich sympathisch. Und Fritz Unstädt konnte endlich einmal hemmungslos sein Herz ausschütten.

Zu dem Zeitpunkt ahnte er noch nicht, dass er einem der erfolgreichsten russischen Spione Details berichtete, die dieser gut zu verwerten verstand.

Es dauerte nicht lange, da fragte Sven König gezielter nach Forschungsdetails. Als Unstädt einmal klagte, er brächte Stunden in der Forschungsbibliothek zu, um in den 16 Bänden des Houben-Weyl »Methoden der organischen Chemie« zu studieren, schleppte Sven König eine Woche später eine Kiste mit den 16 Bänden in die Wohnung von Fritz Unstädt. »Mein Weihnachtsgeschenk! – Hab' ich für 'nen Appel und 'nen Ei auf dem Flohmarkt erstanden. Vermutlich Hehlerware!«

In der Tat sahen die Bände nagelneu aus. Aber Fritz Unstädt freute sich riesig.

Als Sven König ihm nach einem Jahr dann noch seinen recht neuen Karmann Ghia überließ, wurde Unstädt doch misstrauisch. In einem ernsteren Gespräch gab Sven König zu, ihn als Spion angeheuert zu haben. Er hätte mit seinen Informationen der russischen Forschung bereits mehrere Millionen Rubel eingespart.

Das war das letzte Mal, das sich die beiden Auge in Auge gegenübersaßen. Fritz Unstädt hatte seinen Duzfreund seit jenem Abend nie wieder gesehen. Stattdessen bekam er nur noch Anweisungen über geheime Briefkästen. Von wem wusste er nicht.

In der Firma schwand auch das Interesse an seinen spezifischen Enantiomeren-Trennungen. Die Industrieforschung setzte auf selektive biochemische Methoden. Er wurde zum Jahresende in den Chlorbetrieb versetzt. Für einen kreativ tätigen organischen Chemiker eine echte Strafe: uninteressant und langweilig.

Natürlich hätte er das Unternehmen wechseln können. Aber seine geheimen Informationsnehmer wollten weitere Details aus den Forschungslaboratorien seiner jetzigen Firma. Sie drohten gar mit einer Bloßstellung als Agent.

So fingierte Dr. Unstädt weiter Analysenaufträge, die er selbst in die Forschungslabors brachte, um sich die entsprechenden Informationen zu besorgen. Er war sehr nett und konnte gut zuhören, wie seine Kollegen immer wieder einmütig bestätigten. Gerne half er bei der Abfassung von Quartalsberichten in der Forschung. Keiner der Kollegen schöpfte Verdacht, dass Dr. Unstädt die Berichte heimlich durch den Kopierer schieben könnte.

Als Dr. Unstädt nach zwölf Jahren unerwartet über Nacht verschwunden war, hatte er Forschungs-Knowhow im Wert von weit über 300 Millionen Euro entwendet, das lebenslange Arbeitsentgelt von mehr als 100 Chemikern in gehobenen Positionen.

Einen Chemiker Dr. Fritz Unstädt sucht man heute vergeblich.

Grüner Mörder

Dass Knollenblätterpilze zu den giftigsten ihrer Art zählen, hat sich mittlerweile herumgesprochen, zumindest bei passionierten Pilzsammlern.

Lena Pfennigwasser zählt zu den leidenschaftlichen Frühaufstehern, wenn die ersten kleinen Waldbewohner im August zum Vorschein kommen. Sie kennt sich aus wie keine andere der Landfrauen in dem 250-Seelenort Klingmannshausen.

Ihr Mann allerdings zeigt sich zunehmend als Langweiler. Morgens genießt er den langen Schlaf und Abend für Abend liegt er entspannt vor dem Fernseher, um sich alles in völlig unkritischer Weise anzuschauen, was die fünf im Dorf empfangbaren Kanäle liefern.

Dr. Sanddorn zeigt sich da von einer ganz anderen Seite. Der Junggeselle zog vor vier Monaten in die Siedlung. Er arbeitet als Physiker in einem dreißig Kilometer entfernten Großbetrieb. An ihm sieht Lena Pfennigwasser alles, was sie sich schon immer wünscht: Witz, Geist und vielseitiges Interesse. Zudem sieht er noch sportlich und elegant in seinem gepflegten Outfit aus. Kein Wunder also, dass die gesamte Damenwelt des Dorfes in wilde erotische Träume verfällt.

Lena Pfennigwasser macht da keine Ausnahme. Im Gegenteil! Schon einige Male ging sie zum gezielten Angriff über. Sie brachte dem Physiker Sanddorn eine selbst gebackene Kirschtorte – als Begrüßung im Dorf, wie sie sagte. Damit war sie allerdings nicht die Einzige, wie sich bei Gesprächen in der Dorf-Schänke herausstellte. Lena allerdings versorgte Sanddorn noch mit der Gemeinde-Zeitung, bot sich an, seine Hemden zu bügeln und lud ihn zum Sonntagskaffee ein.

Das blieb nicht lange von Dr. Sanddorn unbeantwortet. Es dauerte keine drei Monate und Lena Pfennigwasser, mit ihren 52 Lenzen auch noch ein adrettes Persönchen, hatte ihr Ziel erreicht. Natürlich neiden ihr sämtliche Dorffrauen diese Affäre. Lena aber schwebt im siebenten Himmel. Dass sie in ihrem reifen Alter noch erotische Euphorie und »Schmetterlinge« in sich spüren kann, hatte sie schon nicht mehr für möglich gehalten.

Eigentlich fehlt zu ihrem perfekten Glück nur noch das Verschwinden ihres trägen und reichlich Fett ansetzenden, sich gehen lassenden Ehemannes. Aber wie soll sich das von alleine einstellen? In diesem kleinen Nest haben sogar die Steinwände noch Augen und Ohren.

Nach einer endlos dauernden Weile und nächtelangem Grübeln, wundert sich Lena Pfennigwasser, dass sie nicht eher auf die Lösung ihres Problems gekommen ist: giftige Pilze! Ja, das ist die Lösung!

Unter die Pilzgerichte mischt sie ihrem Ehemann ein paar giftige Vertreter. Zunächst nicht viel, damit sich die Symptome schleichend einstellen. Zudem erschwert das den gerichtsmedizinischen Nachweis, wenn es überhaupt zu derart akribischen Untersuchungen kommen sollte.

Mit 64 Jahre ist ihr Gatte auch nicht mehr der Jüngste. Der Alkohol arbeitet ohnehin schon seit etlichen Jahren an der Vernichtung der Leber. Seit dem Unfall mit dem Traktor vor vier Jahren steht es mit seiner Gesundheit nicht zum Besten. Übergewicht, Müßiggang, Gelenkverschleiß und Rheuma lassen den Alltag zum Martyrium werden.

Der raffinierte, hinterhältige Anschlag auf ihren Ehemann lässt Lena Pfennigwasser noch agiler werden, als sie ohnehin in den letzten Wochen geworden war. Nach dem eifrigen Studieren ihrer Pilz-Bücher entscheidet sie sich zunächst für den Fliegenpilz. Mit dem Pürier-Stab verteilt sie fünf Pilze dieser lebensbedrohlichen Sorte in ihre Kohlsuppe, ein Leib- und Magengericht ihres Mannes. Das Kochen dieses Pilzbreis unterlässt sie allerdings, denn damit würde sie ein Großteil der Gifte zerstören. Erst mehr als zehn Fliegenpilze gelten als tödlich. Typisch für die Wirkung des Fliegenpilz-Verzehrs sind die falschen Einschätzungen von Entfernungen und Größenverhältnissen, sowie Schläfrigkeit und Schwindel.

Den ersten Versuch steckt das Opfer noch relativ gut weg. Bei den Wiederholungen in zweitägigen Abständen verfehlen die Fliegenpilz-Beimischungen zum Essen ihre Wirkungen immer weniger. Aber da sie auch den Geschmack beeinflussen, lässt das Opfer öfters von den angebotenen Speisen ab und sich stattdessen ein Käsebrot schmieren.

»Jetzt muss ich zu härteren Waffen greifen!«, denkt Lena Pfennigwasser bei sich. Sie entscheidet sich für das Drittel eines Grünen Knollenblätterpilzes. Dieser beinhaltet eines der stärksten Lebergifte. Der Volksmund nennt ihn nicht umsonst »Grüner Mörder«. Dieser Pilz verfehlt seine Wirkung nicht. Schon kurze Zeit nach der Verabreichung mit dem Mittagessen hört Lena Würge- und Spuckgeräusche aus ihrem Badezimmer.

»Ich muss die Menge noch weiter reduzieren!«, überlegt Lena nach ihren ersten Gedanken. Sie wartet drei Tage ab, bis sie erneut zu einem hinterhältigen Angriff auf ihren Ehemann übergeht.

Dann aber dauert es noch ganze zwanzig Tage, bis ihr Mann mit weit aufgerissenen Augen im Badezimmer liegt. Krämpfe und Übelkeit sind seinem Tod vorausgegangen. Lena zerrt ihren Mann geistesgegenwärtig in den Stall.

»Die Kälte wird dafür sorgen, dass eine verkürzte Zeitspanne bis zum Todeszeitpunkt vermutet wird«, ist ihre Überlegung. Den Dorf-Gendarm gedenkt sie erst am übernächsten Morgen zu verständigen.

»Je länger ich warte, desto stärker kann sich das Gift noch im Körper abbauen«, kommt es Lena in den Sinn.

Das Gift eines einzigen Knollenblätterpilzes, das Amanitin, in einer Dosis von sieben bis zehn Milligramm, die etwa in 50 g Pilz enthalten sind, kann einen 100 kg schweren Menschen durch irreversible Zersetzung der Leber töten. So kann es Lena Pfennigwasser in ihren Pilzbüchern nachlesen.

Lena putzt akribisch alle Reste des Durchfalls und Erbrochenen ihres Mannes weg und legt ihn in ein frisch bezogenes Bett.

Dennoch fallen später dem herbeigerufenen Arzt am Körper

des Toten noch Reste eines übelriechenden Kots auf. Zunächst denkt er sich nichts dabei. Guten Gewissens stellt er den Totenschein mit dem Befund »Herzstillstand« aus.

Als er jedoch an dem Stall vorbeikommt, vor dem sein Wagen parkt, steigt ihm ein ähnlich penetranter Kot-Geruch in die Nase, wie er ihn schon an dem Toten festgestellt hat.

Abends grübelt der Landarzt noch lange über mögliche Todesursachen nach.

Am nächsten Morgen ruft er jedoch gleich Dr. Kretschmer vom gerichtsmedizinischen Institut in der Hauptstadt an. Er schildert seine Beobachtungen und berät sich mit seinem Kollegen über die Zweifel. Danach gestalten sich Überführung und Obduktion als reine Routine.

Nicht schlecht aber staunt der Pathologe, als er auf die völlig degenerierte und zersetzte Leber stößt. Daraufhin erfolgt die Analyse des Magen- und Darminhaltes. Sie bestätigt den Verdacht auf Amanitin, das Gift der Knollenblätterpilze.

Nun ist die Polizei an der Reihe. Die zuständige Staatsanwaltschaft stimmt dem Antrag auf Haus-Durchsuchung nach kurzer Anhörung zu.

Im Stall finden die Polizeibeamten keine verdächtigten Gerüche mehr. Allerdings haben sie beim Abtragen des Komposthaufens am Hausgarten mehr Glück. Sie nehmen Proben von Essensresten der letzten Tage. Im Labor lässt sich das Pilzgift Amanitin leicht in erheblichen Spuren nachweisen.

Da Lena Pfennigwasser als ausgewiesene Pilzkennerin im Dorf bekannt ist, müssen ihre Ausflüchte von Versehen und Verwechselung bei den Kriminalbeamten ohne Eindruck bleiben.

Unter Tränen bricht Lena Pfennigwasser schließlich zusammen.

Ade, du schönes Landleben – ade, oh stattlicher Dr. Sanddorn!

Im Eifer des Gefechts

Kurz nach 20.00 Uhr hatte die Dunkelheit bereits Einzug gehalten, als Susi Heimbach von ihrem Volleyball-Training nach Hause radelte. Sie fuhr auf der linken Straßenseite auf dem Radweg, da an der rechten Seite keine Spur für Radfahrer zur Verfügung stand. Die entgegenkommenden Autofahrer belästigten die Radlerin gewaltig in ihrer Sehfähigkeit, zumal einige Fahrzeuge gar nicht abgeblendet hatten.

Als ihr wieder eine Kolonne von mehreren Autos entgegenkam, stoppte ihr Rad jäh mit einem sanften Ruck. Susi Heimbach machte in hohem Bogen einen Salto über die Lenkstange und kam auf dem harten asphaltierten Weg zum Liegen. Hart schlug sie auf der Teerdecke auf. Ihr rechter Arm bereitete unsagbare Schmerzen. Den Radweg trennte eine verzinkte Eisen-Leitplanke von der Fahrbahn. Mit großer Mühe fingerte Susi Heimbach ihr Handy aus der Sporttasche. Die Tasche befand sich noch eingespannt auf dem Gepäckträger ihres Fahrrads.

»Meldung – wie jetzt die Meldung?«, schoss es der jungen Dame durch den Kopf. Sie hatte es bei ihrem letzten Erste-Hilfe-Kurs im Sportverein gelernt.

Aber als sie die Nummer 112 auf ihrem Handy wählte, fragte gleich eine sachlich wirkende Stimme:

»Hier ist die Notruf-Zentrale. Was kann ich für Sie tun?!«

Fräulein Heimbach schilderte ihren Unfall.

»Über welches Hindernis sind Sie denn ›gestolpert‹?«, fragte die Stimme in der Zentrale.

»Ja, da muss ich erst einmal schauen – Moment, bitte«, antwortete Susi Heimbach.

Mühsam tastete sie sich an dem Fahrrad vorbei zu dem dunklen Hindernis. Nur wenn ein Fahrzeug vorbeifuhr, ließ sich etwas Genaueres erkennen.

»Das ist ein Menschenkörper!«, rief Susi Heimbach erschrocken, »das ist tatsächlich ein Menschenkörper im Mantel!«

»Danke. Dann werde ich auch gleich die örtliche Polizeistation benachrichtigen. Die Sanitäter werden gleich bei Ihnen sein. Bitte, machen Sie sich bemerkbar, wenn sich der Krankenwagen nähert«, drang die Stimme aus ihrem Handy.

Die Polizei traf nur wenige Minuten vor dem Krankenwagen des Samariter-Hilfsdienstes ein. Zwei Beamte sperrten eine Straßenseite ab.

Dann kamen aber der Notarzt und ein Sanitäter zum Einsatz. Der betroffene Arm wurde ruhig gestellt und Susi Heimbach auf die Trage geschnallt.

»Wir fahren Sie in die Klinik nach Alzenau!«, rief der Sanitäter.

»Nicht so schnell, wenn Sie erlauben!« kam eine Stimme aus der Dunkelheit. Sie gehörte Kommissar Ewald Gutmann.

Der Kommissar hatte den Notruf ebenfalls mitbekommen und sich sogleich in sein Dienstfahrzeug gesetzt.

Das »Hindernis« hatte bereits in der Zwischenzeit sein besonderes Interesse erregt.

»Sie sind über den Leichnam eines Mannes, offensichtlich ausländischer Herkunft, gefahren!«, bemerkte der Kommissar.

»Ist der Mann wirklich tot?! – Der lag da. Ich konnte wegen der blendenden Autoscheinwerfer eine Zeitlang nichts sehen. Dabei fuhr ich schon sehr langsam!«, glaubte sich Susi Heimbach verteidigen zu müssen.

Der Notarzt konnte tatsächlich den Tod des Mannes bestätigen. Der Exitus war erst vor wenigen Minuten eingetreten. Eine Wiederbelebung erschien dem Notarzt vor Ort jedoch völlig aussichtslos.

»Der Körper ist offensichtlich von der Fahrbahn aus einem Fahrzeug über die Leitplanken auf den Radweg gefallen«, sagte Kommissar Gutmann zu einem der Beamten.

»Oder man hat ihn aus einem Fahrzeug auf die Fahrbahn geworfen!«, ergänzte einer der Beamten.

In den Manteltaschen des Toten fanden die Beamten einen Zettel. Er enthielt den Aufdruck des Weinguts Bernd Schneider in Alzenau. Mit einem Kugelschreiber war die Uhrzeit 6.30 Uhr sowie »Hbf. Hanau« vermerkt.

»Es könnte sich um einen Erntehelfer vom Weingut handeln«, dachte Kommissar Gutmann bei sich.

Er ließ telefonisch noch den Erkennungsdienst und einen Fotografen anrücken, bevor er sich am gleichen Abend auf den Weg zu dem Weingut Schneider in Alzenau machte.

Auf dem Weingut am Spessart-Hang herrschte noch emsiges Treiben.

»Die Trauben vom Anhänger müssen noch in die Kelter!«, hörte Kommissar Gutmann über den Hof rufen. Es war die Stimme des Vorarbeiters Armin Keller. Als der Kommissar sich vorgestellt und ausgewiesen hatte, fragte er nach den Erntehelfern.

»Die Weinleser sind mit zwei Transportern bereits vor zwei Stunden nach Hanau und Kahl gefahren worden«, erklärte der Vorarbeiter.

»Haben Sie eine Liste der Arbeiter?«, fragte der Kommissar.

»Die liegt beim Chef auf dem Schreibtisch«, war die prompte Antwort.

Am folgenden Morgen stellte sich Kommissar Ewald Gutmann schon in aller Frühe auf dem Weingut ein.

Als der Kleintransporter auf den Hof des Weinguts einbog, erkannte der Vorarbeiter Armin Keller sofort, dass auf der offenen Ladefläche nur fünf Männer saßen.

»Wieso kommt ihr nur zu fünft! Wir haben heute zwei Weinhänge zu lesen!«, rief Keller, noch ehe sich die herbeigefahrenen Weinlese-Helfer von ihren Sicherheits-Leinen auf der Ladefläche befreien konnten.

»Wer fehlt denn von denen, die gestern bei Ihnen waren?«, beeilte sich der Kommissar zu fragen.

Nach dem Vergleich mit der Meldeliste vom Arbeitsamt, zeigte der Vorarbeiter dem Kommissar das Klemmbrett mit dem betreffenden Formular.

»Die kommen schon vier Tage zu uns. Heute fehlen Machmut Trutzki und Simbam Kisuaheli«, antwortete Armin Keller nachdenklich.

Kommissar Gutmann fragte in die Arbeitergruppe: »Haben Sie eine Ahnung, warum die beiden heute nicht dabei sind?«

Statt einer Antwort begann unter den Arbeitern ein wildes Palaver.

»Kennt einer die beiden Fehlenden?«, versuchte es der Kommissar erneut, als die Arbeiter sich zu einem betretenen Schweigen entschlossen hatten.

Nach kurzer Diskussion trat ein Arbeiter aus der Gruppe hervor.

»Ich kannte den ›Simbi‹, den Machmut aber kaum«, sagte der dunkelhäutige Helfer. Als Namen gab er auf Befragen »Jussuf Katari« an.

»Ich muss Ihnen Herrn Katari für ein paar Stunden entführen«, sagte der Kommissar mit Bedauern verheißender Miene zu dem Vorarbeiter.

Der hob nur resignierend die Hände und winkte den restlichen vier Helfern zu: »Mitkommen!«

Jussef Katari identifizierte den Toten als Simbam Kisuaheli.

Der Kommissar bemerkte, dass Jussuf Katari zwar die Zähne zusammenbiss, aber wenig überrascht war, seinen Kollegen auf der Rollbahre in der Pathologie zu finden.

»Was ist gestern Abend auf der Heimfahrt vom Weingut geschehen, Herr Katari?«, fragte Kommissar Gutmann eindringlich.

Aber aus dem Zeugen war außer der Identitäts-Bestätigung nichts herauszubekommen.

Kommissar Ewald Gutmann veranlasste umgehend eine weiträumige Fahndung nach dem flüchtigen Machmut Trutzki. Denn in seiner Unterkunft war er seit dem gestrigen Abend auch nicht aufgetaucht, wie die Beamten feststellen konnten.

Auch die Befragungen der fünf Arbeiter, noch am gleichen Nachmittag, brachten keinen Laut aus diesen Herrschaften heraus. Dabei gaben sich die herbeigerufenen Dolmetscher alle Mühe, die Fragen des Kommissars mit der gleichen Schärfe zu vermitteln.

Transport der Weinleser auf dem Kleinlaster

Das änderte sich, als Machmut Trutzki zwei Tage später von der Frankfurter Polizei aufgegriffen wurde. Den Beamten fiel der Obdachlose durch sein eiliges Türmen sofort auf. Von der Fahndung nach Machmut Trutzki waren sie über Funk informiert worden. Allerdings half zur Festnahme nur eine genaue Personen-Beschreibung. Denn naturgemäß hatte der Flüchtige nicht seinen richtigen Namen verlautbaren lassen. Ausweispapiere konnten die Beamten auch nicht bei ihm finden.

Der Erkennungsdienst der hiesigen Polizei bekam bereits einige Stunden später den Hinweis, dass die Textilfasern auf Trutzkis Kleidung den Fasern glichen, die von dem Mantel des Toten stammten.

Nach der Verhaftung erzählte Machmut Trutzki freimütig, wie es mit dem Arbeitskollegen Simbam Kisuaheli zum Streit kam. Er war sich sicher, dass Simbam ihm das Handy gestohlen hatte. Daher hatte er sich noch auf der Heimfahrt von dem Weingut auf der Ladefläche losgebunden und war wütend auf Kisuaheli losgegangen. Um sich besser des Angriffs erwehren zu können, befreite sich dieser ebenfalls von den Sicherheitsleinen. Im Gerangel stürzte Simbam Kisuaheli von der Ladefläche des Kleintransporters. Der Fahrer bemerkte offensichtlich nichts davon.

»Es war ein Unfall!«, bekräftigte Machmut Trutzki seine unüberlegte Hitzigkeit.

Trutzkis Handy fanden Weinleser zwei Tage später zwischen den Rebenreihen am Spessart-Hang.

Der Tod Simbam Kisuahelis – ein völlig sinnloses Ereignis im Eifer eines unnötigen Gefechts.

Im Schatten des Johannisfeuers

Seit Tagen schafften die Bewohner Steinheims Holz herbei, um das diesjährige Johannisfeuer größer als in den Vorjahren lodern zu lassen. Alte Paletten, Möbelteile, Baumschnitt: alles trug zu dem riesigen Holz-Berg bei, der in der Nacht vom 23. Juni auf den 24. Juni, dem Geburtstag von Johannis dem Täufer, anzuzünden und zu umtanzen ist. Dieses Mittsommerfest, drei Monate nach Mariae Verkündung und sechs Monate vor Christi Geburt, gilt als das größte Sommer-Ereignis in den Mainwiesen des kleinen Ortes Steinheim, dessen Basaltstein- und Fachwerkhäuser bereits die Römer faszinierten. Seit 1974 zählt der Ort als Stadtteil zu Hanau. Sogar aus Frankfurt und Aschaffenburg scharen sich die Menschen um das riesige Feuer, das gewöhnlich noch bis in den nächsten Morgen brennt.

In diesem Jahr aber schien der Wettergott den Sonnenwend-Feiernden zu zürnen, denn der beißende Qualm drückte in der feuchten Luft zu Boden, so dass vielen der Feueranbeter die Augen zu tränen begannen. Zudem setzte bereits wenige Minuten nach Mitternacht ein kurzer, aber heftiger Regenschauer ein. Das Feuer konnte die Nässe nur zum Teil löschen, von den Schaulustigen jedoch blieb kaum einer noch länger bei dem nur schwach lodernden, dafür aber stark qualmenden Johannisfeuer. Rauch zog über die Mainwiesen. Ein beißender Geruch machte sich breit. Denn immer befindet sich auch Laminat unter den Hölzern des Haufens.

Der Bäckermeister Willfried Gerngroß war der Erste, der am Morgen auf den feuchten Aschehaufen des Johannisfeuers blickte. Er führte seinen Schäferhund Gassi, nachdem er die Brötchen gebacken hatte und bevor er den Laden öffnete. Seinen tierischen Begleiter rief er sinnigerweise »Croissant«. Er hatte ihn einst einem französischen Kollegen als Welpen abkaufen können.

Teilnahmslos schweiften die Augen des Bäckers über die bizarren Formen der verkohlten Hölzer. Aber was war das!? Mit dem kurzen Holzstock, den er zum Apportieren seines Hundes Croissant in der Hand hielt, stocherte er in der grau-schwarzen Holzasche herum.

»Um Himmels Willen!«, entfuhr es ihm. Die Spitze seines Stockes hatte einen Schulterknochen freigelegt. Kurz darauf entdeckte er auch den größten Teil eines Kopfes.

»Ein Mensch! – Heiliger Bimbam, das sind Knochen eines Menschen!«, schrie Gerngroß in die Stille des Morgens. Keiner hörte ihn. Ängstlich sah er sich um. Ein Schaudern durchrieselte seinen Körper.

»Ich muss sofort die Polizei anrufen!«, schoss es ihm durch den Kopf. Wild fasste er in seine Taschen. Typisch! In solch einem Augenblick hat er sein Handy nicht dabei. Für das Gassi-Gehen hatte er seine Hose gewechselt.

Mit Croissant lief er schweren Schrittes zurück in seine Backstube. Noch ganz außer Atem schrie er in sein Handtelefon, als sich die Ortspolizei meldete.

»Nun mal langsam!«, schien der Gendarm am anderen Ende der Leitung die Ruhe selbst zu sein.

»Leiche im Johannesfeuer! Unter der Asche!«, immer noch prustend vor Aufregung nannte Bäcker Gerngroß dem Polizeibeamten seinen Namen. Auch bestätigte er, dass er in der Asche etwas herumgestochert hatte.

»Ja, gestern Abend schaute ich auch noch kurz beim Johannisfeuer vorbei! Bin dann aber bald ins Bett gegangen. Musste heut Morgen ja wieder früh raus.«

Eine halbe Stunde später, Bäcker Gerngroß holte gerade die Weißbrote aus seinem Ofen, rief die Verkäuferin in die Backstube:

»Zwei von der Polizei wollen Sie sprechen, Chef!«

Schnell wischte sich Gerngroß die Hände in seiner Bäckerschürze ab und eilte noch vorne in den Laden.

»Willfried Gerngroß?«, begrüßten ihn zwei Uniformierte.

»Sie hatten mit uns telefoniert?«

»Ja, kommen Sie meine Herren!« Der Bäcker verwies auf die Essecke im Laden, in der sich gerade kein Gast befand.

»Darf ich Ihnen einen Kaffee anbieten, mit einem Mettbrötchen vielleicht!?«, lud er die Beamten ein.

»Danke! – Kaffee ja, aber keine Brötchen, bitte«, antwortete Hauptwachtmeister Buchner, der ältere der beiden Polizisten.

Bäcker Gerngroß schilderte den Leichenfund in allen Einzelheiten. Der jüngere Polizist machte sich mitunter Notizen.

Als Bäcker Gerngroß abends nochmals mit »Croissant« Gassi ging, sah er, wie die Asche des Johannisfeuers stark durchwühlt war. Um den Ort hatte die Polizei ein blau-weiß-gestreiftes Plastikband gespannt. Von der verkohlten Leiche konnte Gerngroß nichts mehr entdecken.

Sie befand sich bereits in der Gerichtsmedizin der Universität Frankfurt. Vier Forensiker hatten sich über die Leichenreste hergemacht und alle Details fotografiert sowie diverse Proben gezogen. Besonders vielversprechend erschien das Gebiss: Es zeichnete sich durch eine gewisse Unregelmäßigkeit aus. Eine Wurzel-Behandlung, zwei Stiftzähne, fehlende Eckzähne, diverse Goldkronen – eine gewisse Einmaligkeit, an die sich ein ortsansässiger Zahnarzt wahrscheinlich erinnern könnte.

Jedoch blieben alle Befragungen der 22 Dental-Spezialisten in der Gegend ohne Erfolg. Hauptwachtmeister Buchner ließ die Gebiss-Charakteristik in einer Fachzeitschrift für Zahnärzte veröffentlichen.

Im Laufe der folgenden zwei Wochen meldeten sich in der Tat vier Kollegen, die in ihrer Kartei vergleichbare Zahnbehandlungen auffinden konnten. Ins Auge fiel sofort ein Schrotthändler aus Memmingen. Er hatte einen Bruder in Hanau, wie sich herausstellte. Beide lagen im Streit, weil der Hanauer Bruder das Erbe der Eltern durchgebracht hatte, während der Bruder aus Memmingen leer ausging. Nachbarn bestätigten, dass er gelegentlich auf Besuch zu seinem Bruder in Hanau weilte.

Den Bayrischen Polizei-Kollegen gestand er seine Missetat sofort. Es sei bei seinem Bruder in Hanau zu einem Streit gekommen, bei dem dieser während einer Rangelei mit dem Kopf auf den Betonboden aufschlug. Er war offensichtlich sofort tot. Da er von dem bevorstehenden Johannisfeuer gelesen und auch den aufgetürmten Holzhaufen von der Autobahn aus gesehen hatte, ließ er seinen Bruder, eingewickelt in zwei Jute-Kartoffelsäcke, in der Nacht zuvor im Holzhaufen verschwinden.

Danach sei er sofort nach Memmingen zurückgekehrt. Er hielt es für eine einmalig günstige Gelegenheit, seinen toten Bruder im Johannisfeuer verbrennen zu lassen.

In seiner Heimat werfen die Leute Strohpuppen in das Johannisfeuer, um Dämonen abzuwehren.

Kaskade

Ferdinand Kirchmeyer fühlte sich von Jahr zu Jahr mehr von seiner Frau ausgenutzt: Zunächst hatte sie sich ganz liebreizend und anschmiegsam gezeigt, als er sie vor 23 Jahren am Strand von Rio de Janeiro kennenlernte. Ihre Vorfahren stammten aus Deutschland. Daher hatte Elena eine samtige, hellbraune Haut. Sie war ein wahrer Wildfang, was dem Ferdinand Kirchmeyer besonders gefiel.

In den letzten Jahren aber wurde sie immer nachlässiger, gab haufenweise Geld in teuren Boutiquen und Schmuckgeschäften aus. Dazu lud sie immer mehr Menschen zu sich ins Haus ein. Dabei vernachlässigte sie ihren Haushalt immer stärker. Beschäftigte Putz- und Bügelfrauen, Gärtner und Installateure, Dekorateure und Maler.

Ständig arrangierten Teams im Garten die Beete und Rabatten um, legten mal einen Teich an, dann schütteten sie alles wieder zu, um einem kunstvoll bewässerten Reisfeld den Vorzug zu geben.

Als dann wieder einmal die ganze Verwandtschaft aus Brasilien mit elf Personen anrückte, war es Kirchmeyer zu viel. Er sann nach, wie er seine einst so geliebte, inzwischen jedoch verhasste Elena wieder loswerden konnte, ohne selbst davon allzu großen Schaden zu nehmen.

Den Tipp bekam er auf einer Dienstreise in einem Hotel an der Bar. Da gäbe es Leute, die können für Geld jedes Problem lösen. Auch das seinige.

Ein Kontakt ließ sich leicht herstellen.

Nach der Rückkehr von der folgenden Dienstreise traf Ferdinand Kirchmeyer seine Frau Elena bereits nicht mehr an. Es hatte also geklappt. Vereinbarungsgemäß überwies Kirchmeyer 20.000 Euro auf das Konto eines Willi Jacobs bei der Schweizer INCO Invest GmbH. Der Betrag war für ihn, der mehrere Millionen allein in Bank-Anlagen besaß, geradezu lächerlich gering.

Drei Tage später marschierte Kirchmeyer auf das örtliche Polizeirevier und meldete seine Frau als vermisst.

Zunächst stellte die Polizei noch Nachforschungen an, dann legte sie den Fall offenbar zu den Akten.

Allerdings nahm die Durchblutung von Ferdinand Kirchmeyers Körper schlagartig zu, als er drei Monate später an einem herrlichen Herbst- Morgen einen der Postbriefe öffnete.

»Sehr geehrter Herr Kirchmeyer,

in Anbetracht unserer so erfolgreich angelaufenen Geschäftsbeziehung, erlaube ich mir, eine weitere Tranche von 20.000 Euro in Rechnung zu stellen. Ich gehe von Ihrem bereitwilligen Entgegenkommen aus. Andernfalls teile ich der Polizei den Ort mit, wo ihre Frau vergraben ist. Ich hatte ihr übrigens noch Ihren Siegelring in die rechte Hand gedrückt, bevor ich das Grab zuschaufelte. Er lag bei Ihnen auf dem Schreibtisch. Die Kripo wird sich wundern und Ihnen die Zukunft schwer machen.

Ergebenst, Ihr Willi Jacobs.«

Es folgten ähnliche Briefe in immer kürzeren Zeitabständen. Als die Höhe empfand es Ferdinand Kirchmeyer, als der Auftragskiller Zahlungen in Form eines monatlichen Dauerauftrages über 5.000 Euro vorschlug.

Es wäre natürlich ein Leichtes gewesen, diese Summe mit denen für seine Angestellten zu überweisen. Aber damit hatte Willi Jacobs den Bogen überspannt. Jetzt ging es Kirchmeyer ums Prinzip.

Erneut ging er auf die Suche nach einem Killer. Diesmal für den lästigen Willi Jacobs.

Aus dem Schaden klug geworden, wollte er seinen Peiniger nicht wieder durch einen Auftragsmörder loswerden, der dann wie eine Klette an ihm hinge. Das ganze Projekt sollte anonym vor sich gehen. Als sich schließlich über mehrere Telefonate aus verschiedenen Telefonzellen erneut ein Auftragnehmer meldete, schlug er 10.000 Euro als Vorschuss vor und 30.000 Euro nach erfolgreicher Erledigung des heiklen Auftrags.

Es dauerte noch eine ganze Woche, bis die Wasserschutzpolizei eine von Schiffsschrauben völlig zerhackte Wasserleiche in einem Rhein-Seitenarm entdeckte. Das örtliche Revier bat um Mithilfe bei der Identifizierung anhand von Armbanduhr und zerfetzter Kleidung. Alles sehr stark in Mitleidenschaft genommen. Willi Jacobs vermisste keiner. So verlief auch dieser Auftragsmord im Sand.

Was Ferdinand Kirchmeyer allerdings nicht ahnen konnte, war ein erneuter Schicksalsschlag. Es schnürte ihm fast die Kehle zu, als er erfahren musste, dass er trotz seiner Umsicht in die Hände eines Syndikates gefallen war.

Auch professionelle Ganoven verfügen über moderne Technik, mit der sich Telefonate verfolgen lassen. Selbst die Geldübergaben hatten die Gauner von dem Killer-Syndikat mit installierten Kameras überwacht.

So bestimmte Kirchmeyers Schicksal zukünftig nicht mehr eine Einzelperson, sondern eine unbesiegbare »Hydra«.

Da das Syndikat sehr gut über die Vermögensverhältnisse von Ferdinand Kirchmeyer Bescheid wusste, fielen die Beträge auf den nachfolgenden Erpressungsschreiben nicht mehr so kleinlich aus wie noch bei Willi Jacobs.

Der schleichende plötzliche Tod

Er war einer der Ersten, der sich in dem neuen Zoo-Geschäft am Ende der Hauptstraße in seinem Wohnort umschaute. Bertram Berliner verfügte selbst über keine Volieren oder Aquarien daheim. Aber die Reptilien hatten es ihm schon immer angetan. Er liebte die kaltblütigen Warane, Wesen aus den Urzeiten unserer Erdgeschichte, die Vipern, Mambas und Nattern sowie alle Eidechsen. In unseren Breiten muss man lange mit offenen Augen in der Natur herumwandern, ehe sich ein Salamander, eine Blindschleiche oder gar eine Ringelnatter erspähen lässt.

Das ist in den zoologischen Gärten dieser Welt anders. So wie Bertram Berliner von den Reptilienhäusern in den zoologischen Gärten fasziniert ist, und besonders von dem brasilianischen Butantan-Schlangeninstitut in Sao Paulo schwärmt, hofft er auch in dem neuen Zoogeschäft ein paar Exemplare aus dem Echsen-Repertoire zu finden.

Viel war es ja nicht, was die neue Zoohandlung vorerst zu bieten hatte. Da überwogen Hunde- und Katzennahrung, Fischfutter und Hamster-Käfige, Papageien-Volieren sowie eine ganze Wand voller Aquarien mit Bepflanzung und diversem Zubehör.

Aber Berliner fand auch einige Herbarien, in den sich Echsen, Vipern und Nattern tummelten. Interessiert schaute er in die geschlossenen Glaskästen.

Er erkannte die Korallenrollschlange »Anilius scytale«, die auf keinen Fall mit der ähnlich aussehenden, aber sehr giftigen Korallennatter »Micrurus corallinus« verwechselt werden darf: Ein tödlicher Irrtum, dem selbst einst ein Direktor des Butantan-Instituts in Brasilien zum Opfer gefallen war.

Dann sah Bertram Berliner auch den großen Glaskäfig mit den vielen Ringelnattern »Natrix natrix« auf und unter diversen Baumrinden. Träge lagen sie vermehrt unter einer Infrarotlampe. An warmen Sommertagen sind sie auch in unseren Wäldern zu finden. Zumeist paaren sie sich in den Spalten von Holzstapeln, sonnen sich auf Stein- und Felsplatten, mitunter sogar am Rande von Wanderwegen. Berliner ließ sich zwei dieser Exemplare mit einem Spezialhaken herausholen. Der Verkäufer staunte, als sich Berliner die Kriechtiere fruchtlos über die nackten Arme schlängeln ließ. Sie wurden in ein Jutesäckchen hineinbugsiert und in eine perforierte Plastik-Schachtel verfrachtet. Berliner erkundigte sich noch nach der Haltung, dem geeigneten Futter, dem Alter und wie man das Geschlecht der Tiere erkennt.

Es war das erste Mal, dass er Reptilien mit in sein kleines Haus nahm. Über eine Glaswanne mit dichtem Drahtverschluss musste er sich noch Gedanken machen.

Da reifte in ihm eine Idee, vor der er selbst erschreckte: ob es möglich wäre, mit diesen an sich harmlosen Urtieren seine Frau derart zu erschrecken, dass ihr Herz stehen bliebe? Die Zähne der Ringelnattern können bei einem erwachsenen Menschen nicht viel mehr Unheil anrichten als eine Blutvergiftung. Da ist er bei seiner Wilma, die schätzungsweise 110 kg auf die Waage brächte, wenn sie denn einmal hinaufgehen würde, auf der sicheren Seite.

Da aber ihr Herz seit einigen Monaten schwer geschädigt zu sein schien, käme es auf einen Versuch an, ob der Schreck über diese beiden harmlosen Wurmtiere bereits für einen Herzstillstand gut ist. Oder vielleicht auch zu einem tödlichen Schlaganfall reichte. Denn Wilmas Blutdruck schwankte um die 100 zu 200. Der Hausarzt, zu dem sie sich endlich vor einem halben Jahr bequemte, riet zu einer zurückhaltenden Nahrungsaufnahme sowie zu einem deutlich gedrosselten Alkoholkonsum.

Aber wie sähe es in ihrer Bridge-Runde aus, wenn sie von Sekt, Grog, Bier, Rotwein und Pharisäer, allzu oft in genau dieser Reihenfolge, auf Mineralwasser umstiege. Ihre Spielkarten-Gefährten zeigten sich nicht zimperlich in der Wortwahl, wenn sie ihre gehässigen Bemerkungen zischeln.

Für Bertram Berliner würde es kein Problem sein, die beiden neu erworbenen Kriechtiere in das Schlafzimmer zu seiner angetrauten Wilma zu lotsen. Nach einem weiteren Tag mit Wasser- und Nahrungsvorenthalt würden sie ganz wild und verheißungsvoll auf Wilmas warmes Gesicht zusteuern. Berliner bräuchte nur den Vorhang etwas anzuheben. Wilma Berliner befand sich schon seit längerer Zeit auf einem Selbstfindungs-Trip. Sie kleidete sich jeden Monat von Kopf bis Fuß neu ein, ging abends gerne alleine oder mit ihren Damenkränzchen aus und unternahm an Wochenenden oder auch mal unter der Woche Tages-Ausflüge, die das ortsansässige Reisebus-Unternehmen immer wieder anbot.

So entwickelte sich seine Ehe zu einer Isolierung. Wenn nicht zweimal in der Woche eine Putz- und Bügelhilfe das Gröbste besorgt hätte, wären die Einrichtungen und die Bügelwäsche längst in einem chaotischen Zustand gewesen.

Hinzu kam das immer lästiger werdende Bevormunden, Herumnörgeln sowie das eigenmächtige Anschaffen von Mobiliar und allerlei Kitsch. Alles Dinge, die sehr einseitig auf den Geschmack des Hauses stoßen.

So gesehen, hätte sich die Trauer Berliners um seine Wilma in Grenzen gehalten, wenn sie das Zeitliche segnete. Das Interessante und Herausfordernde, ja geradezu Zwingende an diesem Vorgehen wäre das eigentliche Fehlen eines Mordwerkzeuges. Wenn Berliner die beiden Ringelnattern wieder rechtzeitig der Natur zurückgäbe, hätten sie lediglich die Aufgabe eines »Tötungskatalysators« erfüllt, ohne selbst den Tod nachweislich hervorgerufen zu haben. Wegen der nahegelegenen Waldgebiete sollte auch das keine große Hürde sein.

Die Rechnung Bertram Berliners ging zu hundert Prozent auf. Die folgende Nacht machte ihn zum Witwer.

Erwartungsvoll öffnete Berliner am nächsten Morgen die Schlafzimmertür. Er selbst hatte die gesamte Nacht in diversen Kneipen zugebracht. Als aber gegen sechs Uhr in der Früh auch der letzte Wirt seine Stühle auf die Tische stellte, wankte Berliner hoffnungsvoll seiner heimischen Bleibe entgegen.

Als er seine Frau mit verzerrt erstarrtem Gesicht, verrenktem Körper und zurückgezogener Bettdecke auf dem Bett fand, war Berliner sich sicher, dass seine neuen Haustiere ganze Arbeit geleistet hatten. Er fühlte sich wenig stolz, fast ein wenig hilflos.

Der schleichende plötzliche Tod

Die Suche nach den beiden Nattern gestaltete sich schwieriger als zunächst angenommen. Schließlich fand Berliner sie am Rande unter dem Teppichboden, erkennbar nur durch eine leichte Wölbung der gelockten Teppichdecke. Die Verklebung musste dort nachgelassen haben.

Berliner ergriff die beiden Schlangentiere furchtlos, auch wenn sie zischelten. Mit einer Plastiktüte, die gerade in der Küche herumlag, transportierte er die beiden Helfer bei seiner Untat zu dem nahe gelegenen Waldrand und entließ sie in die morgendliche Frische des Forstes.

Daheim schaute er noch einmal in das Schlafzimmer. Der Körper seiner Frau lag noch immer verrenkt auf dem Bett. Seine Seite des Ehebettes, in das er sich in letzter Zeit ohnehin nur noch selten legte, weil er das Sofa im Untergeschoss bevorzugte, war deutlich als »unbenutzt« zu erkennen.

Berliner ging seine mögliche Aussage bei dem Notarzt und der Polizei noch einmal durch, bevor er zum Telefonhörer griff und die Institutionen verständigte.

Der Notarzt konnte nur den Tod bescheinigen. Herztod.

»Ihre Frau muss wilde Träume gehabt haben!«, kommentierte der junge Bereitschaftsarzt, dem ein Sanitäter zur Seite stand, das angstverzerrte Gesicht der Wilma Berliner.

Die beiden Streifenpolizisten sahen die ganze Angelegenheit schon als etwas bedenklicher an.

»Wir würden das Ganze hier erkennungsdienstlich überprüfen lassen!«, sagte einer der Beamten.

»Die Dame kommt, wenn ich das Alter richtig einschätze, ohnehin in die Pathologie«, pflichtete ihm sein Kollege bei.

Mit den beiden Beamten vom Erkennungsdienst, die sich in weiße Einmal-Overalls einhüllten, erschien auch Hauptkommissar Karl-Heinz Bremer. Er war für seine Verhältnisse relativ früh aus dem Bett geklingelt worden. Wegen der vielen Vernehmungen am Vortag, die bis nach Mitternacht andauerten, hatte er sich erst spät ins Bett legen können.

Er schrieb die ersten Details in sein Notizbuch: Wilma Berliner,

48 Jahre alt, verheiratet seit 22 Jahren. Bertram Berliner musste scharf nachdenken, um diese Daten aus seinem Gedächtnis abzurufen. Er stand dem Hauptkommissar gegenüber.

Er hatte über seinen Kneipenbummel zu berichten, nannte ein paar Kumpels als Zeugen und musste dann auch noch sein Verhältnis zu seiner Wilma einschätzen.

»Entsprechend der Ehezeit abgenutzt«, beschrieb er es noch recht geschmeichelt.

Bremer hob die Brauen bei diesem Begriff, konnte aber keine auffällige Regung an seinem Gegenüber ausmachen. Die müde Resignation von Bertram Berliner deutete der Hauptkommissar als Zeichen der Trauer.

Wenn er wüsste, welch innere Triumphe in Berliners Gehirnwindungen entlangschossen. Aber müde und abgekämpft fühlte er sich trotzdem.

Die beiden Herren des Erkennungsdienstes beherrschten ihr Fach. Ihre lange Erfahrung im Dienste kriminalistischer Recherchen zeigte ihnen, dass ihre wechselvollen Aufgaben bis ins letzte Detail nie zur Routine entarten. Sie füllten eine Reihe von Plastiktüten und beschrifteten sie mit Nummern und Ortsangaben.

Sie besprühten auch die Bettlaken und den Leichnam mit diversen forensischen Spezialsprays; desgleichen die Fensterbänke, den Teppichboden und die Nachtschränke.

Ihnen blieben auch kleine, spaghettiförmige Teilchen auf dem Teppichflor nicht verborgen, die ebenfalls in einem kleinen transparenten Säckchen asserviert wurden.

Hauptkommissar Bremer hörte sich scheinbar uninteressiert in der Umgebung um. Er befragte Nachbarn, indem er sich als Jugendfreund Wilmas ausgab, sowie Passanten, indem er einen Kegelbruder von Bertram Berliner mimte.

Es dauerte keine drei Tage, da klingelte Hauptkommissar Bremer abermals an der Haustür von Bertram Berliner. Mit zwei Hilfskräften, die Bremer sofort als Schwarzarbeiter erkannte, auch weil kein firmeneigenes Maler-Fahrzeug vor dem Haus zu erkennen war, beschäftigte sich Bertram Berliner gerade mit der Renovierung seiner Räumlichkeiten.

Die beiden Herren verschwanden bereitwillig und auffällig flott auf Geheiß Bremers in einen der hinteren Räume, als er seine Dienstmarke zückte. Der Hausherr wusch sich die Hände und wand sich aus dem befleckten grauen Laborkittel.

»Wir haben bei Ihnen im Schlafzimmer eigenartige Spuren gefunden. Können Sie sich die erklären?!«, kam Bremer mit einigen Farbfotos, die er aus der Innentasche seines Mantels fingerte, zur Sache.

Als Berliner fragend den Kopf schüttelte, blieb Hauptkommissar Bremer nicht verborgen, dass sich auf Berliners Antlitz eine leichte Röte ausbreitete. Besonders am Hals war das deutlich zu erkennen, wenn man genau hinschaute.

»Auch haben wir auf Ihrem Teppichboden einen erstaunlichen Fund gemacht: Exkremente einer Schlange! – Was sagen Sie nun, Herr Berliner!?«, fuhr der Hauptkommissar fort.

»Sie … Sie sprechen wirklich in Rätseln, Herr Kommissar«, kam es aus Bertram Berliner langsam und zögerlich heraus.

»Halten Sie diese Reptilien im Haus?«, fragte Hauptkommissar Bremer weiter. »Die kommen doch nicht von alleine hier ins Schlafzimmer gekrochen!«, wurde der Hauptkommissar jetzt eindringlicher. »Wo haben Sie das Tier gelassen, Herr Berliner?«

Als sich Bremer anhören musste, wie Bertram Berliner sich mit der Bemerkung »Ich weiß nichts von einer Schlange« aus der Affäre ziehen wollte und gedachte, sich weiterhin dumm zu stellen, platzte Hauptkommissar Karl-Heinz Bremer der Kragen. Wirsch und mit lauter Stimme donnerte er Furcht einflößend in den Raum:

»Herr Bertram Berliner, ich verhafte Sie wegen des Verdachtes, Ihre Frau Wilma Berliner, von deren Herzschwäche sie in vollem Bilde waren, mit einer Schrecken einflößenden Situation getötet zu haben. Zwei Ringelnattern, wie wir ermitteln konnten, besorgten Sie sich in dem neuen Zoogeschäft am Ende Ihrer Straße. Da Sie gar nicht auf das Halten von Reptilien eingerichtet sind, liegt der dringende Verdacht einer längeren Planungszeit nahe.«

Mit diesen Worten legte Hauptkommissar Bremer dem verdutzten Witwer zwei Handschellen an und führte ihn zu einem herbeigerufenen Streifenwagen aus dem Haus.

Die beiden Handwerker schauten mit fragenden Mienen ihrem Auftraggeber durch eines der Fenster nach. Ratlosigkeit stand auf ihren Gesichtern.

Der unbescholtene Mörder

Die Zeiten zeigten sich in ihren Auswirkungen auf die Werke und Anlagen der Industrie immer härter. Zeitungen und Fachzeitschriften berichteten über immer neue Umorganisationen, Entlassungswellen, Personalabbau-Konzepte und Fusionen, die wiederum ein »Reengeneering« der Firmenkonglomerate auslösten.

Nie waren die Arbeitsplätze in der deutschen Industrie so unsicher, Karrieren so wenig planbar und die Logik in der Firmenunruhe so wenig erkennbar oder gar nachvollziehbar.

Ein Wirtschaftsjournalist verglich die derzeitigen Industriezeiten mit einer gesättigten Salzlösung: Salze kristallisieren und lösen sich wieder auf, bilden Kristall-Agglomerate und -Konglomerate, so wie es die Unternehmen für überlebenswichtig erachten.

Arbeiteten beispielsweise in der deutschen Chemischen Industrie vor 20 Jahren noch 450.000 Beschäftigte sind es derzeit fast 10% weniger. Die verlorenen Arbeitsplätze ersetzen zum Teil ausländische Kleinunternehmer für deutlich weniger Geld. Zudem veranlassten leere Rentenkassen und nachlassendes Einzahlungspotenzial die Regierung, die Anspruchsgrenzen bis auf 67 Jahre anzuheben. Gleichzeitig wollen aber die meisten Unternehmen keine Mitarbeiter in einem Lebensalter von über 55 Jahren beschäftigen und schicken sie mit dürftigen Abfindungen in den Ruhestand.

Personalräte, die aus ihren einst ehrenamtlichen Berufungen immer stärker mit Tantiemen, Sondergratifikationen, Weltreisen und Klausurtagungen in Luxushotels in die Abhängigkeit der Unternehmen gezogen werden, beschränken sich auf Schaugefechte.

In dieser Situation befand sich auch Dr. Roland Grundmann, ein an sich ängstlicher theoretischer Chemiker, dem die Menschenführung nicht in die Wiege gelegt worden war und der sie aus seinem Inneren heraus auch nicht mochte. Als einzelner Referent für Spezialfragen wäre er die Idealbesetzung.

So aber vertraute ihm das Unternehmen schließlich eine Reihe von Dienstleistungsbetrieben an, die am Standort nicht zu den produzierenden Einheiten zählen. So war er für das Umweltlabor, die Umwelttechnik, das Biolabor, das »Facility-Management« mit Hausmeisterei, Straßendienst und Gärtnerei ebenso zuständig wie für die Kläranlage und den Abfallhof. Warum es zur Zusammenlegung dieser Zuständigkeiten kam, war nur aus der Historie des Werkes und dem Muskelspiel zwischen Werksleitung und Vorstand halbwegs zu verstehen.

Ein Aufgaben-Paket, das Dr. Grundmann kaum halbwegs als Fachmann überblicken konnte. Seine Voraussetzungen als theoretischer Chemiker, der einst auf dem Gebiet der interstellaren Chemie promovierte, wären zwar für die Laboratorien ansatzweise gegeben, aber sein eigentliches Interesse galt der klassischen Musik. Er selbst spielte Violine und Cello. Durch die beibehaltene Mitgliedschaft in seinem früheren Universitätsorchester an der TU Aachen nahm er eine umfangreiche Reisetätigkeit auf sich. Diese erhöhte sich noch dadurch, dass sein Arbeitsplatz im Stuttgarter Raum lag und seine Familie mit drei schulpflichtigen Kindern im Siegener Land bei Netphen wohnte.

Dr. Grundmann arbeitete bereits seit über 20 Jahren in seinem Unternehmen. In den ersten Jahren hatte man ihn an verschiedenen Standorten tätig sein lassen. Bereits nach wenigen Jahren aber erfolgte stets ein wohlwollendes Wegloben in neue Unternehmensgefilde.

Kein Wunder also, dass Dr. Roland Grundmann allen Grund hatte, sich vor einer endgültigen Verabschiedung seitens der Unternehmensleitung zu ängstigen. Die Furcht davor, dass letztlich auch sein Arbeitgeber erkannte, dass er für die Leitung dieses Betriebs-Konglomerates mit seinen über 100 Mitarbeitern völlig ungeeignet war. Seinem Vorgesetzten fraß er gleich einem scheuen Reh förmlich aus der Hand, ließ sich widerstandslos zu Sonderaufgaben und Vortragsbeiträgen einteilen, obwohl er in seiner eigentlichen Aufgabe schon hoffnungslos überfordert war.

Die Abteilungen von Dr. Grundmann arbeiteten reibungslos,

routiniert und durch lange Erfahrung der Mitarbeiter geprägt auch versiert. Allerdings hätten sie wesentlich effizienter agiert, wenn sie von dem verantwortlichen Leiter, dem »Grundel«, wie ihn seine Mitarbeiter heimlich nannten, Unterstützung erfahren hätten statt mit Schikanen leben zu müssen. Seine fähigsten Mitarbeiter drückte er, wo er nur konnte. Als hätte er Angst gehabt, sie könnten ihm seinen Posten streitig machen.

Das wäre nicht ganz unbegründet, denn unter seinen gedemütigten Arbeitnehmern befanden sich etliche, denen er nicht im Entferntesten das Wasser reichen konnte.

Aber gerade diese Menschen drangsalierte Dr. Grundmann geradezu, was auf den ersten Blick völlig unverständlich erschien:

Er ließ die 25 Quadratmeter großen Büros halbieren und setzte seine vermeintlichen »Rivalen« dort hinein, stellte ihre Leistungen und Ideen in Abrede, selbst wenn er es gar nicht selbst abschätzen konnte, verweigerte ihnen Dienstreisen, Arbeitsmittel und umfangreichere Weiterbildungsmöglichkeiten. Er selbst aber nutzte nur die teuersten Ausbildungsstätten. Vor allem weil er dort mit den oberen Führungsetagen zusammenkam.

Im Rheinland tobte der Karneval, als sich der erste Mitarbeiter, Dr. Andreas Göbel, in eine umfangreiche psychotherapeutische Behandlung begab. Dr. Grundmann hatte ihn noch in der Woche vor Weihnachten seines Abteilungsleiter-Postens enthoben. Er glaubte, einen jüngeren Kollegen, einen wenig erfahrenen Fachhochschul-Ingenieur, den er aus früheren Tagen noch kannte, übernehmen zu müssen. Dem »alten Hasen« Dr. Göbel setzte er den Neuen quasi vor die Nase. Dr. Göbels Hilfeersuchen beim Betriebsrat blieben erwartungsgemäß ergebnislos. Der Werksarzt verschrieb ihm milde Schlaftabletten, weil er nächtelang nicht in den Schlaf kam, wollte aber auch keine weitere Hilfestellung anbieten. Da auch der Soziale Dienst des Unternehmens außer einer Gesprächsbereitschaft keine weitere Unterstützung gewährte, begab er sich außerhalb seines Arbeitsverhältnisses in Behandlung. Als Patient verbrachte er fünf Wochen in einer Klinik. Die Kosten musste der Bereich von Dr. Grundmann als

Verursacher nicht tragen. Eine praktische Zwischenlösung, wie Dr. Grundmann selbstzufrieden feststellte.

Als zwei weitere Mitarbeiter aus den Abteilungen von Dr. Grundmann den Betriebsrat, Werksarzt und den Sozialen Dienst des Unternehmens in völliger Verzweiflung aufsuchten, um die arbeitsrechtlich zustehende Unterstützung einzufordern, hätte es bei den Verantwortlichen des Unternehmens spätestens klingeln müssen – ja, die Glocken hätten unüberhörbar läuten müssen.

Zumal in den Unternehmensverlautbarungen, den Schriften zur viel gepriesenen Unternehmensethik, den Film-Spots im Intranet sowie in den Konzern-Leitlinien immer erneut verkündet wurde, wie sorgfältig zentrale Stellen die Mitarbeiter fördern und betreuen würden. Wurden diese wirklich einmal bemüht, erntete man jedoch nur Ignoranz, Achselzucken, Beschwichtigungen und wenig hilfreiche dumme Sprüche.

Auf Geheiß des Betriebsrates besuchte einer dieser Personalbetreuer die beiden Hilfesuchenden, von denen einer bereits ein Mobbing- bzw. Bossing-Tagebuch über die anhaltenden Schikanen seines Vorgesetzten Dr. Grundmann führte.

Außer einigen völlig deplatzierten, der Situation in keiner Weise gerecht werdenden Aussagen konnte der Personalberater aus der Unternehmens-Zentrale nichts bieten.

Die Betroffenen mussten sich unter anderem Folgendes anhören und vorhalten lassen:

»Das ist in unserem Unternehmen gar nicht möglich!«

»Das Ganze kann sich nur um ein Missverständnis handeln!«

»Dr. Grundmann ist bei uns als äußerst fähige Führungskraft bekannt.«

»Sie haben wohl Defizite in Ihrer Belastbarkeit!?«

Schade um die Zeit!

Hinterher raunten sich die beiden gemaßregelten Kollegen zu:

»Wenn dieser Kasper hier als Personalbetreuer in der Zentrale fungiert, muss es um das Unternehmen schon schlecht bestellt sein! Sachverstand ist in der Personalabteilung wohl zum Fremdwort geworden!«

Die beiden Gemaßregelten mussten sich wie begossene Pudel vorkommen.

Es war ein kühler Herbstmorgen, als Kollegen einen der beiden Verzweifelten zerschmettert auf dem betonierten Boden liegen sahen. Die Kälte der Nacht hatte seinen Körper schon steif werden lassen. Das aus dem Kopf und dem verdrehten Schultergelenk ausgetretene Blut war an den Rändern der Lache bereits geronnen. Der Verzweifelte war aus dem achten Stockwerk des Verwaltungsgebäudes aus dem Fenster gesprungen.

Auf dem Flur der achten Etage, vor der Personalverwaltung, fand die Sekretärin der Personalchefin einen Briefumschlag. Er enthielt die Begründung für diese Verzweiflungstat. Sie stünde als letzte Instanz für eine vielfach abgelehnte und ignorierte Hilfestellung. Selbst für Laien waren der ungleiche Kampf und die zunehmende Betroffenheit der vielen Ungerechtigkeiten und unfairen Behandlungen unübersehbar.

Die Chef-Sekretärin der Personalabteilung verwahrte den Abschiedsbrief, bis ihre Chefin gegen 9.30 Uhr eintraf.

In der Zwischenzeit hatte die Kriminalpolizei aus der Stadt den Fall bereits aufgenommen. Der Werksleiter und Dr. Grundmann baten die Beamten sogleich in ihr Arbeits- und Besprechungszimmer. Aus dem Vorzimmer kamen Kaffee, Tee, Kaltgetränke und edle Schokoladen-Plätzchen.

Was dann besprochen wurde, hatte mit den wahren Hintergründen und den tatsächlichen Ursachen nicht das Geringste zu tun. Die wahren Beweggründe für den verzweifelten Suizid blieben im Dunkeln.

Als einer der Kripo-Beamten darauf bestand, auch einen seiner Kollegen sprechen zu wollen, suchte Dr. Grundmann bewusst seine Sekretärin sowie einen einfältigen Mitarbeiter aus, auf den er sich verlassen konnte. Es dauerte keine zehn Minuten, bis sie im Vorzimmer des Werksleiters erschienen.

Aber selbst als sie getrennt verhört wurden, bekundeten sie einstimmig ihre Verwunderung und bestätigten, dass diese Verzweiflungstat ihrer Meinung nach nicht mit dem Arbeitsumfeld in Verbindung stehe.

Von dem Abschiedsbrief hat man nie etwas erfahren.

Auch darüber, dass der Abteilungsleiter Dr. Andreas Göbel schließlich dauerhaft in psychotherapeutischer Behandlung verblieb, legte sich der Mantel des Schweigens.

Die Kollegen kämpften mit ihren eigenen Sorgen. Sie wollten vor allem nicht negativ, am besten gar nicht auffallen.

So musste sich auch Dr. Roland Grundmann keinen Gewissensbissen hingeben. Er tat, was er aus Selbsterhalt glaubte, tun zu müssen.

Sein Unternehmen gab ihn als Mörder nicht preis.

Die Leiche im Maisfeld

Drei Jahre wurde der Landarbeiter Joseph Hausinger schon vermisst. Die Land-Gendarmerie hatte die Suche nach Hausinger längst aufgegeben. Der Landwirt Gamsbacher hatte seinen besten Landwirtschaftsgehilfen verloren. Dabei war offensichtlich auch die Tochter vom alten Gamsbacher nicht abgeneigt, einen so tüchtigen feschen Burschen, wie den Hausinger Joseph, als Ehefrau auf dem großen Gehöft zu halten.

Dabei bemühten sich die jungen Männer aus dem Dorf zunächst viel emsiger um die Hand der Gamsbacher-Tochter Stefanie. Ein kräftiges und aufgeschlossenes Mädel war die Steffie seit jeher. Wenn sie nicht auf dem Hof hätte helfen müssen, hätte sie das Abitur in der Stadt mit Sicherheit geschafft.

Die Hobby-Piloten des nahe gelegenen Sport-Flugplatzes liebten es, mit ihren leichten Motor- oder Segelflugzeugen über die ausgedehnten Felder und Wiesen des Gamsbacher Anwesens zu fliegen. Der alte Gamsbacher zeigte nämlich eine heimliche Vorliebe für die schneidigen furchtlosen Piloten, die wie große Vögel über seine 250 Hektar glitten. So mancher von ihnen musste schon auf diesen Weiden notlanden, wenn den Seglern der Wind nicht bis zur Piste reichte.

Es ergab sich fast zufällig, als einer der Chessna-Piloten einem Kollegen in der Fliegerklause am Tresen zuraunte, dass er schon seit längerer Zeit auf dem Maisfeld vom Gamsbacher einen länglichen dunkleren Schatten beobachtet.

»Ist dir dieser etwas dunklere Fleck nicht auch schon einmal aufgefallen!?«, fragte er seinen Klub-Kameraden.

»Ich habe noch nicht drauf geachtet. Wo genau hast du denn diesen Schatten im Maisfeld entdeckt?«, fragte dieser nach.

Nach einer Woche wurde diese Ahnung zur Gewissheit. Naturgemäß drang sie auch an das Ohr des Gendarmen im Dorf. Der handelte sofort. Die herbeigerufenen Hilfskräfte hatten die Stelle, an der die Maispflanzen in einem etwas üppigerem Grün als in der Umgebung standen, dank der guten Beschreibung der Piloten schnell gefunden. Der Gendarm war nicht sonderlich verwundert, dass die schaufelnden Männer auf einem weitgehend verwesten Leichnam stießen. Anhand seiner Zahnreparaturen konnte der Zahnarzt in der nahe gelegenen Gemeinde schnell bestätigen, dass dieses Gebiss mit seinen Aufzeichnungen und Röntgenbildern von Joseph Hausinger übereinstimmt.

Der Dorf-Gendarm war nicht zu beneiden!

Zumindest verfügte er jetzt über eine Leiche. Das Verschwinden Hausingers konnte er als aufgeklärt betrachten – aber noch nicht zu den Akten ins Archiv ablegen. Der Vorgang wurde zu einem mysteriösen Mordfall.

Kommissar Bremer rückte bereits zwei Stunden nach der Meldung des Gendarms vor Ort an. Die Leiche, oder besser gesagt: das Gerippe in der noch erhaltenen Kleidung, beorderte er umgehend in die gerichtsmedizinische Pathologie der Landeshauptstadt. Nach so langer Zeit stoßen aber selbst die besten Forensiker an ihre Grenzen, es sei denn der Schädel ist zertrümmert.

Das war bei Joseph Hausinger aber nicht der Fall. Er war von kräftiger Statur, daher hätte der Gegner im Zweikampf schlechte Karten gehabt. Tatsächlich führte der Obduktionsbefund zu keinerlei brauchbaren Hinweisen.

Da man vor drei Jahren beim Verschwinden Hausingers nicht unbedingt von einem Kapitalverbrechen ausgehen konnte, waren die amtlichen Befragungen von Verwandten, Arbeitgeber, Bekannten und Nachbarn nur spärlich ausgefallen.

Kommissar Bremer blieb nichts anderes übrig, als die Verhöre nach diesen drei Jahren in intensiverer und eindringlicherer Form zu wiederholen.

Die Befragungen, die der Kommissar selbst in die Hand nahm, führten jedoch auch nicht zu einer auswertbaren Spur.

Bei seinen neugierigen Rundgängen auf dem Gamsbacher

Anwesen stieß er am Kopfe des Kuhstalles auf eine Kiste, die mit einem dicken Vorhängeschloss gesichert war. Kein Schild gab über den Inhalt dieser Kiste Auskunft.

Als Gamsbacher sie selber öffnete, stand Kommissar Bremer vor einer Reihe ungeordneter Behälter mit chemischen Stoffen. Bei einigen Dosen und Packungen konnte er entziffern, dass es sich um Schädlingsbekämpfungsmittel handelte. Herbizide, Ratten- und Mäusegifte und Maiskäfergift konnte er den grafischen Darstellungen entnehmen.

»Ich versuche das Zeug so weit wie irgend möglich zu vermeiden!«, erklärte der Landwirt Gamsbacher seine Gift-Kiste.

Er wollte sie schon wieder schließen, als der Kommissar um den Schlüssel bat.

»Die gesamte Kiste beordere ich in das kriminaltechnische Untersuchungslabor!«, sagte der Kommissar mit dienstlicher, bestimmter Miene.

Am Telefon erläuterte Bremer dem leitenden Chemiker sogleich, dass sie eine neue Untersuchungsaufgabe erwarte.

»Schaut einmal nach, ob ihr mit dieser Giftküche etwas anfangen könnt!«, sagte der Kommissar. Was er da genau suchte, vermutete oder spekulierte, konnte er auch nicht sagen.

Die Chemiker im forensischen Labor der Gerichtsmedizin hatten eine Menge Arbeit mit den Tüten, Dosen und Flaschen aus Gamsbachers Giftkiste. Zum Teil waren die Etiketten schon unleserlich und von den Chemikalien angegriffen. Ihre Inhaltsstoffe konnten die versierten Laborfachkräfte nicht mehr entziffern. Manche Behältnisse enthielten überhaupt keine Beschriftungen.

So wurden die Proben mit Spektren und Vergleichsproben in Gas-Chromatogrammen aufwändig analysiert. Dabei fiel den Chemikern besonders eine Substanz auf, die sie einem kleinen, nicht beschrifteten Parfum-Flakon entnahmen.

Er enthält einen konzentrierten alkoholischen Auszug aus den Blüten des Goldregens. Das darin hauptsächlich enthaltene sehr giftige Cytisin konnten die Labor-Spezialisten eindeutig nachweisen. Das nahezu farblose Gift löst sich auch in Wasser. Es entfaltet eine ähnliche Wirkung wie das Nikotin des Tabaks: Zunächst wirkt es euphorisierend, lähmt dann jedoch das Atemzentrum.

Mit den Laborbefunden wollte Kommissar Bremer den Landwirt und seine Tochter konfrontieren. Da ihn selbst aber die Wissenschaft von den Giften fachlich bei Weitem überfordert, bat er den Chef-Toxikologen des Labors, ihn zu begleiten.

Als er bei der Konfrontation auf den Flakon mit dem Goldregengift zu sprechen kam, bemerkte er die innere Unruhe der Tochter Stefanie. Hilfe suchend blickte sie sich zu ihrem Vater um.

Dieser versuchte die Angelegenheit schnell als Lappalie darzustellen: »Das haben wir gelegentlich zum Abtöten von Schnecken eingesetzt! Ein altes Hausmittel!«

Bremer wollte schon zum nächsten Gift übergehen, als der begleitende Fachmann nachdenklich bemerkte: »Aber Schnecken sind doch gegen das giftige Cytisin im Goldregen immun!«

Da brach die Tochter in Tränen aus. Da half auch das bemerkenswert unsanfte Schütteln durch ihren Vater nicht.

Stefanie gestand, dass sie den Joseph Hausinger zunächst lange Zeit sehr mochte. Als er dann aber mit seinen ekelhaften sexuellen Praktiken immer dreister und eindringlicher wurde, sah sie angeblich keine andere Möglichkeit, als ihn mit einem Gift zu töten, an dem schon ihr kleinerer Bruder vor mehr als zehn Jahren gestorben war.

Er hatte von den für ihn unwiderstehlichen Goldregenblüten probiert, obwohl seine Eltern ihn eindringlich vor den giftigen gelben Blüten, ja der gesamten Pflanze gewarnt hatten.

Dem alten Gamsbacher hatte Steffie das Malheur gestanden. Gemeinsam verscharrten sie den Leichnam Hausingers im Maisfeld.

Wer konnte auch ahnen, dass der verwesende Leichnam den Maispflanzen in so vortrefflicher Weise als Superdünger dienen und so aus der Luft erkennbar sein würde?!

Harakiri-Mörder

Obwohl Japaner der deutschen Mentalität und Tugendhaftigkeit recht nahe stehen, haben sie doch im fernen Osten eine eigene jahrhundertealte Tradition. Wir können sie auch dann nur ansatzweise ermessen, wenn wir uns selbst in der »sanften Kunst« des Judos üben.

Aus dem alten Kriegsstamm der Buke gingen im frühen Mittelalter der Daimyo und der Samurai hervor. Die Samurais stellten die Lehnsmänner des Adels dar. Sie lebten nach einem strengen Ehrenkodex, dem Bushido. Diese Lebensregeln der japanischen Ritter beschworen die absolute Treue gegenüber ihren Herren. Sie umfassten vor allem das Trainieren und Aufrechterhalten der Waffen- und Kampftauglichkeit, die Selbstzucht, die Güte gegenüber Schwachem sowie die, für uns Europäer immer unverständlich und unmenschlich anmutende Todesverachtung.

Die Todesverachtung äußerte sich vor allem in der alten Tradition des Harakiris, der japanischen Art des Selbstmordes.

Das erzwungene Harakiri gilt zwar seit 1868 als offiziell abgeschafft, kehrte jedoch bei den Sturzbomberpiloten im zweiten Weltkrieg in die öffentliche Wahrnehmung zurück, als junge, fanatisch aufgeheizte Japaner samt Flugzeug und gewaltigen Sprengladungen unter Aufopferung ihres eigenen Lebens auf feindliche militärische Ziele zusteuerten. Diese Kamikaze-Flieger wurden durch die Schlacht im Hafen von Pearl Harbor auf der Hawaii-Insel Oahu am 7. Dezember 1941 gegen amerikanische Kriegsschiffe legendär.

Auch wenn das Bushido, der Ehrenkodex der Samurai-Krieger, mit den Jahren in Vergessenheit geriet, in den Köpfen der stolzen konservativen Japaner lebt er zum Teil noch weiter. Und Harakiri-Selbstmorde nach traditionellen Vorbildern zur Wahrung der eigenen Ehre, zum Zuvorkommen von Strafen oder Schmach sowie zum Loyalitätsbeweis gegenüber der eigenen großen Familie sind in gehobenen Gesellschaftskreisen durchaus noch anzutreffen.

***

Aus einer dieser wohlhabenden Familien, deren Mitglieder bis in die höchsten Regierungskreise nach Tokio und Hiroshima reichen, entstammte Hoito Chang. Aufgewachsen und erzogen in der hohen japanischen Schule der geistigen und körperlichen Ertüchtigung, zeigte sich Hoito Chang schon bald als Stolz der ganzen Familie. Seine schulischen Leistungen ließen keine Zweifel darüber aufkommen, dass der junge Kämpfer für Gerechtigkeit einen traumhaften Lebensweg vor sich hat. Sein Vater hätte gerne gehabt, dass er die juristische Laufbahn einschlägt, in der er selbst hohes Ansehen genoss. Schon früh hatte er den kleinen Hoito zu interessanten Rechtsprozessen mitgenommen. Später diskutierte er oft mit ihm über Gerechtigkeit und Rechtssprechung, über die Kunst des Verteidigens und über die Angemessenheit der unterschiedlichen Strafmaße in Japan selbst sowie im Vergleich zu den Richtersprüchen in anderen Teilen der Welt.

Doch zum Leidwesen des Vaters wechselte Hoito nach dem zweiten Semester Jura in die technische Fakultät. Die angewandte Physik und die Materialkunde weckten eine stärkeres Interesse in dem jungen ehrgeizigen Hoito als die trockenen Paragraphen der juristischen Literatur. Fleiß und unbändiger Wille, auch seinem Vater zu zeigen, dass er seinen eigenen Weg gehen muss, spornten ihn immer wieder zu außergewöhnlichen Leistungen an.

So blieb es nicht aus, dass er mit einem der besten Forschungsresultate promovierte und seine Universität in Tokio als stolzer Träger des Toyoto-Preises verließ. Eine derartige Auszeichnung wird nur wenigen Absolventen an der renommierten Universität in der Landeshauptstadt zuteil.

Sein Vater schenkte seinem Sohn zur Belohnung eine Reise nach Europa. Zunächst aber reichte er seinen, mit höchster Auszeichnung frisch promovierten Sohn im Familienkreis herum. Zudem hatte seine Familie eine riesige Open-Air-Feier organisiert, zu der auch Gäste aus den höchsten Gesellschaftsschichten eintrafen. Das größte Interesse zeigten naturgemäß die Eltern heiratsfähiger Töchter.

So war der im Umgang mit jungen Damen noch eher schüchterte Doktor der Physik froh, endlich im Flugzeug der Japan Airlines mit dem Ziel Paris zu sitzen. Es folgten aufregende Tage in London, Kopenhagen, Berlin, Brüssel, Rom, Athen und Istanbul.

Nach fast vier Monaten betrat er auf dem Flughafen von Tokio wieder japanischen Boden. Abermals hatte die Familie eine kleine Feier organisiert, zu der aber doch mehr als 80 Gäste eintrafen.

Natürlich hatte Dr. Hoito Chang von den Eindrücken in Europa viel zu erzählen. Es war schon kurz vor Mitternacht, als sein Vater ihn in die große, aber gemütliche heimische Rechts-Bibliothek bat.

»Ja, Hoito, mein Sohn, ich bin stolz auf dich! Aber jetzt beginnt für dich der Ernst des Lebens«, sagte er in ruhigem Ton. Sogleich fügte er aber hinzu: »Auch die berufliche Zukunft wirst du bravourös meistern. Da mache ich mir überhaupt keine Sorgen. Hast du diesbezüglich schon irgendwelche berufliche Vorstellungen?«

»Vater, ich könnte mich jetzt als Fremdenführer für europäische Großstädte bewerben. – Aber, Spaß beseite: um meine berufliche Zukunft habe ich mich noch nicht ernsthaft gekümmert. Professor Nagamoto hätte mich gerne als Assistenten an der Universität behalten. Er bot mir auch eine gut dotierte Stelle mit Möglichkeit zur Habilitation an. Aber das ist nicht mein Ding! Ich will jetzt hinaus in die Praxis! In der Industrie gibt es viel zu tun. Da kann ich in das Räderwerk konkret eingreifen. Ich bin fest überzeugt, dass es da noch viel zu verbessern und zu erfinden gibt!«

»Das ist gut, mein Sohn! In die Industrie reichen unsere familiären Netzwerke noch nicht besonders tief. Ich habe da mal bei Dr. Hasegawa, du weißt schon, der Leiter der Industrie-Kammer, nachgefragt. Er ist ein entfernter Studienkollege von mir. Von ihm bekam ich drei Unternehmen genannt, für die Material-Wissenschaftler rund um Tokio gesucht werden.«

»Vater, ich wollte doch noch meine Schwestern in Nagasaki und Osaka besuchen!«

Das lässt sich sicherlich auch noch einflechten. Aber vielleicht stimmst du mit den Ansprechpartnern in diesen Firmen schon einmal Termine ab und stellst Deine Bewerbungsunterlagen zusammen. Einen besseren Überblick und eine stärkere Empfehlung als die von Dr. Hasegawa wird dir hier in Tokio kaum einer bieten können!«

***

Gleich am nächsten Morgen kontaktierte Dr. Hoito Chang die drei empfohlenen Unternehmensadressen. Das japanische Unternehmen sagte ihm genauso wenig zu wie die zugedachten Aufgaben des amerikanischen Konzerns, der seine Produktion in Japan vergrößern wollte.

Interessant erschien ihm allein ein deutsches Unternehmen aus der Edelmetall-Branche. Es wollte in Tokio seine Forschungskapazität ausbauen und mit zwei bereits vor Ort bestehenden Standorten organisatorisch zusammenlegen. Bei hinreichender Erfahrung und Eignung könne er in zwei Jahren die Leitung übernehmen. Die beiden deutschen Firmenvertreter wollten ihrer deutschen Familien wegen nicht länger im fernen Osten verbleiben, sondern wieder in ihre Heimat zurückkehren. Das klang für Dr. Chang alles so verlockend und logisch durchdacht, dass er zwei Wochen später einen Vertrag mit einem fürstlichen Gehalt in der Tasche hatte.

Immerhin musste er noch eine Menge lernen. Am Goethe-Institut in Tokio paukte er an zwei Nachmittagen in der Woche die deutsche Sprache. Zudem besorgte er sich Bücher über die deutsche Kultur, die Landschaften, die politischen Gremien, die Esskulturen der Bundesländer und vor allem suchte er alles in der örtlichen Bibliothek sowie im Internet zusammen, was über die vielen Wein- und Biersorten Auskunft gab.

In den beiden deutschen Restaurants in einem benachbarten Distrikt von Tokio probierte er Semmelknödel, Schweinehaxe, Sauerkraut, Krautsalat, Radis, Spätzle, Schupfnudeln und Bratkartoffeln. An Bier- und Weinsorten beschränkte sich das fernöstliche Angebot in diesen Restaurants allerdings auf zwei bekannte

Marken sowie bei den Rebensäften auf »Zeller Schwarze Katz« und »Liebfraumilch«. Nach der Einarbeitungszeit von neun Monaten in Japan wurde Dr. Chang für ein Jahr in die deutsche Metallforschungs-Zentrale nach Hanau eingeladen, eine 90.000 Einwohner zählende Stadt ostwärts von Frankfurt und ebenfalls am Main gelegen. Hier sollte er die Geheimnisse der Edelmetall-Legierungen, Lote, Cermets, Pulver, Pasten, Herstellverfahren, spezielle Betriebswirtschaft, Investitions-Formalitäten, Aufarbeitungsverfahren und vieles andere erfahren und lernen dürfen.

***

Mit 24 Kilogramm Übergepäck und noch viel mehr überschwänglicher Zuversicht reiste Dr. Chang nach Deutschland. Dass er in Frankfurt am Flughafen nicht abgeholt wurde, stimmte ihn schon nachdenklich. Mit dem Taxi fuhr er zu der mitgeteilten Adresse, wo er ab heute ein Jahr lang wohnen sollte. Als die Nachbarsfrau seines Vermieters ihn in sein zukünftiges Zuhause begleitete, befand er sich in einem 25 Quadratmeter großen Zimmer mit Kochnische und Bettkommode. Eine kleine Nasszelle von sechs Quadratmetern enthielt WC und Dusche sowie einen Schrank mit Putzzeug.

Schon am nächsten Morgen stellte sich Dr. Chang in der Forschungs-Zentrale vor. Der Weg dorthin dauerte länger, als er sich den Zugang in dem großen Werksgelände vorgestellt hatte. Zunächst galt es, zwei Formulare für einen vorläufigen Werksausweis auszufüllen, einen Test am PC zu absolvieren mit Beantwortung einiger Fragen, wie beispielsweise zum Fotografierverbot, über das generelle Rauchverbot auf dem Werksgelände, die eingeschränkte Handy-Benutzung, eine Höchstgeschwindigkeit der Fahrzeuge von 25 km/h und noch so einiges mehr.

Ein Wachmann kreuzte auf einem Lageplan den Eingang des Metallforschungs-Gebäudes an. Allerdings musste Dr. Chang noch viermal nachfragen, ehe er im Vorzimmer seines zukünftigen betreuenden Chefs stand.

Unglücklicherweise konnte der Direktor der zentralen Metallforschung einen Termin außerhalb des Werkes nicht verschieben, wie die Sekretärin bedauerte. Sie telefonierte mit einem Techniker, um ihn mit dem Rundgang eines Gastes zu betrauen. Er war vorher auch nicht informiert worden, so dass die Begrüßung Dr. Changs nur gedämpft freundlich ausfiel. Wie sich herausstellte, nahm der Direktor einen Besuch bei seinem Zahnarzt wahr.

Der Techniker erfuhr von dem einjährigen Hospitariat Dr. Changs auch zum ersten Mal. Er musste sich zunächst erkundigen, ob schon irgendein Büroplatz für den Gast aus Japan vorgesehen wäre. Schließlich konnte er ihm eines der Büros zuweisen. Allerdings mussten die Akten, die man dort zwischenlagerte, noch in den Keller geschafft werden.

Am Folgetag konnte Dr. Chang auch den Leiter des Metall-Forschungsinstituts kennenlernen: Herrn Dr. Lohmann. Er merkte sehr schnell, dass er für diesen Herrn nicht besonders interessant zu sein schien. Denn dieser stellte nur oberflächliche Fragen und erzählte mehr von sich und seinen eigenen Leistungen, die ihn hier Direktor und Leiter des Hauses werden ließen. Dr. Lohmann verwies auf seine Abteilungsleiter und wünschte bereits nach zwanzig Minuten alles Gute für seinen Aufenthalt in Deutschland.

Nachdem Dr. Chang in den kommenden Tagen mit allen Arbeitsgruppen Kontakt aufgenommen hatte, wurde er nach gut einer Woche zu Dr. Lohmann gerufen. Der erklärte ihm drei Projekte, die er selbstständig zu bearbeiten hätte. Er überließ ihm vier Aktenordner. Bei Fragen und Unklarheiten könne er auf die Kollegen zurückgreifen.

Das Studium der Akten bereitete Dr. Shang große Mühe. Er musste öfters in seinem Deutsch-Japanisch-Wörterbuch nachschauen. Am Ende aber kam er zu der Erkenntnis, dass alle drei Aufgaben nicht im Entferntesten auf seine zukünftigen Aufgaben in Japan vorbereiteten. Denn in Japan sollte es um neue Edelmetall-Legierungen, neue Oberflächen und Material-Morphologien gehen. Hier in Deutschland sollte er eine Miniatur-Drahtwickelmaschine bauen. Vielleicht dachte Dr. Lohmann bei der Suche nach dieser Aufgabe an die kleinen japanischen Bonsai-Bäumchen.

Ferner sollte er bei der Entsorgung von Quecksilber- und Asbestresten aus einem der Betriebe behilflich sein und schließlich herausbekommen, welche der Arbeitsgruppen in der Edelmetall-Forschung die höchste Ergebnis-Effizienz an den Tag legt. Mit den ersten beiden Aufgaben könnte er sich als Materialkundler noch anfreunden, aber seine Kollegen gegeneinander auszuspielen und zu beurteilen, widersprach seiner ethischen Auffassung einer fairen Forschungs- und Entwicklungsarbeit. Sollte er seine Kollegen, von denen er auch später, wenn er wieder in Japan ist, Hilfe einholen wollte, bespitzeln? Damit wäre sein Aufenthalt in Deutschland geradezu kontraproduktiv.

Einige Tage später bat er um ein Gespräch mit Dr. Lohmann. Nachdem der Termin dreimal über das Direktions-Sekretariat verschoben wurde, hatte Dr. Chang endlich Gelegenheit, Herrn Dr. Lohmann seine Bedenken vorzutragen. Obwohl Dr. Chang seine Begründungen in äußerster asiatischer Freundlichkeit vorbrachte, stieg dem Dr. Lohmann die Zornesröte ins Gesicht.

Er solle sich gefälligst an seine Anweisungen halten. Er hätte es sich mit diesen Aufgaben nicht leicht gemacht. Wenn ihm das nicht passe, könne er ja wieder nach Japan zurückkehren.

Nachdem Dr. Shang seine Aufgaben in vollem Umfang, also auch die zwangsläufig nur subjektiv und laienhaft ausfallende Leistungsbeurteilung der Arbeitsgruppen, in Gesprächen seinen Kollegen mitteilte, um Unterstützung und Ratschläge zu erhalten, verging nicht viel Zeit, bis auch Dr. Lohmann davon erfuhr, dass der Japaner hier mit seiner Offenheit für Unruhe sorgt. Dabei war sich Dr. Lohmann selbst schon über seine unglückliche und unprofessionelle Aufgabenstellung bewusst. Aber wie so viele schwache Vorgesetzte, die ihre Position eher einer schicksalhaften Fügung, denn einer eigenen vorzeigbaren Leistung verdanken, schrickt auch Dr. Lohmann davor zurück, Fehler einzugestehen. Er merkte gar, dass ihm der japanische Gast gefährlich werden könnte. So wäre es durchaus vorstellbar, dass sich die Herren aus dem Vorstand, die sich aus strategischen Gründen für den intelligenten Akademiker aus Japan interessierten und mit ihm ins Gespräch kamen, auch die unglücklichen Aufgaben während des Aufenthaltes in Deutschland zu hören bekommen würden.

Es kam tatsächlich dazu. Dr. Lohmann fühlte sich der Lächerlichkeit preisgegeben, als er von einem der Vorstände eine missbilligende Kritik vernahm, die über einige Ecken zu ihm drang.

Es bedurfte nur noch einiger Lappalien, die Dr. Lohmann ausnutzte, um der Personalleitung klarzumachen, dass Dr. Chang für die Aufgaben in Japan nicht geeignet sei. Man solle sich doch schon einmal nach einem alternativen Kandidaten auf dem japanischen Markt umschauen. Natürlich hatte Dr. Lohmann von der Personalleitung seines Unternehmens keine unbequemen Fragen zu befürchten. Der Betriebsrat hielt sich bei Problemen mit Akademikern ohnehin gerne heraus. Direktor Dr. Lohmann konnte völlig frei, vergleichbar mit mittelalterlichen Lehnsherren, ohne Kritik befürchten zu müssen, handeln. Das hatte Tradition.

So musste sich Dr. Chang einige Tage später nicht nur von Dr. Lohmann ohne nähere Begründung anhören, dass er seinen gestellten Aufgaben nicht gewachsen sei, sondern auch noch, dass sein Arbeitsverhältnis mit diesem Unternehmen beendet sei. Die Kosten des Rückfluges sowie zwei Monatsgehälter würden ihm noch erstattet.

Dr. Lohmann fühlte sich sichtlich erleichtert, dass er sich diesen kritischen Japaner so schnell vom Hals schaffen konnte. In seinem Sekretariat ließ er verlautbaren: »Dieses Schlitzauge kann mir keinen Dolch mehr in den Rücken stechen!«

Seine Sekretärin schaute ihm nur verwirrt nach, als er in seinem Büro mit der gepolsterten Tür verschwand.

Auch was die etwa 70 Mitarbeiter von ihrem obersten Chef erzählten, passte nicht in das ethisch vorbildliche Bild eines konservativen, in alter Tradition aufgezogenen Japaners. Dieses Verhalten von Dr. Lohmann und der legendäre Gerechtigkeitssinn der tapferen Samurai, deren Mut noch immer alle Japaner bewundern, waren entgegengesetzt verlaufende Maßstäbe. Für Dr. Hoito Chang brach eine ganze Welt, sein ganzes Leben zusammen.

Er merkte auch bei den Kollegen, die zunächst noch freundlich mit ihm umgegangen waren, dass er für sie ein Ausgestoßener geworden war. Keiner wollte ihm hilfreich zur Seite stehen. Schließlich fand er auch beim japanischen Konsulat in Frankfurt nichts weiter als tröstende Worte.

Dr. Chang fühlte sich in diesen Tagen stigmatisiert. Seine Kräfte versagten. An Schlaf war seit Tagen nicht zu denken. Zwei Wochen später trat er seinen Rückflug nach Japan an.

Gefallen, gedemütigt, verzweifelt, am Ende seiner psychischen Kräfte. Deutschland mit seinen tüchtigen Machern und Managern: welch eine Illusion! In Japan war ihm nie, auch nur annähernd, ein deformierter Charakter begegnet, wie ihn Dr. Lehmann verkörperte.

Warum duldeten seine Vorgesetzten, seine Kollegen, seine Mitarbeiter ein derartig unfaires, unprofessionelles und zudem noch unökonomisches Verhalten einer Führungskraft?

In Japan musste Dr. Hoito Chang ein noch größeres Fiasko erleben: Seine Familie verkehrte nur noch in ablehnender, eisigen Gefühlskälte mit ihm. Er galt als Versager. Er brachte Schande über seine Familie.

Was war nur innerhalb eines Jahres aus dem hoffnungsvollen, nachweislich über alle Maßen fähigen Dr. Hoito Chang geworden?! Das musste er sich immer wieder vorhalten. Und er merkte, wie auch andere ihm Vorwürfe entgegenbrachten. Jetzt war er doch der Schwache. Ein Samurai hätte ihm sicherlich geholfen. Doch in der Wirklichkeit Japans gibt es keine wirklichen Samurais mehr. Jedenfalls nicht in seiner Umgebung.

Dr. Chang nahm das Samurai-Schwert seines Großvaters von der Wand. Nach alter Samurai-Tradition schnitt er sich den Bauch auf – von links nach rechts. Da ihm kein wohlwollender Helfer zur Seite stand, der nach eben dieser Tradition gleichzeitig den Kopf mit einem einzigen Schwerthieb abtrennte, um so den Schmerz schnell zu beenden, musste Dr. Hoito Chang mit unerträglichen Schmerzen dem Frei-Tod entgegentreten. Noch ehe das Blut aus seinem Herzen entwichen war, schwanden ihm die Sinne.

***

Über das japanische Konsulat in Frankfurt erhielt auch das Hanauer Unternehmen die Nachricht von dem grausamen Tod. Dr. Lohmann verlas die Meldung anlässlich einer Abteilungsleiter-Besprechung. Keiner konnte bei seinem Chef auch nur den Anflug eines Bedauerns oder einer Anteilnahme, geschweige denn ein Schuldeingeständnis erkennen. Als die Besprechungsteilnehmer, die verschämt ihre Köpfe senkten, wieder aufschauten, hatte Dr. Lohmann bereits auf der Leinwand mit einer Powerpoint-Folie den nächsten Besprechungspunkt aufgerufen.

Bleibt zu hoffen, dass wenigstens der Himmel für den wahren Mörder die gerechte Strafe bereithält!

Lack des Lebens

Wer Günter Schwarzenbeck bei seinen Gartenarbeiten zuschaut, könnte meinen, er reiße die Bäume mit bloßen Händen aus der Erde, wenn es an der Zeit wäre, sie umzupflanzen.

Seine Frau Ludmilla hatte vor vier Tagen, für ihren Ehemann Günter unerwartet, ihre Koffer gepackt, eine Bahnfahrkarte nach Kassel gekauft und Günter Schwarzenbeck hörte nur noch:

»Ich muss mal ausspannen. Habe dringend Luftveränderung nötig! Habe dir ein paar Gläser und Konserven herausgestellt!«

Mit diesen Worten entschwand sie auch schon. Der offene Mantel wehte wie ein Schleier. Das Geräusch ihres Rollkoffers verlor sich schnell in der Ferne.

Ludmilla Schwarzenbeck ist eine lebenslustige Frau. Ihre Schwester in Kassel ist stolze Besitzerin eines größeren Appartements. Sie lebt seit einigen Jahren alleine. Bei ihr fühlt sich Ludmilla immer frei und ungebunden. Mit ihr zieht sie nächtelang durch die Kneipen, um unter lustige, lebensfrohe Menschen zu kommen, hauptsächlich natürlich unter Männer.

Ihre Schwester »lässt nichts anbrennen«, was Männerbekanntschaften betrifft. Vor drei Jahren erst hat sie sich gütlich und zu ihrem großen Vorteil von ihrem zweiten Ehemann getrennt. Sie ist keine Frau für ewige Beziehungen. Um ihren freien Lebenswandel beneidet Ludmilla ihre Schwester. Ihr Wohlstand erlaubt ihr, ein berufsfreies Leben wie »Gott in Frankreich« zu führen.

Günter Schwarzenbeck bewegt sich als Verwaltungsangestellter bei den Gas- und Wasserwerken seiner Stadt etwas mehr in ruhigeren Fahrwassern. Stundenlang kann er an seinen alten Uhren basteln. Auf Flohmärkten findet er immer wieder interessante Sammlerstücke, die es zu reparieren gilt. Jedes Mal eine aufregende Herausforderung für Schwarzenbeck.

Ludmilla dagegen bekommt schon ein schauriges Kribbeln, wenn sie nur das Wort »Flohmarkt« hört. Flohmärkte setzt sie mit Plunder, Kitsch und Sperrmüll gleich. Ihr Günter dagegen kann dort stundenlang nach kaputten Uhren Ausschau halten, altes Uhrmacher-Werkzeug prüfen und sich mit den Händlern unterhalten.

***

Dieser Tage allerdings will sich Günter Schwarzenbeck mal wieder um seinen Garten kümmern. Seit dem Aufstehen am Morgen verspürt er leichte Kopfschmerzen.

»Die frische Luft wird mir gut tun«, denkt er bei sich.

Er grüßt noch den Briefträger, der ihm mit einer Hand voller Rechnungen und Werbebriefe entgegenkommt. Gegen die Mittagszeit greifen die Schmerzen vom Kopf auf den Magen über. Wenige Zeit später wird ihm speiübel. Er muss sich übergeben. Ihm fällt auf, dass er die Ecken seines Hauses doppelt sieht.

»Toller Rausch!«, beschleicht sein konfuses Hirn. Wenn nur nicht Kopf und Bauch so revoltieren würden. Zu alledem verspürt Günter Schwarzenbeck im Nackenbereich eine ungewohnte Lähmung. Kopf und Rumpf scheinen plötzlich ganz starr miteinander verbunden zu sein.

Seine Zunge vermittelt ihm ein Schweregefühl, als sei sie auf das Doppelte ihres Volumens angeschwollen. Seinem Mund entweichen nur lallende Laute.

Als sich Günter Schwarzenbeck in dieser bedauernswerten Situation schließlich einem Passanten gegenüber bemerkbar machen kann, ist dieser zunächst sehr irritiert.

»Herr Schwarzenbeck! Was haben Sie denn!?«, fragt der an seinem Haus vorbeigeeilte Mann entsetzt über das Aussehen des Mannes, der ganz offensichtlich um seine dringende Hilfe bittet.

Der Passant kennt Günter Schwarzenbeck, denn er wohnt ein paar Häuser weiter in der gleichen Straße. Vorsichtig schiebt er den schweren, taumelnden, halb blinden Menschen, der sich mit beiden Händen an den Hals fasst, als würde sich seine Kehle zuschnüren, auf den Rasen vor dem Haus. Mit viel Kraft drückt er den Unglücklichen auf das lange nicht gemähte Gras. Eilig sucht er nach einem Nachbarhaus, von dem aus er Hilfe herbeiholen kann. Als er zunächst bei den Nachbarn mit seinem Klingeln keinen Erfolg hat, versucht er es bei der Villa, die auf der anderen Straßenseite hinter einem ausgedehnten Vorgarten liegt. Nach dem Betätigen der Klingel am Eingangstor, geht vor ihm eine Lampe an und eine ältere Stimme fragt nach seinem Begehr. Für ihn machte es den Anschein, als verginge eine längere Zeit, bis sich das Tor zum Vorgarten automatisch öffnete. Ein nerviges Hundegebell nähert sich schnell. Es hört auch nicht auf, als die ältere Stimme mehrfach den Namen ihres Wachhundes ruft.

»Wir brauchen dringend einen Notarzt! Der Schwarzenbeck hat irgendeinen Anfall!«, ruft der Passant der elegant gekleideten Dame in der Villa entgegen.

»Ja – kommen Sie schnell!«, sagt die ältere Dame, indem sie ihrem Schäferhund mit den Fingern unter das Halsband fasst. Sie muss an dem Halsband zerren, um das Tier von dem Passanten fernzuhalten.

Die Villa muss einmal einer mit sehr viel Detail-Liebe gebaut haben, denkt der Passant, als die Dame ihm nachrief:

»Das Telefon steht auf dem Sideboard neben den Mänteln rechts!«

***

Der Notarzt erscheint mit einem Krankenwagen des Samariterbundes. Der hilfsbereite Passant weist ihn ein. Günter Schwarzenbeck befindet sich noch an der gleichen Stelle auf dem Rasen, wo ihn der Passant hingelegt hat. Er hat sich inzwischen gekrümmt auf die rechte Seite gedreht und wimmert.

Nach kurzer Untersuchung von Puls, Temperatur, Augen, Mund, Muskelhärte an den Armen und am Hals weicht die routinierte Ruhe aus dem Gemüt des Notarztes. Schnell gibt er seinem Sanitäter eine Reihe von Anweisungen. Sogleich kommt dieser mit einer Trage und einem Medikamentenkoffer zurück.

»Der Mann muss so schnell wie möglich in die Klinik! Im Stadtkrankenhaus pumpen wir ihm den Magen aus!« An eine Befragung des Patienten ist aufgrund der angeschwollenen Zunge nicht zu denken.

Der Arzt fragt noch schnell nach dem Namen des Patienten und des hilfsbereiten Passanten. Der Passant reicht dem Notarzt eine seiner Visitenkarten.

»Schwarzenbeck, Günter Schwarzenbeck. Das ist sein Haus«, gibt er schnell Auskunft. Mit Blaulicht und Sirene schaukelt der Krankenwagen die eng zugeparkte Straße entlang. Als er hinter den Häusern verschwindet, verstummt auch der nervige Lärm der Sirene.

***

Der leitende Oberarzt muss nicht lange nachdenken, nachdem er ebenfalls einen kurzen medizinischen Körper-Check durchgeführt hatte.

»Lähmung im Nackenbereich – Sprechunfähigkeit – Übelkeit – offensichtlich Magenkrämpfe – unkontrollierte Augenbewegung – spastische Indikation an den Gliedmaßen sowie im Gesicht«, murmelte der Oberarzt vor sich hin und in sein Handdiktiergerät. Es folgten unverständliche medizinische Fachausdrücke, wie »Torticollis spasmodicus«, »zervicale Dystomie«, Blepharospasmus«. Auf ein Sprechen oder Antworten durch Handzeichen von Schwarzenbeck muss der Oberarzt verzichten, wie er schnell feststellt.

»Klarer Fall einer fortgeschrittenen Lebensmittel-Intoxikation!«, folgert der Oberarzt mit einem Gesichtsausdruck, der keinen Zweifel an seinem Diagnosebefund zuließ.

»Ich tippe auf Botulismus – adulter infektiöser Botilismus! – Schnell, Schwester Annegret, ziehen Sie mir eine Spritze mit polyvalentem Botulinum-Antitoxin auf! Müsste in dem linken Giftschrank im untersten Fach sein!«, sagt der Oberarzt beflissen.

Im Nu hat er einen Wattebausch mit Alkohol zur Desinfektion der Einstichstelle befeuchtet.

***

Noch zwei Tage verbringt Günter Schwarzenbeck zur Beobachtung in der städtischen Polyklinik. Ihm geht es schnell besser. Das Sprechen gelingt schon wieder leidlich. Von den stechenden Schmerzen spürt er ebenfalls nichts mehr.

Als er mit dem Krankenwagen nach Hause gefahren wird, lässt es sich der Oberarzt nicht nehmen, ihn zu begleiten.

»Ich darf mich doch einmal in Ihrer Speisekammer umsehen!?«, fragt er, als sie gemeinsam das Haus von Günter Schwarzenbeck betreten. Auf dem Küchentisch stehen noch die Konservendosen und die zwei Einmachgläser mit Fleisch. An einer der Dosen bemerkte der Oberarzt die Wölbung des Deckels. Seine Diagnose hatte auch ohne diese Zeugen und ohne aktive Mitwirkung des Patienten den Nagel auf den Kopf getroffen.

»Das hat meine Frau im Frühjahr selbst eingeweckt«, sagt Günter Schwarzenbeck. »Jetzt sollte ich mich damit während ihrer Abwesenheit verköstigen. Meine Frau schlug vor, das Fleisch auf Brotscheiben zu schmieren. Da bräuchte ich nicht lange mit Kochtöpfen herumzuhantieren«, fährt er fort.

»Sie sollten dieses Fleisch roh auf Brot essen – ungekocht!?« Ahnungslos bestätigt Schwarzenbeck die erstaunend geäußerte Frage des Oberarztes.

»War die Wölbung denn schon lange auf der Dose?«, fragt der Mediziner weiter.

»Mir war sie bisher nicht aufgefallen. Ehrlich gesagt: Ich habe auch nicht darauf geachtet«, muss Schwarzenbeck gestehen.

»Und ihre Frau lässt Sie hier mit diesen verdorbenen Lebensmitteln alleine!?«, fragt der Oberarzt immer noch verwundert. »Die werden wir ganz schnell entsorgen! – Haben Sie noch mehr von diesem Teufelszeug in Ihrer Vorratskammer oder Kühltruhe?«, fragt der Oberarzt. Dann aber schaut er auf seine Armbanduhr. In einer halben Stunde steht für ihn die nächste Operation an. Er musste zurück in die Klinik.

Auf seinem Handy drückt er aber noch schnell die eingespeicherte Telefon-Nummer von Hauptkommissar Karl-Heinz Bremer. Mit ihm ist er zusammen im örtlichen Tauchclub.

»Nein, Karl-Heinz, zum Tauchtraining kann ich am Donnerstag leider wieder nicht kommen. Aber schau dir hier mal einen klassischen Fall einer Lebensmittel-Vergiftung an. Die Frau hat ihren Mann mit verdorbenen Konservendosen aus eigener Produktion alleine gelassen. Sie ist relativ plötzlich zu ihrer Schwester nach Kassel abgereist. Das ganze riecht nach meinem Dafürhalten so etwas streng«, verkündet der Oberarzt eilig. Er ergänzt dann aber noch: »Safranweg 17 – mach's gut, Karl-Heinz.« Schnell wendet sich der Oberarzt der Haustür zu, winkt seinem Patienten noch einmal im Umdrehen vor der Haustür zu und verschwindet mit dem Krankenwagen in Richtung Klinik. Wieder muss der begleitende Sanitäter Sirene und Blaulicht einschalten. Andernfalls würde der Oberarzt wahrscheinlich bei seiner nächsten Operation zu spät erscheinen.

***

Es dauert keine halbe Stunde, bis Hauptkommissar Bremer bei Günter Schwarzenbeck auftaucht und an der Haustür schellt. Nachdem er sich vorgestellt und ausgewiesen hat, fragt er ganz unverblümt:

»Können Sie sich vorstellen, dass Ihre Frau Sie absichtlich vergiften wollte?«

Günter Schwarzenbeck schaut den Polizisten in ziviler Kleidung entgeistert fragend an. Er kann sich so etwas überhaupt nicht vorstellen.

Nachdem sich Hauptkommissar Bremer fast eine ganze Stunde mit Schwarzenbeck unterhalten hat, kann er sich auch ein Bild vom Wesen seiner Ehefrau Ludmilla machen. Nachdenklich grübelt er. Als Schwarzenbeck in der Küche einen Tee aufbrüht, hat der Hauptkommissar Gelegenheit, sich in den Räumen des Hauses umzusehen. Die verdorbenen Konserven stehen immer noch auf dem Küchentisch.

Als der unfreiwillige Gastgeber den Tee mit braunem Kandiszucker und Butterkeksen aus der Dose serviert, hat sich in dem erfahrenen kriminalistischen Kopf Bremers bereits eine Idee festgesetzt.

»Ich kann mir auch kaum vorstellen, dass Ihre liebe Frau Ihnen nach dem Leben trachtet. Dass sie von lebenslustiger Natur ist und sie mit ihrer Aktivität oft überfordert, haben Sie selbst zugegeben. Lassen Sie uns einen Test machen, Herr Schwarzenbeck!«

»Was für einen Test?«, fragt Günter Schwarzenbeck verwirrt.

»Das lassen Sie mal unsere Sorge sein. Können Sie für ein paar Tage irgendwo untertauchen?«, fragt der Hauptkommissar.

Günter Schwarzenbeck überlegt.

»Bei einem alten Taucher-Kollegen könnte ich vielleicht unterkommen. Ich rufe gleich mal bei Burghardt an.«

Günter Schwarzenbeck hätte noch viele Fragen. Das Vorgehen der Polizei ist ihm keineswegs geheuer. Dann aber fügt er sich. Im seinem Amt meldet er sich für eine Woche krank. In seinen Koffer wirft er nur das Notwendigste. Dem Hauptkommissar überlässt er Haustürschlüssel und die Adresse seiner zwischenzeitlichen Bleibe.

***

Es vergehen weitere zwei Tage. Dann ruft Hauptkommissar Bremer bei der Schwester von Ludmilla Schwarzenbeck in Kassel an. Bei zweiten Mal hat er bereits Glück. Er bittet Frau Schwarzenbeck ans Telefon.

»Hallo, Frau Schwarzenbeck, hier spricht Hauptkommissar Bremer. Bitte fahren Sie umgehend nach Hause. Es geht um Ihren Mann. Am Telefon kann ich Ihnen keine näheren Auskünfte geben.«

Ludmilla will noch einige Fragen stellen, aber der Hauptkommissar hat bereits den Hörer seines Diensttelefons aufgelegt.

Schon am Nachmittag trifft Ludmilla daheim ein. Vom Bahnhof zu ihrem Haus hat sie ein Taxi genommen.

Bremer wird sofort von seinem Assistenten per Handy verständigt. Er hat den Auftrag, vor dem Haus der Schwarzenbecks in seinem Wagen auf Beobachtungsposten zu gehen. Kurz darauf klingelt Bremer an der Haustür.

Nachdem er sich vorgestellt hat, überbringt er der Frau des Hauses, Ludmilla Schwarzenbeck, die traurige Nachricht, dass ihr Ehemann Günter aus unbekannter Ursache verstorben sei. Man hätte ihn hinter dem Haus tot aufgefunden.

Ludmilla bricht in Tränen aus. Hauptkommissar Bremer wird für einen Moment unsicher. Oder gehört dieses Luder von einer Frau etwa auch zu den begnadeten weiblichen Mimen, die eine oscarreife Trauerszene hinlegen können?

»Wir haben leider keine Angehörigen ausfindig machen können«, schwindelt Bremer. »Erst heute Morgen hörten wir von einer Nachbarin, dass Sie eine Schwester in Kassel haben, bei der Sie sich zu der Zeit aufhalten würden. Dann war es für uns nicht mehr schwer, Sie ausfindig zu machen.

»Wo ist mein Günter jetzt?«, heult Ludmilla ungeniert und schluchzt in ihr Taschentuch.

»Ja, Frau Schwarzenbeck, es ist uns überaus peinlich. Da der Leichnam aber hier schon einige Tag lag, ehe ihn Nachbarn entdeckten, mussten wir ihn umgehend dem Krematorium zuführen. Das tut uns jetzt, wo wir Sie gefunden haben, natürlich unendlich leid«, heuchelt Bremer. Auch er verzieht keine Miene. Sein Pokerface hat schon so manche Rolle übernehmen müssen. Bisher ist er immer als Sieger hervorgegangen.

Als Ludmilla unbedingt zum Krematorium fahren will, bestellt Bremer ein Taxi.

»Ich hätte Sie gerne mitgenommen und begleitet, aber ich habe gleich noch einen dringenden Termin auf dem Revier.« Mit diesen Worten verabschiedet sich der Hauptkommissar und fährt mit seinem Dienstwagen davon.

Als der Taxifahrer nach etwa zehn Minuten vor dem Haus von Ludmilla Schwarzenbeck eintrifft, hat sie sich keineswegs zum Ausgehen angezogen, geschweige denn, nach schwarzer Kleidung Ausschau gehalten.

Überhaupt scheint Ludmillas gesamter Körper mit dem Abschied von Hauptkommissar Bremer auch alle Trauer abgelegt zu haben. Sie deponiert den Telefonhörer mit der Bemerkung »Moment mal, bleib bitte dran!« auf dem Sofa.

In ihrer Geldbörse findet sie noch einen Zehn-Euro-Schein. Mit dem Geldschein winkend tippelt sie mit ihren hochhackigen Hausschuhen dem Taxifahrer entgegen und ruft ihm zu: »Vielen Dank für Ihr Kommen. Aber ich habe es mir anders überlegt!«

Angesichts der zehn Euro ohne Rechnung ist das dem Fahrer auch recht. Mit der Bemerkung »Leute gibt's!« fährt er davon. Er muss nicht lange über seine verpasste Fahrt zum Krematorium nachdenken, denn die Zentrale weist ihm sogleich einen neuen Fahrgast zu.

***

Ludmilla ergreift, ins Haus zurückgekehrt, sofort wieder das kabellose Mobilteil und ruft hinein: »Bist Du noch dran!?«

Als das bestätigt wird, fährt sie fort: »Das war wirklich ein astreiner Tipp von dir, Schwesterherz! Das mit den präparierten Konserven hat offenbar prima geklappt. Ganz nach Plan, sozusagen.«

»Hör auf, hier am Telefon über Einzelheiten zu sprechen!«, mahnt ihre Schwester am anderen Ende der Leitung.

»Schmeiß den ganzen Müll aber ganz schnell und ganz weit von deinem Haus entfernt in eine Mülltonne!«, kommt es aus dem Hörer.

»Du hast recht! Ohne dich müsste ich weiterhin dieses öde, langweilige Leben führen. In der kommenden Woche gehen wir gleich zum Reisebüro und buchen eine Weltreise auf einem Traumschiff. Am besten in die Karibik. Da bleiben wir dann für den Rest des Lebens.«

Das Telefonat zieht sich trotz der ermahnenden Worte aus Kassel zwischen den Schwestern aufgrund der verheißungsvoll unbeschwerten Zukunft noch gut eine halbe Stunde hin. Auf dem

Revier haben die Beamten, die das Telefonat mitschneiden, alle Hände voll zu tun, die Bänder zu wechseln. Hauptkommissar Bremer hatte das ganze Haus mit Abhör-Instrumenten versehen lassen.

Nach dem Telefonat bricht bei Ludmilla Schwarzenbeck eine seltene Reinigungswut aus. Sie verstaut die präparierten Einweckgläser und Konservendosen in zwei Plastiktüten und wirft sich eilig einen Mantel über.

Bremers Assistent, der weiterhin das Haus unter Beobachtung hält, folgt Ludmilla unauffällig zwei Häuser weiter. Da findet sie schon einen großen Müllcontainer vor einem Häuserblock. Sie schleuderte beide Plastiktüten samt Inhalt in die Container.

***

Als sie von ihrem Entsorgungs-Spaziergang wieder heim kommt, steht Hauptkommissar Bremer schon vor ihrer Haustür. Verlegen will sie wieder ein paar Tränen auf ihr makelloses Antlitz zaubern. Bremer lässt die keineswegs schwarz gekleidete Witwe nicht eine Sekunde aus den Augen.

Emotionslos und ohne Begrüßung empfängt Hauptkommissar Bremer Ludmilla Schwarzenbeck mit den Worten:

»Frau Ludmilla Schwarzenbeck, ich verhafte Sie hiermit, wegen des Verdachts, mutwillig und unter Mittäterschaft ihrer Schwester in Kassel von langer Hand geplant, Ihren Ehemann Günter Schwarzenbeck mittels vergifteter Konserven getötet zu haben!«

Ludmilla will ihn einige Male bei seinem Verhaftungsspruch unterbrechen. Ja, sie bricht schließlich in Tränen aus. Tränen um eine verlorene Zukunft. Diesmal sind sie echt.

Kollegen in Kassel verhaften zur gleichen Zeit ihre Schwester.

Nach anfänglichem Widerstand zeigen sich die Schwestern überaus geständig.

Sie geben im Verlaufe der Vernehmungen zu, in der Zeitung

von einer Vergiftung mit selbst eingemachtem Wildschweinfleisch gelesen zu haben. Eine Försterfrau starb nach dem Verzehr von allem Anschein nach unzureichend konserviertem Fleisch. Schuld an diesem tödlichen Vorfall sei das Botulinumtoxin. Es sei eines der stärksten Gifte, die man überhaupt kennt.

Daher machten sich Ludmilla und ihre Schwester in ihren Stadtbibliotheken über Lebensmittelvergiftungen und speziell über dieses zitierte Botulinum-Gift kundig. Es entsteht leicht beim unzureichend sorgfältigen Konservieren von Wurst- und Fleischgerichten.

Ludmilla hatte das Fleisch sogar einen Tag lang auf einem abgedeckten Sieb über dem Humus-Erdboden deponiert, um möglichst viele schädliche Keime in das Fleisch zu bringen. Auf das Salzen, Ansäuern und Erhitzen hat sie ebenfalls verzichtet, weil sich dadurch Keime abtöten lassen, wie sie der Literatur entnahm.

Dem mörderischen Geschwisterpaar bleibt fast das Herz stehen, als Hauptkommissar Bremer nach der Aussage und der Protokoll-Unterzeichnung mit einer Überraschung aufwartet. Günter Schwarzenbeck steht plötzlich mit seiner stattlichen Figur in strotzender Gesundheit, aber doch enttäuschtem Gesicht vor ihnen.

Beide Frauen sacken noch weiter in sich zusammen. Ludmilla hält sich vor Scham die Hände vor ihr Gesicht.

»Die gute Nachricht, meine Damen: für Mordversuch gibt es nur die Hälfte der Gefängnisjahre!«, feixt Hauptkommissar Bremer, nicht ohne Stolz auf seinen kriminalistischen Erfolg.

Es ist die Schwester Ludmillas, die schließlich erkannte:

»Auch danach ist der Lack des Lebens bei uns endgültig ab!«

Mord im Urlaub

Die Sonne nähert sich gerade dem Horizont und verbreitet ein eindrucksvolles Abendrot. Hauptkommissar Karl-Heinz Bremer liegt bequem und entspannt vor seinem Hotel im Rattansessel und genießt diese Abendstimmung. Alle Anstrengungen seines aufreibenden Berufes in den letzten Wochen sind von ihm abgefallen.

In diesem Moment kommt ein Kellner mit bestimmten Schritten auf ihn zugelaufen. In der Hand hält er statt seines sonst üblichen Cocktail-Tabletts ein Handy. Den Herrn im Rattanstuhl muss der Kellner zweimal anrufen, ehe sich Bremer aus seinen Gedanken gerissen blinzelnd umschaut. Der Kellner hält ihm das Handy entgegen:

»Ein Telefonat für Sie, Herr Bremer!«, hört er den Kellner reserviert sagen.

»Ich will hier nichts von Telefonaten wissen!«, denkt Bremer noch bei sich, während er seinen Bademantel zurechtlegt. Er will hier nur ausspannen, sich keinen Pflichten unterordnen. Das Thermometer zeigt auch am Abend noch 26 Grad an. Bremer wischt sich die Stirn. Er lässt die Hand am Körper hinuntergleiten und sagt dem Kellner:

»Ist schon gut, Xaver! – Ich bringe das Telefon gleich mit hoch an die Rezeption.«

Als sich der Kellner wieder auf den Rückmarsch aufmacht, nimmt Bremer das Handy ans Ohr.

»Ich will hier ein paar Tage ausspannen!«, schreit Bremer lauter in die Sprechschlitze, als seiner Gewohnheit entspricht.

Es ist jedoch nicht seine Dienststelle, die ihn an seinem Urlaubsort aufgestöbert hat, sondern der örtliche Polizeiposten.

Hauptkommissar Bremer muss sich von einem verzweifelten Polizisten zunächst anhören, dass sein kriminalistischer Ruhm bis in seine Gemeinde vorgedrungen sei, und es eine große Ehre wäre, …

»O.K., säuseln Sie hier nicht herum! Was ist so Dringendes

geschehen, dass Sie mich stören müssen. Wieso wissen Sie eigentlich ...!«, unterbricht ihn Bremer, um ebenfalls in der Hektik gleich unterbrochen zu werden:

»Lieber Herr Hauptkommissar Bremer, ich habe hier einen komplizierten Mordfall aufzuklären. Von Ihnen hörte ich von unserem Gastwirt. Wir sind eine kleine Ortschaft, müssen Sie wissen!«

»Ich gebe mich geschlagen! Holen Sie mich in einer halben Stunde ab. Ich will noch schnell unter die Dusche springen!«

Der Polizeiposten steht pünktlich vor dem Hotel. Er wartet bereits zehn Minuten, als Bremer etwas mürrisch auf ihn zuläuft. Nach einer rasanten Fahrt in einem kleinen Streifenwagen hält der Ortspolizist vor einer kleineren Pension.

Ein sicherlich einmal gut aussehender Mann, so um die 35 Jahre alt, lehnt mit heraushängender Zunge tot an einem Sofa. Die Würgemale an seinem Hals sind nicht zu übersehen. Der Mann ist völlig entblößt, nicht einmal eine Unterhose ist an ihm zu sehen.

»Vermutlich ist er mit dem Wollschal erdrosselt worden!«, sagt der Polizist. »Der Vermieter fand ihn ein paar Meter vom Tatort entfernt im Flur.«

Wie der Vermieter weiterhin zu Protokoll gab, hatte der Ermordete verschiedene Damenbekanntschaften gemacht. In seinem Zimmer soll es mitunter auch heiß hergegangen sein. Gekreisch und Gestöhne hätte man des Öfteren hören können, wie der Vermieter weiterhin bemerkte. Dass es nicht sehr sittlich bei dem jungen Mann zugegangen sein soll, bemerkten auch andere Zeugen.

»Das war ein Gekreische und Gepolter!«, entsetzt sich eine Mieterin aus einem der Nebenzimmer.

»So, so!«, überfliegt Hauptkommissar Bremer in seinem Sommer-Outfit die ersten Berichte und Zeugenaussagen:

»Das Opfer heißt also Bruno Reimers, ist gut 32 Jahre alt geworden. Ich hätte ihn mindestens um fünf Jahre älter eingeschätzt«, sagt Bremer zu dem Ortspolizisten.

»Kennt man die Tatzeit?«, fragt er den Landgendarmen. Dieser zuckt aber nur mit den Schultern.

Dann schaut sich Bremer die Zeugenaussagen der Damen an, die ein Aushilfs-Polizist aus dem Ort inzwischen aufnehmen konnte.

»Vier Frauen hat dieser Reimers in einer Woche beglückt!«, staunt der Hauptkommissar, nachdem er anerkennend ein moduliertes Pfeifgeräusch von sich gab.

»Ja, und eigenartigerweise handelt es sich durchweg um vorgeblich ehrbare Hausfrauen!«, ergänzt der Landpolizist Bremers Bemerkungen.

Zunächst war da die Ausage der Ursula Delbrück, verheiratet, 36 Jahre alt, keine Kinder, gelegentliche Arbeiten als Aushilfskellnerin:

»Er war so ein lieber Kerl, dieser Bruno! Bei mir hatte er mit seinem saften Charme ein leichtes Spiel. Mein Willi, der mein Mann ist, arbeitet als Staplerfahrer in einer Spedition am Hafen. Er ist immer sehr grob zu mir!« Auf dem Foto von Frau Delbrück erkennt Bremer blaue Flecken auf der linken Wange sowie an beiden Unterarmen.

»Stellen Sie bitte fest, ob sich das Alter der Hämatome von Frau Delbrück und der Mordzeitpnkt noch nachträglich ermitteln oder abschätzen lassen«, wies Hauptkommissar Bremer den Ortspolizisten an. Dieser machte sich sogleich ans Telefon und versuchte, den praktizierenden Arzt des Nachbarortes in die Leitung zu bekommen.

Bei der zweiten Dame handelt es sich um eine 23-jährige Kunststudentin, Beatrice Holler, verheiratet mit einem 14 Jahre älteren Professor, der an der Kunst-Fachhochschule in der nahe gelegenen Stadt beschäftigt ist und über ein eigenes Studio verfügt.

»Ich fand Bruno von Anfang an sexy! Als feminines Opfer habe ich mich nie gefühlt. Ich mache hier nur für drei Tage Urlaub. Tagsüber bin ich mit der Kamera auf Motivsuche für geeignete

Landschaftsbilder. Natürlich will ich hier auch etwas erleben. Mit Bruno lief alles so unkompliziert. Wir wollten morgen noch auf die Berge wandern. Er kenne da eine wunderschöne Panorama-Aussicht. Schade, dass jetzt nichts daraus wird!«

»Lockeres Mädchen, dabei nicht einmal eine Schönheit!«, rutscht es Bremer heraus, als er das Foto von Frau Holler betrachtet.

»Das wird ja immer toller!«, staunt Kommissar Bremer, als er das Foto der dritten Dame in Augenschein nimmt.

Karin Kreuzer, verheiratet, 43 Jahre jung. Ihrer Aufmachung nach könnte sie von Weitem auch als 20-Jährige durchgehen.

»Der Bruno war wie ein Gentleman zu mir! Er wusste sogleich, wo es langgeht. Aber er hatte sehr viel Einfühlungsvermögen. Wir hatten uns erst am Vorabend getroffen. Dann aber ging die Post ab. Ich blieb nicht über Nacht bei ihm. Mein Mann kommt so gegen zwei Uhr nachts von seinem Skatabend heim. Da lag ich schon im Bett.«

Bremer seufzt. Er weiß, warum er nach dem frühen Tod seiner Frau alleine bleiben wollte.

»Mich hat hier in den vier Tagen noch keine Frau angesprochen!«, sinniert Bremer nachdenklich. »Von diesem Bruno Reimers hätte man etwas lernen können! Mal sehen, was jetzt noch kommt.«

Bei der vierten Liebschaft handelt es sich, wie Bremer auf dem Foto erkennt, um eine sportlich durchtrainierte Frau, Sybille Gärtner, Yoga- und Thai-Chi-Lehrerin und Animateurin des Touristenbüros, 27 Jahre alt. Ihr Ehemann betreibt einen Souvenirladen, unweit von Bremers Hotel. Angeblich hatte sie nur eine kurze Affäre mit Reimers. Sie läge auch schon ein paar Tage zurück.

»Er erschien in meinem Thai-Chi-Kurs und machte keine gute Figur. Ich lud ihn als Trost für seine Mühe zu einem Cocktail ein. Nach drei Caipirinhas muss ich wohl etwas aufgedreht gewesen sein. Wir gingen nach anfänglichen Schäkereien auf sein

Zimmer. Ich will nicht sagen, dass mir der Sex mit ihm keinen Spaß gemacht hat, aber nüchtern betrachtet, war er nicht gerade mein Typ. Zudem schließt mein Mann seinen Laden um 20.00 Uhr. Da wollte ich daheim sein!«

»Die doch so treue Ehefrau!«, durchfährt es Bremer. »Vier an sich tolle, liebeshungrige Ehefrauen in einer Woche! Es ist doch gut, dass ich so einen biederen Ausdruck vor mir hertrage – eine echte Rüstung!«

Am folgenden Tag besucht Hauptkommissar Bremer in entspannter Laune, wie es einem Urlauber geziemt, die Ehemänner dieser aktiven, sexhungrigen Frauen.

Zu dem Kunstprofessor allerdings will er vorerst nicht extra in die Stadt fahren.

Der Staplerfahrer Willi Delbrück schichtet in einer großen Speditionshalle mit versiertem Geschick und, nach dem Empfinden von Bremer, mit erstaunlich hoher Geschwindigkeit Paletten mit Fässern in die Hochregale. Noch ehe sich Bremer orientieren kann, fragt ein Lagerarbeiter nach seinem Begehren. Als dieser den verirrten und neugierigen Touristen mimt, wird er unmissverständlich aus der Halle komplimentiert.

Herr Kreuzer sitzt seelenruhig in seiner Bermudahose und Gesundheitslatschen auf seiner Terrasse, als Bremer sich als fremder Erholungssuchender zu verstehen gibt und nach einer Apotheke fragt. Kreuzer scheint wegen seines beachtlichen Körperumfangs nicht sehr beweglich zu sein.

»Das Glas Bier am frühen Morgen hätte er besser mit einem Glas Mineralwasser getauscht!«, geht es Bremer durch den Kopf. Herr Kreuzer, Ehemann der 43-jährigen Karin, mag an die 60 Jahre alt sein. Er hebt seine Sonnenbrille an und mustert den Touristen. Er scheint ihm nicht unsympathisch zu sein. Denn es entspinnt sich ein längeres Gespräch über die Touristen des Ortes, die heimische Politik sowie das Börsengeschäft, in dem der alte Kreuzer seiner Tätigkeit nachzugehen scheint.

Als Bremer noch ein paar Tipps bekommt, wo er gut speisen

könne und wo man ausgezeichnete Weine kredenzen würde, verabschiedet sich Bremer von diesem gemütlichen Mann. Offensichtlich war der alte Kreuzer von dieser Unterhaltung ganz angetan.

Der Vorschlag zu einem gediegenem Essen erweist sich für den urlaubenden Hauptkommissar als gute Idee, die Bremer sogleich in die Tat umsetzt.

Zuvor schlendert er aber noch bei dem Souvenirladen von Karl Gärtner vorbei. Gärtner macht nicht den Eindruck, als könne er mit dem Lebenswandel seiner sportlichen Ehefrau viel anfangen. Sein Körper macht einen eher schwammigen Eindruck. Da er im Laden ohne Aushilfe arbeitet, ist er geradezu an seinen kleinen Geschäftsraum gefesselt. Bremer sucht sich zwei Postkarten aus und schaut sich noch etwas in dem Laden um.

Es wird höchste Zeit, einem der Tipps von dem alten Herrn Kreuzer nachzukommen. Seine Restaurant-Empfehlung erweist sich tatsächlich als Highlight in Bremers Kurzurlaub.

Nach dem vorzüglichen Essen schaut Bremer noch einmal beim örtlichen Polizeirevier vorbei. Der Ortspolizist hatte in der Zwischenzeit fleißig gearbeitet:

Frau Delbrück musste sich noch einmal auf dem Revier verhören lassen. Dieses Mal assistierte dem Polizisten der herbeigerufene Hausarzt aus dem Nachbarort.

Die zunächst beschworene Aussage von Frau Delbrück, sich schon seit mehreren Tagen mit den blauen Flecken im Gesicht und an den Armen herumschlagen zu müssen, konnte der Mediziner nicht akzeptieren. Er attestierte nach kurzer Untersuchung der geschundenen Male ein Alter von maximal einem Tag. Als Grund der blauen Flecken stellte sich schließlich eine handgreifliche Auseinandersetzung mit dem verärgerten Ehemann heraus. Den Grund der Verärgerung wollte Frau Delbrück nicht nennen.

Die Arbeitskollegen von Willi Delbrück stellen ihm zunächst ein übereinstimmend wasserdichtes Alibi aus. Auf Geheiß Bremers nehmen der Ortspolizist und zwei Gehilfen den Staplerfahrer vorläufig fest. Er lässt sich siegessicher vor seinen Kollegen abführen. Als er allerdings von dem dringenden Verdacht des Mordes an Bruno Reimers hört, wird er ruhiger.

Nach einer Nacht in der Revierzelle ist es für Bremer keine große kriminalistische Kunst mehr, von Delbrück ein vollständiges Geständnis zu erhalten.

Denn Willi Delbrück ist ein geistig einfach gestrickter Mensch. Das Denken und das Reden gehören nicht zu seinen stärksten Fähigkeiten.

Nachdem Hauptkommissar Bremer etwas von routinemäßigen DNA-Tests sowie Delbrücks Hautschuppen auf dem Schal und auf der Haut des Opfers erzählt, was eine aufwändige Untersuchung mit Sicherheit auch bestätigt hätte, bricht der Kraftprotz Willi Delbrück wie ein Kartenhaus zusammen.

Kollegen hatten ihm zugetragen, dass seine Ursula mit dem »Playboy« Bruno Reimers Händchen haltend in einer Pension verschwand. Da sah der Willi auf seinem schnellen Gabelstapler rot. Die Pension war schnell gefunden. Das überraschte Liebespaar bezog zunächst eine gehörige Tracht Prügel.

»Das haben die nicht anders verdient!«, sagte Delbrück zusammengesunken auf seinem Stuhl.

»Neben dem Bett lag der Schal. Da hab' ich ihn dem Schuft um den Hals geschlungen und mir den Kerl vor die Brust gehoben. Das hat er offensichtlich nicht abkönnen!«, ergänzt der niedergeschlagene Delbrück.

Den Rest würde die Staatsanwaltschaft besorgen.

Beim Abschied deutet Hauptkommissar Bremer mit ausgestrecktem Arm auf den Polizeiposten, noch ehe der seinen Mund öffnen kann.

»Meine Urlaubstage werden nicht noch einmal unterbrochen, haben wir uns verstanden!? ›Auf Wiedersehen‹ werde ich Ihnen nicht sagen!«

Und schon war Karl-Heinz Bremer verschwunden.

Dem Ortspolizisten war es nicht möglich, seine zurechtgeleg-

ten Worte des Dankes loszuwerden. Geschweige denn verblieb ihm Zeit, die bereitgestellte Flasche Kaiserstühler Rotwein, Trockenbeerenauslese, aus seinem Schrank zu holen.

Daher wird Hauptkommissar Bremer in seinem Urlaubshotel doch noch einmal von einem Wiedersehen mit dem dankbaren Ortspolizisten überrascht.

Mordinstrument: Mördermuschel

Die Reise der Gutmanns war schon lange geplant. Stefan Gutmann, Einkaufsleiter bei einer amerikanischen Lebensmittelfirma in Düsseldorf hatte sich in früheren Jahren sehr eingehend dem Tauchsport gewidmet. In den letzten Jahren ließ der Beruf ihm jedoch nur wenig Zeit, diesem Hobby weiterhin so intensiv nachzugehen.

Einige Male gelang es ihm, sich für eine Woche von seinen Geschäften loszureißen. Er flog alleine auf die Malediven oder ließ sich mit der Linienmaschine nach Jamaika bringen, an die interessanten Strände von Negril.

Seine Frau Jerome Gutmann blieb lieber daheim. Zunächst, weil die beiden Mädchen noch zu klein waren, später weil sie sich im Bridge-Club und beim gemeinsamen Golfen mit ihrer Damenmannschaft einspannen ließ.

Endlich fanden sie einmal zwei gemeinsame Wochen in der Vorweihnachtszeit. Sie buchten einen Urlaub in den Süden Ägyptens. Dort, wo sich der Tauchtourismus noch nicht so fest etabliert hatte, wollte Stefan Gutmann endlich mal wieder an den Korallensteilhängen südlich von Marsa Alam unter Wasser gehen. Er hatte sich dafür extra einen neuen Fünf-Millimeter-Neopren-Anzug zugelegt. Der alte Anzug war schon etwas eng geworden. Nicht, dass er eingelaufen wäre: Stefan Gutmann hatte in der Zwischenzeit ein paar Kilo bei den vielen Geschäftsessen zugelegt.

Jerome hatte eine Reihe ungelesener Bücher zusammengesucht: Literatur, die sie in dieser relativ einsamen Sandwüsten-Gegend Süd-Ägyptens in aller Ruhe zu lesen gedachte.

So kam es, das Stefan lange Tauchgänge unternahm. Mitunter heuerte er sogar eines der Tauch-Boote an, um zu bestimmten Wracks hinauszufahren. So blieb er den ganzen Tag dem einsamen Hotel fern. Er hatte wieder einmal Zeit, nachzudenken. Über sich, sein Leben, seine Beziehungen, seine Lebensquälität und vieles andere.

In den vergangenen dreißig Jahren hatten sich er und seine Frau auseinandergelebt.

Während er in seiner Arbeit mit den zahlreichen Dienstreisen, Kunden- und Messebesuchen seine Abwechselung fand, reiste Jerome mit ihrer Damen-Golfriege um die halbe Welt. So trafen sich beide nur selten bei den Mahlzeiten, die eine Haushälterin zubereitete und servierte. Selbst bei diesen Gelegenheiten saßen sie sich die meiste Zeit schweigend gegenüber. Viel hatten sie sich nicht mehr zu erzählen. Jeromes erotische Phase endete bereits nach der Geburt der zweiten Tochter. Das war vor gut zwanzig Jahren.

Als Jerome eines Tages selbst ihre Flossen, Schnorchel und ihre Maske mit eingeschliffenen Gläsern zur Hand nahm, um an den flachen und warmen Korallenriffen das bunte Treiben der kleinen Riffbewohner zu beobachten, schoss dem Stefan plötzlich eine satanische Idee durch den Kopf.

Auch er warf sich sogleich mit hastiger Schnelligkeit in seinen Tauchanzug, prüfte eilig den Druck in seinen Pressluftflaschen und eilte mit seiner Ausrüstung ebenfalls an den Strand. Allerdings in einem gewissen Abstand zu der Stelle, an der Jerome bereits bewegungslos auf der Wasseroberfläche über dem flachen Korallenriff lag.

Sie hatte die Welt um sich herum vergessen und verfolgte das quirlige Treiben der Riffbewohner. Der Schnorchel mit dem Membranventil erlaubte ihr ein minutenlanges Atmen, während der Kopf in das Wasser eingetaucht bleiben konnte.

Stefan bereitete es keine Mühe, im Schutz der Riffkante unbemerkt an Jerome heranzutauchen. Da lagen sie unter ihm, die riesigen »Tridacna gigas«, die Riesenmuscheln mit ihren großen dickwandigen, wellenförmigen Schalenhälften. Der Volksmund nennt sie nicht ganz unberechtigt auch »Mördermuscheln«. Schon so manchen neugierigen Taucher und Schnorchler haben sie in der Tiefe festgehalten.

Die beiden, über einen halben Meter breiten Schalen lagen

weit geöffnet in der Korallenlandschaft. Die beiden Löcher in dem grün-blau gemusterten Muskelfleisch waren deutlich zu erkennen.

Entschlossen ergriff Stefan das linke Handgelenk seiner ahnungslosen Frau und zog sie mit aller Kraft in der Flossen-Bewegung in die Tiefe. Dem Stefan kam diese ganze Operation leichter vor, als er sie sich vorgestellt hatte. Zwar leistete Jerome zunächst erstaunlich heftigen und lange anhaltenden Widerstand, aber mit den Bleigewichten und der herausgelassenen Luft aus dem Tarier-Jacket bereitete es Stefan Gutmann wenig Mühe, Jerome in der Tiefe zu halten. Schließlich ließen ihre Kräfte langsam nach. Es war von vornherein ein ungleicher Kampf.

Aber erst jetzt vollführte Stefan das eigentlich Teuflische an seiner kurz entschlossenen Verzweiflungstat:

Er bugsierte die kraftlose, schlaffe Hand Jeromes in das weit geöffnete Atemloch der Riesenmuschel. Als dieser Riffbewohner den Eingriff verspürte, schloss die Riesenmuschel sogleich mit aller ihr zu Gebote stehenden Kraft die beiden Schalenhälften. Stefan musste aufpassen, dass er nicht selbst ein Opfer dieser zoologischen Selbstverteidigung wird. So schwebte seine Frau wie eine Gorgonie über der geschlossenen Riesenmuschel. Die Schalenhälften von der Größe eines halben Autorades würden Jerome auf lange Zeit unter Wasser gefangen halten.

Stefan Gutmann durchlief ein Schauer, als er sich schnell von diesem Ort des Grauens entfernte. Doch jetzt fühlte er sich frei. Er würde sein Leben jetzt neu in die Hand nehmen und egozentrischer gestalten. Viel zu lange hatte er sich als Spielball seines Unternehmens, seiner Geschäftspartner und letztlich auch seiner Frau gefühlt. Jetzt endlich hatte ihm das Schicksal die Gelegenheit geboten, einen ersten Schritt in eine verheißungsvolle Zukunft zu tun.

Flink entledigte er sich seiner Tauchausrüstung und legte sich ermattet auf das Hotelbett. Die Anstrengungen und Aufregungen der zurückliegenden Minuten hatten ihn müde werden lassen. So dauerte es nicht lange, bis Stefan Gutmann in das Reich seiner Träume entschwand.

Mordinstrument Mördermuschel

Geweckt wurde Stefan Gutmann recht grob. Er wusste nicht, wie lange er geschlafen hatte. Drei uniformierte fremdartige Personen standen im Hotelzimmer vor seinem Bett.

»Sind Sie Stefan Gutmann?!«, fragte der eine Uniformierte in barschem Ton.

»Stefan Gutmann, ja – der bin ich«, sagte Stefan, vom Schlaf noch ganz benommen.

»Ich verhafte Sie wegen versuchten Mordes. Sie wollten Ihre Frau Jerome Gutmann auf hinterlistige Weise umbringen!«, sagte einer der Uniformierten in hartem, ausländisch verzerrtem Deutsch.

Stefan Gutmann war noch immer nicht ganz in der Wirklichkeit angekommen, als ihm seine Arme plötzlich und rücksichtslos auf den Rücken gebogen wurden und er merkte, wie Handfesseln seine Handgelenke einschnürten.

Er musste sich, halb geschoben in einen geschlossenen Lastwagen verfrachten lassen. Zwei fremdartig uniformierte Polizisten setzten sich links und rechts von ihm auf die primitive Holzpritsche.

Nach langer Fahrt über Teerstraßen und holperige Wege führten die Polizisten Stefan Gutmann in einen hellen Raum. An den einmal grünlich blau gestrichenen Wänden blätterten bereits Farbe und Putz herab. In den Fenstern staken dicke Eisenstäbe.

»So, jetzt erzählen Sie uns mal aus Ihrer Sicht, wie sich alles zugetragen hat!«, hörte Stefan wieder die bekannte ägyptisch-deutsch sprechende Stimme des uniformierten Polizisten. Die Dienstmütze und seinen Pistolengurt hatte er abgelegt. Aber zwei Polizisten standen in voller Montur vor der Tür innerhalb des kargen Raumes.

»Ich weiß von gar nichts!«, versuchte Stefan Gutmann der Situation Herr zu werden.

»Nun passen Sie einmal auf, Sie Schlaumeier!«, fiel der vernehmende Polizist da etwas ungehalten über ihn her.

Als Stefan Gutmann weiterhin den Ahnungslosen spielte, fuhr der Verhörende fort:

»Zwei Taucher kehrten von ihrem Tauchgang zurück. Sie konnten gerade noch sehen, wie sich ein anderer Taucher von dem Tatort entfernte.«

»Ich bin doch nicht der einzige Taucher hier in diesem Hotel!«, konterte Gutmann reflexartig.

Der Polizist fuhr unbeirrt fort:

»Über das Aussehen des Tauchanzuges und der neonfarbenen Flossen kamen wir schnell auf Ihre Ausrüstung. Sie hing noch tropfend nass vor Ihrem Appartement.«

Stefan Gutmann konnte noch immer nicht zwischen Traum und Wirklichkeit unterscheiden.

Ja, er hatte die Gunst der Situation nutzen wollen, seine Frau, die in seinen Augen schon lange nicht mehr seine Ehefrau war, auf elegante Weise für immer aus dem Weg zu räumen. Es hätte wie ein bedauerlicher Unfall aussehen sollen. Jerome wäre das Opfer ihrer Neugierde und Unwissenheit geworden, wie etliche vor ihr.

Aber was war jetzt geschehen?

»Ihre Frau befindet sich auf unserer Krankenstation. Sie hatte viel Wasser geschluckt. Zudem war sie längere Zeit ohne Besinnung. Die beiden Taucher, von denen einer Arzt ist, haben Ihre Frau nach einer schwierigen Befreiungsaktion aus der Riesenmuschel sofort wieder reanimieren können. Ihre Frau hatte mehrfaches Glück gehabt, denn die Taucher hatten ein besonders starkes Tauchermesser dabei gehabt. Nur dadurch war es ihnen mit vereinten Kräften gelungen, den oberen Rand der Riesenmuschel aufzustemmen und so weit aufzubrechen, bis die Muschel die Hand frei gab.

Die gesamte Muschel hätten die Taucher nie von ihrem Untergrund lösen können. Die Byssus-Fäden am Fuße der Riesenmuschel sind derart fest mit dem felsigen Korallen-Untergrund verwachsen, dass selbst ein Kran eher den Untergrund abhebt, als dass sich die zentimeterdicke Muschelschale abtrennen lässt.

Glücklicherweise hatten die Taucher ihre Sachen unweit des Strandes deponiert, so dass sie uns mit dem Handy schnell verständigen konnten.«

Stefan Gutmann legte sein Haupt in beide Hände. Seine rosig ausgemalte Zukunft zerplatzte wie eine der vielen Luftblasen, die er schon unter Wasser ausgestoßen hatte.

Spurlos verschwunden

Das war nun schon die vierte Person, die bei der örtlichen Polizeibehörde als vermisst gemeldet wurde. Zunächst konnte Hauptkommissar Bremer die aufgebrachten Angehörigen mit Beschwichtigungen vertrösten: »Ihr Mann taucht sicherlich bald auf. Vielleicht sucht er das Abenteuer!« Das war nicht sehr einfühlsam.

Aber Bremer wollte sich mit seiner Flapsigkeit vorerst um den ganzen Papierkram der Aufnahme-Formalitäten drücken. Als aber die vierte Vermisstenmeldung innerhalb von nur zwei Monaten eintraf, musste Bremer sich den Kragen weiten, um sich selbst zuzugestehen, dass er schon früher hätte aktiver handeln müssen. Vielleicht überforderte ihn dieses plötzliche Ereignis, nachdem Jahrzehnte nichts Aufregendes in seinem Revier passierte.

***

Seit 30 Jahren arbeitete Willi Polansky auf der Luisenhütte. Er war gelernter Bergmann in der Zeche Wilhelmsthal bei Duisburg, bis sie mit vielen anderen geschlossen wurde. Die meisten seiner Kumpel mussten sich mit kargen Frühpensionen zufriedengeben. Viele lagen auch schon auf den Friedhöfen der Kohlereviere oder retteten sich mit ihrem Lungenasthma über den Tag hinweg.

Willi saß jetzt alleine auf seiner Schicht in der obersten Etage der Hochofenanlage. Er hatte die Beschickung der Öfen mit Eisenerz, Eisenschrott, Kalk, Sand und Kohle sowie anderen Zuschlagstoffen von seiner kleinen Messwarte aus zu besorgen.

Für ihn, den alten Zichorien-Willi, wie ihn seine Kumpels nannten, weil er sich immer mit Ersatz-Kaffee zufriedengab, alles Routine.

Zur Abstich-Mannschaft am Fuße der großen Schachtöfen, die auch nur noch mit drei Kollegen besetzt war, hatte er nur über Funk Kontakt. Aber der Hüttenlärm übertönte zumeist selbst die kürzesten Meldungen.

Dass sich mal jemand in die fünfte Etage zu den Beschickungsbändern verirrte, kam äußerst selten vor.

Ein neuer Schichtmeister wollte sich im vergangenen Jahr mal anschauen, wie die Material-Ströme in die Hochöfen hineinlaufen, wie die Gichtgase durch die Filteranlagen rauschen und wie die gesamte Beschickung über Monitore zu steuern ist. Seitdem hatte sich keiner mehr den Lift bis in die fünfte Bühnen-Etage hinauffahren lassen.

So hatte sich Willi dort oben sein eigenes Reich geschaffen.

***

Einen Zusammenhang der Lebenswege aller drei vermissten Herren sowie einer älteren Dame konnten Hauptkommissar Bremer und seine beiden Kollegen nicht herstellen, so sehr sie auch die Aussagen von Verwandten, Nachbarn, Bekannten und Kollegen verglichen: ein pensionierter Oberstudienrat aus dem hiesigen Herder-Gymnasium, ein langjähriger Hütten-Direktor aus einer Kokerei in der Nachbarstadt, ein Angestellter bei den Stadtwerken von Duisburg sowie schließlich eine ältere Dame, die ihre Schwester als ein zartes, sensibles und den Künsten geweihtes Geschöpf beschrieb. Die Dame leitete erfolgreich eine Tanzschule im Zentrum des Ortes. Sie war über Nacht fortgeblieben. Die mit ihr zusammen wohnende Schwester war sehr beunruhigt. Denn sie hätte von dem nächtliche Fortbleiben mit Sicherheit Kenntnis gehabt.

Alle vermissten Herrschaften wiesen keine gemeinsamen Bekannten auf, sie lagen in ihren Lebensaltern deutlich auseinander und wohnten in unterschiedlichen Gegenden. Ihre Lebenswege zeigten keine Berührungspunkte.

Und doch grub sich der Verdacht immer tiefer in das Gehirn von Oberkommissar Karl-Heinz Bremer, dass diese Ereignisse des plötzlichen Verschwindens keinem Zufall zuzuschreiben waren.

***

Willi Polanski legte sich zufrieden in seinen Sessel vor seinen Monitoren in der engen Messwarte in der fünften Bühnen-Etage der Luisenhütte zurück. Die Hochofen-Beschickungen liefen fehlerfrei. Seine erfahrenen Augen registrieren den gleichmäßigen Erz-Zulauf in den Kopf der Hochöfen, dem das Material auf den Kalk- und Sand-Transportbändern folgte.

***

Hauptkommissar Bremer ließ die Flüsse und Kanäle von der Wasserschutz-Polizei abfahren. Polizei-Taucher hielten an den Wehren Ausschau nach Menschen, die sich in den Rechen eventuell verfangen haben könnten. Üblicherweise tauchen Leichen von vermissten Personen schon nach wenigen Tagen in den zahlreichen Wasserstraßen auf, oder Hunde spüren ihren aus der Erde entweichenden Verwesungsgeruch auf.

Aber auch zehn Wochen nach Verschwinden der ersten vermissten Person lag kein einziger Hinweis, keine noch so kleine Spur vor.

Die elfenhafte Tanzlehrerin wurde jetzt schon vier Tage vermisst.

***

Willi hatte keine Mühe, die ältere Dame zu betäuben. Er kannte sie nur allzu gut. Wie hatte er sie früher angehimmelt. Und wie hochnäsig arrogant hatte sie ihn als Bergmann damals immer wieder abgewiesen und gedemütigt. Einen tolpatschigen Grubentölpel hatte sie ihn genannt, einen Kohlehaufen, ungelenken Zechen-Gnom.

Bevor er sie mit zufriedenem Grunzen in einen großen Jutesack plumpsen ließ, zog er dem zierlichen Geschöpf noch die hochhackigen Plateau-Pumps aus und warf sie ebenfalls in den Sack.

Zu seinem Lastenfahrstuhl in der Luisenhütte konnte er zu

seiner Nachtschicht unbemerkt mit seinem alten Volvo fahren. Nach dem Pförtner an der Hütten-Einfahrt traf er keine Menschenseele mehr.

***

Hauptkommissar Karl-Heinz Bremer und seine beiden Kollegen hatten in Begleitung des Hütten-Meisters alle Mühe, sich die engen Treppen bis in die fünfte Bühnenplattform emporzuarbeiten. Den Lastenaufzug wollten sie bewusst nicht in Bewegung setzen, um Willi Polanski nicht vorzeitig zu warnen. Die Überraschung des unerwarteten Besuches war dann auch gelungen. Willi konnte gar nicht so schnell seine Füße von dem Monitor-Tisch nehmen. Da stand Bremer schon mitten in der kleinen Messwarte.

»Wir haben den dringenden Verdacht, dass Sie bei dem Verschwinden von vier verschiedenen Personen eine bedeutsame Schlüsselrolle einnehmen!«, fuhr der Hauptkommissar den sprachlosen, verdutzten Willi ohne Umschweife an. Zum Überlegen blieb ihm keine Zeit. Blut pulste durch Willis Hirn. Er konnte weder denken noch ein Wort herausbringen. Seine Gesichtshaut rötete sich bis zu den Ohren.

»Es war so einfach!«, entwich es kaum hörbar seinen Lippen, während er sich von Bremer abwandte. Aber der Hauptkommissar verstand trotz des fortwährenden Lärms jedes Wort. Er wusste es umgehend zu interpretieren.

Noch ehe sich Willi versah, waren seine Arme auf dem Rücken verschränkt. Fixiert von Handschellen.

Willi zeigt sich nicht gerissen genug, um den plötzlich auftauchenden Gestalten gefasst gegenüberzustehen. Sein Gewissen hatte ihn schon besiegt. Denn richtige Beweise hielt Hauptkommissar Bremer erst in seinen Händen, als Willi sein umfangreiches Geständnis unterschrieb.

Der Gymnasiallehrer war der erste Vermisste, den Willi im Hochofen zwischen den Eisenschrott-Portionen spurlos verschwinden ließ. Er hatte vor vielen Jahren maßgeblichen Anteil daran, dass Willi wegen des heimlichen Betrachtens eines pornografischen Heftes mit Schmach und Häme vom Gymnasium verwiesen wurde.

Der Hütten-Direktor hatte ihn, noch als er sein Obersteiger im den Kohleschächten war, die Steiger- und Meister-Laufbahn verwehrt. Der Stadtwerks-Bedienstete hatte ihn als entfernter Nachbar bei der Polizei angezeigt, als er von einem Kegelabend betrunken mit seinem Volvo fröhlich singend nach Hause kam. Auf seinen Führerschein musste er ein Jahr lang verzichten und war nervtötend den äußerst spärlichen Fahrplänen der Buslinien ausgeliefert.

Ob eine Person mehr oder weniger mit dem Eisenerz und dem Schrott auf nimmer Wiedersehen in dem Hochofen verschwand, war dem Willi egal. Die Menschen, die sein Leben so grausam verstümmelten, hatten es seiner Ansicht nach nicht anders verdient. Mit der Beschickung des Hochofens hatte Willi ein perfektes und vollständiges Verschwinden von Mensch und Material entdeckt. Oder doch nicht?

***

Der Schichtmeister, der Hauptkommissar Bremer begleitete, fragte nach seiner Vernehmung:

»Wie sind Sie dem Willi nur auf die Spur gekommen?«

»Ja, das war in der Tat ein großer Zufall!«, überlegte Bremer. »Die Tochter unseres Nachbarn arbeitet in dem Metall-Labor der Luisenhütte. Bei den Eisenproben stellte sie plötzlich erkennbare Mengen von Gold in ihren Analysen fest. Sie scherzte noch, dass da vermutlich ein König seine Krone in den Eisenschrott geworfen hätte.«

»Ich verstehe noch immer keinen Zusammenhang zu Willis Untaten«, unterbrach ihn der Hüttenmeister ungeduldig.

»Lassen Sie sich das Weitere erklären!«, fuhr der Hauptkommissar fort.

»Ich erinnerte mich an die Kronen, von denen der Zahnarzt der

Tanzlehrerin berichtete, sowie an den reichlichen Goldschmuck, von dem ihre Schwester mit Unverständnis erzählte und zu Protokoll gab. Da keimte in mir ein Verdacht.

Ein vager Verdacht! Mit einer Portion Überraschung trifft er nur beim Täter ins Schwarze!«

Tod dem Sperber

Den Tod des alten Oberlehrers Dr. Bernd Sperula vom Ludwig-van-Beethoven-Gymnasiums in Trennstadt meldete der Trennstädter Bote nüchtern und unspektakular:

»Im Alter von 71 Jahren verstarb unser lieber …«

Kein Wort davon, dass er mit einem Militärmesser von vorne mitten ins Herz erstochen wurde.

Mit dem Täter musste ein kurzer Kampf stattgefunden haben. Ein Stuhl war umgekippt. Die Tischdecke mit der unversehrten Blumenvase und dem Trockenblumenstrauß lagen auf dem Fußboden.

Dr. Sperula hielt mit einer Hand seine Brust, die andere Hand lag auf dem Knauf des noch im Körper steckenden Messers. Der Täter hatte darauf verzichtet, die Mordwaffe wieder an sich zu nehmen.

Steckte sie zu fest im Brustfleisch des Alten? Oder wehrte sich der Oberlehrer noch im Todeskampf, bevor er auf seinem Polstersessel zusammenrutschte?

»Das Messer ist zweifellos ein wichtiges Beweismittel!«, sinnierte Oberinspektor Stefan Brauer, nachdem er am Tatort erschienen war und sich einen ersten Überblick verschafft hatte.

Fotograf und Erkennungsdienst hatten bereits ihre Arbeit aufgenommen. In dem Zimmer sah Brauer schon eine Reihe von Schildchen mit Nummern.

»Das Messer ins Labor zur Spurensicherung: Fingerabdrücke, Alter des Messers, Herkunft, Vertriebsweg und so weiter!«, rief der Chef des Erkennungsdienstes im weißen Einmal-Overall seiner Assistentin zu.

Oberinspektor Brauer erkannte, dass auch an der Strickjacke des Oberlehrers gezogen wurde. Er beorderte sie ebenfalls ins kriminaltechnische Labor.

»Wer könnte einen alten pensionierten Lehrer noch die letzten Jahre seines Lebens missgönnen?«, fragte sich Oberinspektor Brauer.

Nachbarn und Verwandte schieden nach ersten kurzen Routineverhören als Täter aus.

Das Messer wies keinerlei Spuren auf. Der Herkunft nach entstammte es früheren amerikanischen Armee-Beständen, beschaffbar auf Trödelmärkten oder in Militär-Ausstattungsläden. Es war mindestens 30 Jahre alt, wie das Labor nach der Isotopenanalyse des Kunststoffgriffs feststellte.

»Jetzt beginnt der lange Weg, aus einer Vielzahl seiner ehemaligen Schüler, diejenigen herauszufiltern, denen Dr. Sperula, oder der ›Sperber‹, wie er nach den ersten Buchstaben von Nach- und Vornamen auch genannt wurde, so arg zugesetzt hat, dass dieser Umstand den weiteren Lebensweg eines Schülers nachhaltig negativ beeinflusste«, überlegte Brauer laut.

»Aber die sind doch sicher über ganz Deutschland verteilt, oder sogar im Ausland«, hörte er von einem seiner Assistenten.

»Das ist sicherlich richtig. Aber vielleicht nähern wir uns auch durch wenige Befragungen an den in Frage kommenden Täterkreis«, hoffte der Oberinspektor.

Es begann eine umfangreiche Recherche nach Schülern aus Klassen, die der »Sperber« ehemals in seinen Hauptfächern Deutsch und Englisch unterrichtet hatte.

»Bevorzugt interessieren mich die Sitzenbleiber, die daraufhin das Gymnasium verlassen mussten«, wies Inspektor Brauer seine Assistenten an.

Für die Suchaktion wurden ihm nur zwei Polizisten zugewiesen. So zogen sich die Befragungen und Routinevernehmungen über mehrere Wochen hin.

Zwar stießen die Polizisten auf neun besonders verdächtige Schüler, aber die Mädchen schieden nach Brauers Ansicht für diese Mordtat von vornherein aus.

Von den vier männlichen Personen fuhr einer als Kapitän auf

einem Öltanker in asiatischen Gewässern zur See, einer diente als Soldat in der französischen Fremdenlegion Nordafrikas mit nachweislich keinem Heimaturlaub seit einem Jahr und ein dritter hatte in eine große amerikanische Farm hineingeheiratet. Diese drei dachten mit Sicherheit nicht mehr an ihre unrühmliche Vergangenheit oder hatten todsichere Alibis. Schon gar nicht war ihnen ein Motiv für den Mord an ihren alten, wenn auch zunächst verhassten Pädagogen anzuhängen.

Der letzte der besagten Schüler lebte zwar nur 25 km von Trennstadt entfernt, aber er hatte sein Abitur auf dem zweiten Bildungsweg in Abendkursen nachgeholt. Er wurde erfolgreicher Kleinunternehmer auf dem Gebiet der Medizinprodukte und Präzisionsgeräte, nachdem er sein Ingenieursstudium mit einer »Summa-cum-laude-Promotion« abgeschlossen hatte.

Brauer stand wieder ganz am Anfang.

Oberinspektor Brauer hatte sich zur Verfolgung einer logischen Spur hinreißen lassen, die ihn in die Sackgasse führte. Enttäuscht ging er die Verhörprotokolle noch einmal durch. Er fand aber keine neuen Anhaltspunkte bezüglich einer in Frage kommenden Täterschaft.

Da erhielt er eines Abends einen anonymen Anruf.

»Kümmern Sie sich mal um den Neffen des Oberlehrers«, klang es leise und verzerrt aus dem Hörer, »er baut gerade seinen kleinen Spielzeugladen grandios aus!«

Der Neffe war in den bisherigen Vernehmungen völlig unverdächtig erschienen.

»Hat er etwa den alten Oberlehrer beerbt?«, schoss es Brauer in den Kopf. Daran hatte er nicht gedacht.

»Was hat so ein alter Oberlehrer schon zu vererben!?« Brauers Kollegen blieben ungläubig.

»Unsere Lehrer haben immer über ihr niedriges Salär gejammert«, hieß es übereinstimmend im Kreise der Polizisten.

»Aber vielleicht war der ›Sperber‹ ein Geizkragen und hat so ein gutes Stück Geld auf die hohe Kante legen können.«

Der Oberinspektor hob resignierend die Schultern und fragte seine Assistenten:

»Vielleicht ist etwas an dem Anruf dran und mit dem Neffen nicht ganz geheuer. Aber wie weisen wir ihm den Mord an seinem Onkel nach?!«

»Ja, wie sollen wir ihn nach so langer Zeit als Täter überführen?«, fragte der jüngere seiner Assistenten.

Brauer setzte sich mit seinen Gehilfen noch einmal zusammen. Nach zwei Stunden waren sie sich über ihr weiteres Vorgehen einig. Sie besannen sich auf einen alten Trick, der schon oft Tätern zum Verhängnis geworden war.

Kommissar Ralf Vogel, einer der Assistenten Brauers, sollte den Lockvogel spielen. Er sollte sich das Vertrauen des Neffen erarbeiten und ihn betrunken machen. Vielleicht ließe sich auf diese hinterlistige Weise etwas herausbekommen, an dem das Polizei-Team weiter arbeiten könnte.

Kommissar Vogel stellte sich dem Neffen als Spielzeug-Großhändler aus Nürnberg vor. Aus mehreren eleganten Koffern präsentierte er eine Kollektion, die bei Kindern mit Sicherheit ankäme. Schließlich schloss er einen für den Neffen äußerst attraktiven Vertrag ab.

Es war der Neffe selbst, der in innigster Zufriedenheit den Vorschlag machte, diese vertragliche Abmachung mit Sekt zu begießen. Noch nie waren ihm derart günstige Kondition in seinem kleinen Laden geboten worden.

Dr. Sperulas Neffe bemerkte nicht, dass Kommissar Vogel jedes Mal, wenn er das Zimmer verließ, einige Tropfen einer Droge in sein Sektglas tropfen ließ.

In der zunehmenden Redseligkeit kam der Neffe wie von heimlicher Regie geführt darauf zu sprechen, wie er beim Ableben seines geizigen Onkels nachgeholfen hatte. Den Ausbau seines unzeitgemäßen Spielzeug-Ladens sollte er finanziell unterstützen. Aber keinen müden Cent wollte der knickerige Oberlehrer für seinen Neffen herausrücken. Bis an sein Lebensende lebte er in äußerster Bescheidenheit. Dabei hatte er bei der Sparkasse einer Nachbargemeinde ein Geld-Vermögen von über 700.000 Euro angehäuft. In dem Streit hätte der Neffe seinem Onkel schon gezeigt, wer der Stärkere war.

Das Beinahe-Geständnis kam nur noch halb lallend aus ihm heraus.

Tontechniker konnten die heimlichen Aufzeichnungen von Kommissar Ralf Vogel jedoch so weit verdeutlichen, dass der Neffe bei seiner späteren Verhaftung keinen Widerstand mehr leistete.

Tod in der Kaserne

Vier Panzergrenadiere, Wehrpflichtige seit fünf Monaten, lagen auf einem Zimmer in der Graf-Otto-von-Bismark-Kaserne eines kleinen fränkischen Städtchens: der Manfred, der Jörg, der Bernd und der Gottfried, alle aus dem hohen Norden Deutschlands.

Die Kneipe, in der sich alle vier an einem Sonntagabend im Februar aufhielten, belegten nur noch wenige Soldaten. Sie wollten oder konnten an diesem Wochenende nicht nach Hause fahren. Entweder hatten sie Wachbereitschaft oder sie fielen am Freitagabend durch den Stuben-Appell, bei dem ein ehrgeiziger Gruppenführer etwas auszusetzen hatte. Für manche war der Heimweg auch zu umständlich, zumal wenn daheim keine Freundin wartete.

Dann war aber die »Rote Hedwig« mit ihren unnatürlich feuerroten Haaren als echte Alternative anzusehen. Mal abgesehen davon, dass schon so mancher Lanzer mit ihr das Bett geteilt hatte, so konnte sie mit ihrem ordinären Striptease den jungen Männern schon das Blut zum Kochen bringen. Etwas schlampig war sie schon. Ihr Mann lief ihr bereits vor einigen Jahren davon und überließ der Hedwig die Soldatenkneipe alleine.

Wenn Hedwig in Fahrt war und die Kneipentüren schloss, rief sie mitunter den letzten drei oder vier Männern zu:

»Ihr seid meine Gäste! Was jetzt kommt ist privat!«

Nach dieser Aufforderung hatte sich noch nie einer der letzten Gäste verabschiedet, selbst wenn es schon nach Mitternacht war.

Die Rote Hedwig zog dann ihren langen Rock herunter, entledigte sich der Bluse und ließ sich gar den BH und das Höschen vom Leibe streifen. Sie liebte es, anschließend unter dem Beifall der jungen Männer auf den mit Bier getränkten Holztischen herumzutanzen. Ihre Figur konnte sich bei den 48 Jahren immer noch sehen lassen.

An jenem Abend des 28. Februars spielte sich Derartiges zum Leidwesen der vier noch zusammenhockenden Männer nicht ab.

Hedwig putzte ihre Gläser und zeigte sich nicht in der Stimmung zur ausgelassenen Erotik.

Die vier Soldaten steckten ihre Köpfe zusammen. Sie beschäftigten andere Sorgen:

»Dem Kulick müssen wir mal so richtig eins auswischen!«, sagte Manfred leise.

Der Gruppenführer, Stabsunteroffizier Jochen Kulick, gelernter Schlosser, hatte es wieder auf Manfred abgesehen. Beim Stellungskampf in der zurückliegenden Woche mit »Sprung auf! Marsch, Marsch!« und »Volle Deckung!« hatte Kulick seinen offensichtlichen Spaß daran gehabt, zu sehen, wie Manfred körperlich überfordert, sich immer wieder in Pfützen und Schlammlöcher zu werfen hatte.

»Ganz recht, der hat wirklich mal eine Abreibung verdient!«

»Aber eine ganz gewaschene!«, pflichteten Jörg und Bernd ihrem Kameraden Manfred bei. Manfred lehnte sich bei dieser Zustimmung zufrieden zurück.

»Ich habe eine Bomben-Idee!«, brach es da aus Gottfried Sommer heraus. Er hatte sich bisher grübelnd etwas zurückgehalten. Jetzt aber leuchtete die helle Begeisterung aus seinen jugendlichen Augen.

»Bei der Weihnachts-Tombola hat mir doch irgend so ein Witzbold eine Vierer-Packung Viagra zukommen lassen«, erzählte Gottfried. Seine Kameraden waren gleich mit diversen Anspielungen und Witzen zur Hand.

Die »Rote Hedwig« beäugte das lustige »Vierergespann« schon seit einiger Zeit. Jetzt aber schien für sie der Moment gekommen zu sein, ihren langen Arbeitstag zu beenden. Sie griff sich ihr Tablett und steuerte auf den Vierertisch zu:

»So, Männer, die letzten vier Kümmel dieses Abends gehen im Namen der Bundesrepublik Deutschland auf das Haus! Ich will jetzt schließen!«, ließ sie ihre Reibeisenstimme erschallen.

Hedwig ließ sich mit sichtlichem Behagen noch auf den Schoß von Manfred heben. Als Bernd sich aber noch an ihrem offenen Dekolleté zu schaffen machte, befreite sich Hedwig schnell aus der Umklammerung der Männer.

Militärischer Drill

Mit den Worten »Heute keine saugeile Vorstellung mehr, meine Herren!« entschwand sie hinter ihrem Tresen.

***

Am kommenden Abend, als sie vom Abendessen in ihre Unterkunft zurückschlenderten, nahmen sie das Thema Viagra wieder auf.

»Wo waren wir gestern noch stehen geblieben, bevor Hedwig ihren Laden schloss?«, fragte Jörg.

»Bei meinem Viagra, das schon seit fast drei Monaten in meinem Spind liegt«, nahm Gottfried den roten Faden des Vorabends wieder auf.

»Stuffz Kulick hat doch immer seine Feldflasche mit den Vitaminsäften bei sich«, fuhr Gottfried fort.

»Oh ja«, ereiferte sich Bernd, »die machen wir ihm, wenn er wieder Unteroffizier vom Dienst ist, mit Jauche-Wasser voll!«

»Auch nicht schlecht!«, sagte Gottfried anerkennend.

»Aber was haltet ihr davon, wenn wir ihm die Potenz steigernden Tabletten, alle vier, fein zermahlen in seinen Orangensaft mischen?!«, kam Gottfried mit seiner Idee heraus. Er hätte sie schon gerne am Vorabend bei Hedwig zum Besten gegeben.

»Das merkt der nie!«, lachte Manfred. Und seine Kumpane stimmten in das Gelächter mit ein.

»Nicht merken!?« Was meint ihr, wie sein Unterleib tobt!«, geiferte Jörg, während seine Hände nach unten zeigten.

Es war das Thema, was die jungen Männer noch den ganzen Abend beschäftigte, bis der UVD die Nachtruhe anpfiff.

***

Als die drei Kameraden Manfred, Bernd und Jörg am darauf folgenden Abend in den Händen von Gottfried Sommer einen weißen Porzellan-Mörser mit Reibe-Pistill erkannten, erinnerten sie sich wieder an den Racheplan mit dem Viagra-Pulver.

»Du machst ja wirklich Ernst, Gottfried!«, staunte Manfred.

»Na klar, was denkst du denn!«, entrüstete sich Gottfried. »Den Mörser habe ich mir in der Sanitätsstation ausgeliehen.«

»Und den haben sie dir so ohne Weiteres gegeben!?«, fragte Bernd.

»Ich habe einfach gesagt, das Speisesalz in der Kantine sei für mich zu grob. Ich vertrage nicht so viel Salz und wolle es feiner dosieren. Wenn meine Idee klappt, würde ich mir selbst so eine Reibe anschaffen«, gab Gottfried bekannt, stolz auf seine Verschlagenheit.

Aus den blauen, rautenförmigen Tabletten entstand alsbald ein feines weißes Pulver. Gottfried gab es in eine konisch zusammengerollte Tüte, die er aus einem Blatt Kopierpapier geformt hatte.

»Ist das nicht etwas viel für die Feldflasche!?«, fragte Manfred besorgt.

»Viel hilft viel!«, war Gottfrieds Antwort. Nicht gerade die Worte eines Fachmannes.

***

Stabsunteroffizier Jochen Kulick war bereits am kommenden Morgen zum Unteroffizier vom Dienst eingeteilt und hatte für eine Woche das stets offene Dienstzimmer neben dem Kompanie-Eingang zu beziehen.

»Toll, dann werden wir bald unseren Spaß haben!«, freute sich Gottfried mit schelmischem Lächeln.

»Jawohl, wer austeilen kann, muss auch Spaß vertragen können!«, begeisterte sich ebenfalls der Manfred. Er hatte unter dem Kulick in den letzten Tagen am meisten zu leiden gehabt.

Das vorbereitete Pulver unbemerkt in Kulicks Feldflasche zu füllen, die über seinem Schreibtischstuhl hing, erwies sich als kein Kunststück. Die Aktion verlief reibungslos.

Nach dem ersten Schluck aus seiner Pulle hatte sich Stuffz Kulick noch über das Pulver auf seiner Zunge gewundert. Den Umstand schob er jedoch den Resten an Magnesiumcarbonat zu, die er mitunter mit Vitamin C-Pulver zu seinem Saft dazumischte.

Aus seiner 2-Liter-Vorratsflasche füllte er noch etwas Saft in seine Aluminium-Feldflasche nach.

Im Verlaufe der Nacht trank Stuffz Kulick fast die ganze Feldflasche leer. Mehr und mehr jedoch verspürte er neben einem zu diesem Zeitpunkt völlig entbehrlichen sexuellen Verlangen heftige Herzschmerzen. Seine Herz-Pumpe klopfte wie ein Dampfhammer in ihm.

***

Als der UvD nicht zum Morgenappell erschien, ja nur ein Teil überhaupt in Reih und Glied angetreten war, äußerte der Kompanie-Spieß Hermann Günther, genannt das »Hermelinchen«, sehr verärgert:

»Dem werde ich Beine machen! – Der schiebt mir den ganzen Monat UvD-Dienst!«

Da fuhr mit hoher Geschwindigkeit und Sirenen-Geheul ein Krankenwagen vor. Der Spieß, ein Koloss von einem Mann, musste zur Seite springen, sonst hätte ihn der Sanka gerammt. Das »Hermelinchen« zeigte sich sichtlich erbost und schrie mit hochrotem Kopf über den Vorplatz vor dem Kompaniegebäude:

»Kompanie, wegtreten!«

***

Ausgerechnet Gottfried Sommer, der ihm die Überdosis an Viagra verabreicht hatte, sah in den frühen Morgenstunden beim Fertigmachen zum Heraustreten, wie sich Stuffz Kulick die Brust mit beiden Händen hielt und schmerzverzerrt seinem Einzelzimmer am Ende des Flures entgegenschwankte.

»Ist das jetzt der sexsüchtige Stabsunteroffizier, der die Wände emporsteigen wollende Kulick?!«, dachte Gottfried bei dem ersten Eindruck. Er bekam dann aber ein schlechtes Gewissen. Er lief Kulick nach. Dieser hatte nicht mehr die Kraft, die Tür zu schließen. Verkrampft lag er auf seinem Logis-Bett.

Gottfried Sommer erwies seinem Gruppenführer die letzte ehrenvolle Tat, als er zurück in das UvD-Dienstzimmer lief und von dort aus vorschriftsmäßig den Sanitätsdienst alarmierte:

»Hier Kanonier Gottfried Sommer, fünfte Grenadierkompanie. Stabsunteroffizier Kulick liegt mit Magenkrämpfen auf seinem Bett, Gebäude 52, Zimmer 508. Haben Sie noch Fragen?«

»Sehr gut, Kanonier Sommer, Gebäude 52, Zimmer 508! Wir kommen mit dem Sanka über den Ex-Platz! Sorgen Sie für die Einweisung unserer Jungs! – Ende.«

***

Auf dem Weg in das nahe gelegene Krankenhaus verstarb der Stabsunteroffizier Jochen Kulick. Im folgenden Monat wäre er 23 Jahre alt geworden.

***

Was seine Untergebenen nicht wussten, was er auch keinem anderen anvertraut hatte, war die Tatsache, dass er zunehmend unter einer »Angina pectoris« litt. Diese Brustenge, bedingt durch eine sich in den letzten Monaten verschlimmernde Störung der Herzkranzgefäße, einhergehend mit einer ungenügenden Sauerstoff-Versorgung des Herzens hat im Zusammenhang mit dem überdosierten Sexualstimulanz die Kraft seines durchtrainierten Herzens überfordert.

Die Obduktion des Leichnams in der Gerichtsmedizin der benachbarten Großstadt brachte die genaue Todesursache und ihr Zusammenspiel ans Tageslicht.

Gottfried Sommer stellte sich der Polizei, noch ehe die Kriminalpolizei mit den Vernehmungen begann.

Mit keinem Wort belastete er seine Kameraden. Er nahm den unerwartet tödlich endenden Streich ganz auf seine Kappe.

Das Gericht verurteilte den 20-jährigen Gottfried Sommer zu vier Jahren Gefängnis. Zwei Jahre davon durfte er im »Offenen Strafvollzug« abbüßen.

Der Abiturient Gottfried Sommer nahm in dieser Zeit eine Lehre als Konditor auf. Später absolvierte er die Meister-Schule des Bäckerei-Handwerks. Noch kurz vor dem Tod seines Vaters konnte er die Bäckerei und Konditorei übernehmen, die sich daraufhin nunmehr seit vier Generationen in den Händen seiner Familie befindet.

Kurzschluss am Rasenmäher

»Rasen mähen« stand kurz und knapp auf dem Zettel, der auf dem Küchentisch lag. Der Rasen hatte dank des erwarteten Regens und der heißen Sonnentage zuvor ein rasantes Wachstum vorgelegt. Das merkte auch Wolfram Bachmann, Buchhalter bei der Sollers GmbH am Ort. Er kam, wie fast immer, gegen 16.30 Uhr mit dem Fahrrad aus seinem Büro nach Hause. Der silberne Fahrradhelm ließ seinen schmalen Kopf gewaltig aussehen.

»Man müsste sich an den Rasen heranmachen!«, hatte Bachmann schon am Vorabend bei sich gedacht. Dann hoffte er aber doch, dass ihm seine Frau Elvira zuvorgekommen wäre. Denn Gartenarbeit gehörte nicht zu seinen Leidenschaften.

Zu gerne hätte er sich über seine Briefmarken-Sammlung hergemacht, da er am Wochenende einen Umschlag mit afrikanischen Marken von einem Kollegen aus Nairobi zugeschickt bekommen hatte.

Aber Elvira hatte dem Rasen noch keine Rasur verpasst. Stattdessen traf sie sich mit einer Freundin zum Shopping in der Stadt. Demonstrativ legte sie den Zettel mit der Aufschrift »Rasen mähen« auf den Küchentisch. Nicht »Wolfram, bitte Rasen mähen!« – nein – diplomatischer. Sie kannte doch ihren ordnungsliebenden Gemahl. Am kommenden Tag nach erneuter Sonneneinstrahlung wäre das Gras um einen weiteren Zentimeter in die Höhe gesprossen. Der elektrische Mäher der Bachmanns hätte da vielleicht seine Schwierigkeiten.

So machte sich Wolfram Bachmann also missmutig daran, seine alten Klamotten aus dem Keller zu holen, sich in die alten Sicherheitsschuhe mit Stahlkappen zu begeben und den Mäher aus dem Holzschuppen zu holen. Das Kabel hatte eine Länge von 30 Metern. Lang genug, um im Wechsel an drei Steckdosen die 400 Quadratmeter Grün zu bearbeiten. Es hing, aufgewickelt wie eine Wäscheleine an der Schuppenwand.

Der Rasen war noch nicht trocken. Aber das Elektrokabel wies ja beim Kauf extra seine Naturtauglichkeit aus. Der Rasenmäher verfügte über eine Handsicherung. Nur wenn die gedrückt ist, lässt sich der Elektromotor starten. Nach kurzem Anlauf brachte Bachmann den Mäher auf Arbeitsgeschwindigkeit. Den Weg der Bahnen kannte er wie im Schlaf. Dabei war es Elvira, die sich wesentlich häufiger um den Rasenschnitt kümmerte. Was ihr Ehemann Wolfram allerdings nicht wusste, war, dass sich die fesche Elvira immer häufiger der Dienste eines galanten Gärtners bediente. Nach den Gartenarbeiten, ob Heckeschneiden, Bäumestutzen oder Rasenmähen, kamen die beiden immer bei einer Tasse Kaffee und frischen Brötchen oder Schnittchen vom Bäcker in längere Gespräche.

Wolfram hatte schon gut ein Drittel des reich mit Wildkräutern und Gänseblümchen durchsetzten Rasens in ein gleichmäßig helles Grün verwandelt und auch schon zweimal den Auffangkasten am Mäher in den Komposter geleert und mit Erde bedeckt, als ihn beim erneuten Starten des Mähermotors ein elektrischer Schlag über das feuchte Kabel, das er mit drei Schlaufen in der Hand hielt, traf. Der Schlag durchzuckte seinen linken Arm und brachte sein Herz zum Stillstand.

Ihm wäre sicherlich bei raschem Eingreifen zu helfen gewesen. Aber wer von den Nachbarn hört schon ein leises Wimmern durch die dichten Hecken!? So lief sein Gesicht blau an. Unglücklich gekrümmt lag Wolfram Bachmann über dem Rasenmäher, mit dem Kopf nach unten.

So fand ihn seine Elvira. Sie stieß einen hellen Schrei aus. Er war so schrill, das selbst einer der Nachbarn herbeieilte und durch die dicke Hecke rief, ob er helfen könne. Der Nachbar eilte auf das Grundstück der Bachmanns. Als er Herrn Bachmann über dem Rasenmäher gekrümmt liegen sah, fingerte er sein Handy aus der Hosentasche. Er erkannte das Malheur sofort und zog zunächst den Stecker aus der Wandsteckdose. Sodann beeilte er sich, die Notruf-Nummer 112 zu wählen, um einen Krankenwagen anzufordern.

Als der 20 Minuten später eintraf, bekundeten die beiden Rettungssanitäter, dass da wohl nichts mehr zu machen sei. Sie eilten sich, einen Notarzt herbeizurufen. Die Reanimationsversuche mit einem Defilibrator blieben ohne Erfolg.

Dem Arzt war es zu verdanken, dass auch die Kripo eingeschaltet wurde. Hauptkommissar Karl-Heinz Bremer traf eine halbe Stunde später am Unfallort ein.

»Offensichtlich Tod durch Stromschlag«, rief ihm einer der bereits in seiner Arbeit vertieften Erkennungsbeamten zu. »Die Ursache müssen wir noch klären!«, hörte Bremer weiter.

Frau Elvira Bachmann saß zusammengekrümmt auf einem der Sessel in ihrer Stube. Eine Beamtin der örtlichen Bereitschaftspolizei hatte sich bereits um sie gekümmert.

»Das hätte er doch nicht machen müssen«, wimmerte Frau Bachmann, »morgen Vormittag hätte ich das doch besorgen können!«

Bremer fand auch den Zettel mit der Aufschrift »Rasen mähen« auf dem Küchentisch und ließ ihn von dem Polizeifotografen ablichten.

»Das Elektrokabel hat einen längerer Riss. Vermutlich konnte sich der Strom über diese Stelle ausbreiten, oder der Tote war an die blanken Kupferdrähte gekommen«, vermeldete einer der Assistenten.

»Bitte, lassen das Kabel und den Rasenmäher von unserer Polizei-Elektriker überprüfen!« rief Bremer zurück.

***

Schon am nächsten Morgen stürzte der Polizei-Elektriker mit seinen Befunden in das Büro von Hauptkommissar Bremer.

»Herr Bremer, Moin, Moin – meine Untersuchungsergebnisse von dem Elektrounfall von gestern: Der Rasenmäher war völlig in Ordnung, aber das Elektrokabel war nicht geerdet – da muss einer eine unsachgemäße Reparatur vorgenommen haben.«

»Ja, kommt leider allzu häufig vor. Wer geht bei den heutigen Handwerkerpreisen auch gleich zu einem Fachmann!?«, sinnierte Hauptkommissar Bremer.

»Das Kabel aber zeigte deutlich eine angeschnittene Stelle. Die war nicht von alleine aufgeplatzt«, fuhr der Elektrospezialist fort. »Zur Sicherheit bin ich mit dem Kabel heute Morgen noch in das forensische Labor im Landesgericht gefahren und habe das Kabel Herrn Dr. Patzel gezeigt. Der ist nach Begutachtung unter seinem Mikroskop fest der Überzeugung, dass die defekte Stelle durch einen Schnitt von einem Messer mit Sägezähnen verursacht worden ist«, erklärte der Elektriker voller Stolz.

Hauptkommissar Bremer trommelte sofort noch einmal den Erkennungsdienst zusammen.

»Liebe Kollegen!«, begann er sein Briefing, »wenn das Elek_ trokabel durch ein Messer mit gezahnter Klinge oder Schere oder sonstigem Schneidegerät absichtlich beschädigt wurde, dann kann eventuell ein winziges Kunststoff-Partikelchen der Kabel-Isolierung noch an der Klinge hängen. Bitte, schafft alles, was ihr finden könnt, auch was im Geschirrspüler steckt, ins forensische Untersuchungslabor!«

***

Frau Bachmann war sichtlich überrascht, als ein Team von vier Personen vor der Haustür stand. Bremer saß noch im Wagen, als er den Gärtner aus der Verandatür eilen sah. Der Gärtner griff schnell zu einem Handrasenmäher, um seine Arbeit fortzusetzen.

Der Erkennungsdienst schmiss alles, was nach einem gezähnten Messer aussah, in verschiedene Plastikbeutel und beschriftete entsprechende Klebe-Etiketten.

Hauptkommissar Bremer erläuterte der nervös umherlaufenden Elvira Bachmann in besonderer Langatmigkeit den Untersuchungsvorgang, nachdem er sich mit dem Hausdurchsuchungsbeschluss des zuständigen Staatsanwaltes ausgewiesen hatte.

Den Tränen nahe, bat Frau Bachmann den Hauptkommissar, ihr zu folgen. Im Schlafzimmer setzte sie sich auf die Bettkante und schluchzte sich den Kummer von der Seele.

»Mein Wolfram ist doch so ein Langweiler! – Viel haben wir in unserem Leben noch nicht erlebt. Kinder konnten wir auch nicht bekommen.«

Wimmerndes Schluchzen unterbrach sie abermals. Bremer reichte ihr ein Papiertaschentuch. Frau Bachmann aber dankte und holte sich ein Leinentuch aus ihrem Nachtschrank.

»Mit dem Gärtner, der ja nun auch seit einigen Jahren Witwer ist, hätte ich gerne eine neue Beziehung angefangen. Wir hatten uns immer so nett unterhalten.«

»Dann hat der Gärtner also die Idee mit der Rasenmäherschnur gehabt?«, fragte Bremer ruhig.

»Nein, nein – der Wilfried weiß nichts von meinen heimlichen Plänen!«, beeilte sich Elvira Bachmann, ihren Gärtner in Schutz zu nehmen.

Sie legte ein volles Geständnis ab. Noch lange bevor die Labor-Befunde des forensischen Instituts von den gezähnten Messern vorlagen.

Als das Untersuchungsergebnis der Forensik auf dem Schreibtisch von Hauptkommissar Karl-Heinz Bremer lag, überflog er es eilig. Mit dem Befund hatte er gerechnet: »Restliche Kunststoffpartikel konnten auf keinem der Messer entdeckt werden.«

Leiche in der Baugrube

Der Bagger-Fahrer staunte nicht schlecht, als er beim Aushub einer neuen Baugrube in der Waldsiedlung ein Gerippe von seiner Baggerschaufel herunterhing.

»Bin ich auf einen alten Friedhof gestoßen!?«, war der erste Gedanke des Mannes am Baggerpult. Als dann aber seine Kollegen neugierig herbeieilten, zückte einer von ihnen gleich sein Handy und rief unter 110 die örtliche Polizei an.

Es dauerte nicht lange, da ließ sich von Ferne das Geheule des Martinshorns vernehmen. Die beiden Beamten zeigten sich von erstaunlicher Emsigkeit. Schnell riegelte der eine Uniformierte das gesamte Gelände ab, während sein Kollege im Polizeiwagen Ferngespräche führte.

Der Erkennungsdienst ließ schon länger auf sich warten, denn er musste erst aus Wiesbaden angereist kommen. Die Bauarbeiter packten unterdessen ihre Sachen zusammen und fuhren heim. Nur der Baggerführer musste noch einige Fragen beantworten, die in einem Formblatt handschriftlich aufgenommen wurden.

Der leitende forensische Anthropologe vom Erkennungsdienst-Team stellte schnell fest, dass der Schädelknochen des Gerippes Schlagverletzungen von einem runden Gegenstand aufwies. Somit lag ein Verbrechen vor. Der Fall kam in die Kriminaldirektion nach Hanau.

Obwohl versucht worden war, den Großteil der Zähne post mortem mit einem runden Gegenstand zu zerstören, gelang eine weitgehende Rekonstruktion des Gebisses. Wurzel-Behandlungen, Kronen und Zirkonoxid-Inlays wiesen hinreichend typische Merkmale auf, die eine Identifizierung der Person möglich machten.

Als sehr hilfreich stellte sich ein Einnäher mit der Aufschrift »Feuerwehr Langenselbold« heraus, der sich aus verblichenen Stoff-Fetzen so weit wieder herstellen ließ, dass die Aufschrift zum Teil sichtbar wurde.

Fachleute konnten die Verweildauer im Boden auf vier bis

viereinhalb Jahre eingrenzen. Die Abmessungen der Knochen des Opfers ließen einen Mann mit einer Körpergröße von 172 bis 174 cm vermuten. Das Alter konnte auf 42 bis 44 Jahre eingegrenzt werden.

Zinkoxid-Reste an der Verletzungsstelle legten ein verzinktes Rohr als Tatwaffe nahe. Die Abnutzungen an den Knochengelenken und an den Wirbelknochen zeigten, dass es sich bei der Leiche um einen Arbeiter handelte, der in seinem Leben schwere körperliche Einsätze zu bewältigen hatte.

Schließlich zeigte sich noch ein nicht verheilter Fersensporn an der rechten Hacke.

Mit diesen Informationen stellte sich Hauptkommissar Manfred Köster bei der freiwilligen Feuerwehr in Langenselbold ein.

Sämtliche Kameraden mussten sich dort einem intensiven Verhör stellen, zum Teil auch mehrmals. Aufgrund der verschiedenen Schichten zogen sich die Vernehmungen über vier Tage hin. Dann aber kannte Hauptkommissar Köster den Namen des Mordopfers. Der Mann hieß Karl Hunzinger, von Beruf Straßenbau-Arbeiter. Er war Spätaussiedler und lebte alleine. Beim Straßen- und Brückenbau war er bei verschiedenen Baufirmen immer nur für kurze Zeit beschäftigt gewesen, so dass sein Verschwinden niemandem aufgefallen war. Er hatte dann mit Kollegen jeweils in provisorischen Zelten oder Baucontainern gewohnt.

Aus dem Kreise der Feuerwehrleute schien der Täter nicht zu stammen. Irgendwelche Auseinandersetzungen, Geldschulden lagen offensichtlich nicht vor. Auch wäre der Hunzinger nur für kurze Zeit bei der Feuerwehr aktiv tätig gewesen, wie die Kollegen übereinstimmend bestätigten.

Daher blieb Oberkommissar Köster nichts anderes übrig, als die Straßenbau-Firmen abzuklappern.

Dort stieß er bald auf einen rabiaten, mürrischen Arbeitskollegen.

»Klar hatte ich öfters Streit mit dem Hunzinger Karl, aber deshalb hab ich ihn doch nicht erschlagen!«, fauchte der Kollege, namens Libomil Schleißner.

»Ach nein, mein Bester«, antwortete Köster, »jetzt sagen Sie nur noch, womit Sie ihn erschlagen haben!«, rief der Oberkommissar, um den Lärm an der Baustelle zu übertönen.

»Das müssen Sie mir doch erst einmal beweisen!«, schrie Schleißner, sichtlich nervös.

Oberkommissar Köster machte bewusst eine längere Pause. Er spürte, auf der richtigen Fährte zu sein. In dem rauen Klotz von Libomil Schleißner steckt doch eine Menge an Sensibilität. Das registrierten seine geschulten Augen. Und Schleißner bemerkte seine innere Unruhe, der er beim besten Willen nicht Herr werden konnte.

»Von Erschlagen habe ich kein Wort gesagt«, ließ der Oberkommissar ruhig verlauten. »Herr Schleißner, wegen des Verdachtes, Ihren Arbeitskollegen Karl Hunzinger erschlagen zu haben, nehme ich Sie jetzt fest«, sagte Köster, indem er ganz nah an Schleißner herantrat und ihm die Handschellen anlegte.

Dieser kräftige Recke stand wie hypnotisiert und angewurzelt da. Der Oberkommissar musste ihm erst einen Schubs versetzen, damit er in Bewegung kam.

Bei der folgenden Vernehmung jedoch schwieg Schleißner. Sein Pflicht-Verteidiger machte es zudem schwer, brauchbare Indizien anzuführen, die den vermeintlichen Mörder weichgekocht hätten.

Es bedurfte noch intensiver Arbeiten an dem Leichenfund, an der Zementierung fehlender Alibis sowie weiterer Befragungen. Als entscheidend zeigte sich der Fund einiger Haare, an dem Skelett, die von dem Täter stammten. Da gestand Schleißner endlich seine Tat. Als Tatwaffe hatte er eine Baugerüst-Stange genutzt.

Ein Tatmotiv konnte Schleißner nicht benennen. Er hatte sich im Suff nach der Arbeit wieder einmal mit Karl Hunzinger gestritten. Im wilden Handgemenge schlug das Opfer an einem Haufen von Bausteinen auf. Hunzinger schrie angeblich so laut, dass Schleißner glaubte, ihn mit der verzinkten Eisenstange aus dem nahe gelegenen Haufen mit Gerüst-Material ruhigstellen zu müssen.

»Um eine Identifizierung zu erschweren, schlug ich ihm noch in die Fresse«, bemerkte Schleißner kleinlaut.

Abends hätte er ihn mit einem LKW von der Baustelle zu dem Wald gefahren, in dem die Gemeinde gerade neue Baugrundstücke ausgewiesen hatte.

»Dabei hatte ich extra tief gegraben«, bemerkte Libomil Schleißner noch, als sich die Zellentür hinter ihm schloss.

Ausgerechnet an dieser Stelle plante der Bauherr ein Haus mit Keller, das einzige Haus mit Keller in diesem Bauabschnitt.

Missglückter Bankraub

Alfred Kämmerer, genannt Atze, und Lubomir Frantschek, der sich gerne »Lupo« rufen ließ, kannten sich aus der liberalen Justiz-Vollzugsanstalt Weiterstadt. Sie saßen dort wegen kleinerer Delikte ein.

In ihnen reifte jedoch der Plan zu einem größeren Coup.

»Immer nur Diebstähle und Scheckkarten-Betrügereien bringen uns nicht auf den grünen Zweig«, rückte Lubomir eines schönen Abends mit seinen Gedanken heraus. Sie hatten offensichtlich in seinem Geiste schon konkrete Formen angenommen.

»Ich weiß nicht«, antwortete Atze Kämmerer im Flüsterton, »eigentlich wollte ich mit meiner Uschi noch mal in ehrlicher Weise von vorne anfangen.«

Als sie beide mit zwei Monaten Abstand vorzeitig in die Bewährungszeit nach der Haft entlassen wurden, zogen sie beide doch das Ding durch, von dem der »Lupo« Frantschek so inbrünstig geschwärmt hatte.

»Das ist eine todsichere Sache!«, schwor der Lupo seinem ehemaligen Zellen-Genossen. »Morgens am Zahltag haben die eine Menge Zaster gebunkert. Da brauchen wir nur noch abzuräumen.«

Sie hatten sich die Raiffeisen-Bankfiliale in Baunatal-Großenritte ausgesucht. Einige Tage hatten sie die Ankunft des Personals am Morgen vor 8.30 Uhr beobachtet.

Ganz so einfach, wie es sich der Lubomir Frantschek vorgestellt hatte, lief es dann doch nicht ab.

Sie mussten in der Raiffeisenbank-Filiale zunächst warten, bis der Filialleiter mit dem zweiten Tresor-Schlüssel eintraf. Dann spielte auch noch sein Stellvertreter verrückt, indem er den maskierten Alfred Kämmerer zu Boden warf. Dem Frantschek blieb nichts anderes übrig, wie er meinte, als diesen lebensmüden Bankangestellten mit einem Schuss aus seiner sicherheitshalber eingesteckten Pistole kampfunfähig zu machen. Das gelang ihm auf der Stelle. Der junge Mann im dunklen Anzug zuckte nur kurz, nachdem er einen ohrenbetäubenden Schrei in den hellen Raum entließ.

Die restlichen drei Angestellten, einschließlich des Filialleiters, parierten aber nach diesem ungeplanten Zwischenfall auf jedes Wort vom Lupo.

Alfred Kämmerer konnte immerhin gut 40.000 Euro verschiedener Geld-Werte in seiner schwarze Sporttasche verstauen.

Verabredungsgemäß flohen die beiden seelenruhig in verschiedene Richtungen. Die Masken hatten sie noch während des Verlassens der Bankfiliale abgenommen.

Vor der Bankfiliale waren Passanten sowohl durch den Schrei als auch durch den Schuss aufmerksam geworden. Jedoch wurden sie nicht aktiv.

»Da war doch was in der Bank!«, sagten die einen.

»Haben Sie das auch gehört?!«, war zu vernehmen. »Vielleicht sollten wir die Polizei anrufen.«

Bis ein junger Mann beherzt sein Handy betätigte und die 110 anrief, war bereits wertvolle Zeit verstrichen.

Allerdings erging zu diesem Zeitpunkt bereits ein Hilferuf aus der Bank-Filiale an die Polizei-Dienststelle in Baunatal.

Auf die Frage der Streifen-Polizisten, wohin der oder die Täter gelaufen seien, erhielten sie zunächst unterschiedliche Richtungen angezeigt. Sie entschlossen sich daraufhin schnell für eine Richtung, über die Kasseler Straße in Richtung des Leiselparks. Per Funk dirigierten sie ein anderes Fahrzeug in die andere Richtung, entlang der Niedensteiner Straße.

Im Alsterweg, unweit des Leiselsees, erblickte die Streifenwagen-Besatzung einen dunkel gekleideten Mann mit schwarzer Sporttasche.

Bis dahin hatte sich Alfred Kämmerer noch relativ sicher gefühlt. Dass der Lupo eine Waffe dabei hatte, war nicht im so oft besprochenen Plan vorgesehen. Jetzt hing ihnen ein Mord im Nacken.

»Das ist jetzt ein ganz anderes Kaliber«, dachte der forsch

davoneilende Bankräuber noch, als er den Streifenwagen hinter sich um die Ecke biegen sah. Er merkte, dass er im Moment der einzige Passant war, der sich in den Grünanlagen des Parks bewegte.

»Wenn ich jetzt laufe, mache ich mich auf der Stelle verdächtig«, schoss es ihm zusammen mit einem tüchtigen Adrenalin-Schub durch den Kopf.

So drückte er sich seitlich durch eine der Häuserreihen, um schnell außer Sichtweite zu gelangen.

Als er jedoch einen Grundstückszaun übersteigen musste, bemerkten die beiden verfolgenden Polizeibeamten, dass sie sich auf der richtigen Spur befanden.

Schnell verständigten sie ihre Kollegen. Zu Fuß verfolgten sie den Flüchtigen.

Während seiner Haftzeit hatte sich Alfred Kämmerer eine gehörige Fitness antrainiert. Wenn immer es ihm möglich war, kraulte er seine Bahnen in dem anstaltseigenen Schwimmbad. Ja, er nahm sogar an einem öffentlichen Marathonlauf teil, den die Anstaltsleitung in der Weiterstädter Vollzugsanstalt zusammen mit dem Darmstädter Leichtathletik-Verein organisiert hatte.

So in Form gebracht, fiel es Kämmerer nicht schwer, den Polizei-Beamten zu entkommen.

Allerdings nicht ganz.

Es gelang ihnen noch, in der Ferne zu erkennen, wie der mutmaßliche Bankräuber auf dem VW-Werk-Parkplatz an der Gießereistraße in ein silberfarbenes Fahrzeug stieg und in Richtung Kassel davonfuhr.

Einer der Beamten betätigte sofort sein Sprechfunkgerät:

»Hier Streife 16, Obermeier, flüchtiges Fahrzeug, silbergrauer Golf oder Polo, Bankräuber fährt in Richtung Kassel-Stadt – Vorsicht, der Flüchtige ist bewaffnet.«

Es folgt eine wilde Jagd nach dem gesuchten Bankräuber.

Fahrzeuge ähnlichen Typs, besetzt mit einer dunkel gekleideten Person, gingen zu Dutzenden in das Netz der jetzt groß angelegten Fahndung.

Einer der mittlerweile 16 Streifenwagen glaubte, dem Flüchtigen auf den Fersen zu sein. Ein silberfarbener Golf fuhr mit erhöhter Geschwindigkeit über eine Ampel. Dann blitzte das Licht einer Geschwindigkeitskontrolle am Straßenrand auf.

Jetzt hielt das Team im Streifenwagen Anton-12 nichts mehr. Mit Blaulicht nahm es die Verfolgung auf.

Es ging Richtung City. Das Täter-Fahrzeug verschwand im Parkhaus »City-Point«. An den Außenwänden leuchten die Reklametafeln der Geschäfte in dem Einkaufszentrum.

Der Streifenwagen folgte in das Parkhaus. Per Funk ließ ein Beamter das Parkhaus sperren. Der Flüchtige saß in der Falle.

Mittlerweile durchkämmten acht Polizei-Beamte das dreistöckige Parkhaus. Von dem mutmaßlichen Bankräuber war nichts zu hören und nichts zu sehen.

»Vorsicht, der versteckt sich hier irgendwo!«, hörte man einen der Beamten rufen.

Aber von dem Flüchtigen verlor sich die Spur.

Passanten, die gerade von oder zu ihren Fahrzeugen wollten, wurden gebeten, sich an ihren Autos ruhig aufzuhalten.

Dann rief einer der Beamten seine Kollegen zusammen:

»Dieser VW-Golf hat noch eine heiße Kühlerhaube!«

Für die Beamten bereitete das Öffnen des Fahrzeugs keine Schwierigkeiten. Auf dem Beifahrersitz lag noch die Maske, die der Bankräuber während des Überfalls getragen hatte.

Als die Bediensteten dann auf der Rückbank auch noch die schwarze Sporttasche mit dem Geld fanden, konnten sie ihres Erfolges sicher sein.

In dieser Situation hatte der Bankräuber nicht mehr an die Tasche mit der Beute denken können. Für ihn galt es, seine Freiheit zu retten.

Alfred Kämmerer blieb noch zwei Tage auf der Flucht. Noch am gleichen Abend hatte er sich mit seinem Kumpan Lubomir Frantschek wie verabredet getroffen. Der jedoch geriet außer sich, als er seinen Partner ohne das erbeutete Geld antraf.

»Du Idiot – lässt dir die sauer verdiente Beute abnehmen! Bist du denn des Wahnsinns«, so steigerte sich Frantschek in Rage. Aus seiner Hitzköpfigkeit kannte er kein Entrinnen.

»Ich kann ja verstehen, aber...«, Frantschek ließ den schuldbewussten Alfred Kämmerer nicht zu Wort kommen.

Voller Zorn stürzte sich Frantschek in ein Handgemenge.

»Ich musste für dich extra einen umlegen, und was ist der Dank, du Versager?!«

Dabei zückte er ein Fahrtenmesser unter seinem Pulli hervor und stach wie besessen auf seinen ehemaligen Zellengenossen ein.

Der konnte sich mit Stichwunden an den Armen und im Lendenbereich noch rechtzeitig befreien, bevor die Verletzungen lebensgefährlich wurden.

Trotz der nur oberflächlichen Wunden durchtränkte das Blut schnell Alfred Kämmerers Kleidung. Auf der dunklen Hose und dem schwarzen Pullover ließen sich die großen Blutverluste jedoch schwer erkennen.

Mit letzter Kraft schleppte sich Kämmerer zu einem ihm bekannten Arzt. Er log ihm vor, er wäre bei einer Auseinandersetzung um ein Mädchens verletzt worden. Wegen der Art der Wunden hätte der Arzt von Rechtswegen die Polizei einschalten müssen. Aber der war auch nicht auf den Kopf gefallen. Den Kämmerer musste er schon früher ein paar Mal in aller Heimlichkeit verarzten.

Die Wunden sterilisiert und umwickelt mit mehreren Metern Mullbinde stand Kämmerer jetzt vor dem Problem, eine geeignete und vor allem sichere Bleibe zu finden.

»Bei meiner Mutter würde die Polizei zuerst suchen«, überlegte er grübelnd. »Die Vera Willomeit – ja, bei der könnte ich gut eine Weile untertauchen«, kam es Alfred Kämmerer dann in den Sinn.

Vera Willomeit, eine Verkäuferin für Bettwäsche und Matratzen in einem großen Kaufhaus, hatte sich in vergangenen Tagen recht anhänglich gezeigt. Zu ihr machte sich Kämmerer auf den Weg. Es war schon dunkel, als er bei ihr eintraf. Das Türschild mit dem Eichenblatt-Rahmen zeigte, dass seine Verflossene noch hier wohnte.

Die Tür öffnete ein kräftiger Mann im Unterhemd.

»Was willst du, Penner?!«, fuhr dieser den wehleidig aussehenden Alfred Kämmerer an.

»Kennst du diesen Typen, Vera?!«, fragte der Kraftprotz.

Vera erkannte den Alfred natürlich sofort, trotz seines ramponierten Aussehens. Sie sagte nur mit belegter Stimme: »Ich gehe jetzt mit Ferdinand.«

Damit stieß Veras Freund Alfred vor die Brust, dass der ganze Körper schmerzte und rief ihm zu:

»Mach, dass du Land gewinnst – und lass dich hier ja nicht wieder sehen!«

Alfred Kämmerer hatte die Haustür zur Straße gerade hinter sich geschlossen, als ihn vier kräftige Arme packten. Zwei Kripo-Beamte hatte das Gebäude, in dem Vera Willomeit wohnte, schon zwei Tage lang rund um die Uhr bewacht. Wie fünf weitere Häuser ebenfalls.

Dass es sich bei einem der flüchtenden Bankräuber aus Baunatal um Alfred Kämmerer handelt, wusste die Kripo, seit sie das Foto der Blitz-Anlage vor dem Kasseler City-Point auswerten konnte.

Früher oder später hätte er sich bei einer seiner früheren Kontakt-Personen melden müssen.

Mit den Vernehmungen von Kämmerer hatten die Kriminalbeamten keine Schwierigkeiten. Bereitwillig gab er auf alle Fragen Auskunft. So auch über den Aufenthaltsort seines Partners Lubomir Frantschek, genannt Lupo, der Wolf.

Dieser »Wolf« hatte seine Behelfs-Wohnung, die er nach der Haft-Entlassung zugewiesen bekam, verlassen. Es dauerte jedoch nur knapp eine Woche, bis er in Saarbrücken bei einer Personen-Kontrolle trotz eines Fluchtversuches der Verhaftung nicht entgehen konnte.

Der feine Lubomir Frantschek, Drahtzieher des missglückten Banküberfalls und rücksichtsloser Mörder im Affekt, unternahm noch den skrupellosen Versuch, seinen Partner mit all diesen Untaten zu belasten. Die Beweise gegen ihn straften allerdings jeglichen seiner Belastungsversuche Lüge.

Mord durch Chemie

Dr. Riemenschneider hatte eine beneidenswerte Karriere in einem Chemiekonzern absolviert: Er konnte nach fünf Jahren bereits auf über ein Dutzend Patente zurückblicken, war in unterschiedlichen Verbänden ein gefragter Referent und konnte auch über drei Jahre seine Betriebsleiter-Erfahrungen in den USA sammeln.

Als jetzt die Umstrukturierung des Geschäftsgebietes anstand, hätte Dr. Franz-Joseph Riemenschneider sich nicht im Traum vorstellen können, dass für ihn dabei nicht ein beneidenswerter Schritt nach oben bevorstehen würde.

Es kam jedoch ganz anders.

Seinem derzeitigen Chef widerfuhr es, dass ihm ein ansehnlicher Posten in der Zentrale in Aussicht stand. Aber statt seinen erfolgreichen Mitarbeiter Riemenschneider nachzuziehen, meldeten sich Kollegen aus anderen Bereichen, die für die Leitung des neuen Geschäftsgebietes auserwählt waren. Für ihn blieb ein unattraktiver Assistenten-Job mit einem nichtssagenden »bis auf Weiteres«.

Derartige Niederlagen war Dr. Riemenschneider nicht gewohnt. Er malte sich in Gedanken schon den hämischen Hohn seines Schwiegervaters aus, der auf seine eigene Berufskarriere so stolz war und auch sein konnte, dass alles andere in seinen Augen nur bitteres, enttäuschendes Versagen sein konnte. Nächtelang fand Riemenschneider keinen Schlaf. Kollegen wandten sich von ihm ab. Tennispartner ignorierten ihn.

So wuchs im Geiste von Dr. Franz-Joseph Riemenschneider ein teuflisches Ansinnen auf dem Nährboden bodenloser Verzweiflung, Aussichtslosigkeit und fehlenden Mutes. Sein Chef hatte ihn wissentlich ins Messer laufen lassen.

Als Helfer und Berater in so vielen Dingen war er gut genug. Jetzt hatte er ihn schamlos fallen lassen. Sein ganzer Hass bündelte sich auf die Person seines Vorgesetzten. Dieser hatte es nicht einmal nötig, sich in einem Gespräch mit Riemenschneider auseinanderzusetzen.

Aber drei Monate würde dieser Schamlose noch in seinem Büro die Zeit bis zur Beförderung absitzen.

»Wie wische ich ihm jetzt eine aus!? Welchen Denkzettel würde er sein Lebtag nicht vergessen?«, grübelte Riemenschneider.

Als Chemiker gingen ihm viele Möglichkeiten durch den Kopf: »Das Büro über Nacht mit Kohlenmonoxid fluten oder Kohlendioxid einleiten? – Das wäre doch etwas auffällig!«, verwarf Riemenschneider eiligst. »Blausäure aus zerstreutem Natriumcyanid-Pulver über die Raumfeuchte entstehen zu lassen – kein allzu schlechter Gedanke, zumal der Chef nicht in der Lage ist, diesen feinen Bittelmandelgeruch wahrzunehmen.« Aber die Sekretärin könnte ihn auf den fremdartigen Geruch aufmerksam machen.

Es war schließlich ein Artikel in einer Sicherheitszeitschrift, der Dr. Riemenschneider auf die vielversprechendste Idee brachte, wie er sich seine Verzweiflungstat vorstellte.

Es dauerte dann noch zwei Wochen. Der Chef weilte auf einer längeren Dienstreise. Daher hatte auch seine Vorzimmerdame ihre Urlaubszeit für diese Tage eingeplant. Die Gelegenheit für Riemenschneider, seinen destruktiven Plan auszuführen.

Den Zeitpunkt hatten die Rettungskräfte sowie die Werkfeuerwehr des Standortes genau festgehalten: 7.32 Uhr. Der gewaltige Knall der Explosion war im gesamten Werk wie auch in der benachbarten Firmensiedlung zu hören. Die Wände des Chefbüros waren zum Teil völlig aus dem Gebäude geflogen, selbst das Vorzimmer glich einem Trümmerfeld. Es erübrigt sich dabei, auf den Zustand des Chefs näher einzugehen.

Riemenschneiders Plan war fünfhundertprozentig aufgegangen. Die Wucht der Explosion hatte ihn aber dennoch überrascht.

Ihm wäre eine Festnahme jetzt gerade recht. Alles hätte er sofort zugegeben.

Aber alle Untersuchungen liefen an ihm vorbei. »Geradezu beleidigend, dieses Ignorieren!«, empfand Dr. Riemenschneider.

Für einen Moment noch beschlich ihn das Gefühl, es sei der Zeitpunkt gekommen, sich zu stellen.

Gewerbeaufsicht, die örtliche Kripo, Brandsachverständige, Spezialeinheiten des Landes- und Bundeskriminalamtes – alle waren sie vor Ort, sammelten Explosionssplitter in Plastiksäckchen, nahmen Wisch-Proben von den Ruinen des Chefbüros.

Die Medien berichteten von einer »heftigen Verpuffung mit einem Toten. An den Ursachen werde noch geforscht«.

Geforscht wurde auch nach einigen Monaten.

Die Behörden wurden mit der Vermutung beschwichtigt, dass die tödlich verunglückte Person die Explosion selbst durch nicht identifizierbare Chemikalien ausgelöst habe.

Dr. Franz-Joseph Riemenschneider verstarb wenige Jahre später durch einen Verkehrsunfall. In seinem Testament hatte er ein ausführliches Geständnis niedergeschrieben. Auch die Prozedur, wie er mit Perchlorsäure den Kleiderschrank in dem Büro seines Chefs allabendlich getränkt hatte, beschrieb er in allen Details. Das sich in Kombination mit den Spanholz-Platten des Schrankes bildende Zellulose-Perchlorat ist ein hochbrisantes Produkt, wie aus einem Bericht über eine Labor-Explosion eines Frankfurter Unternehmens nachzulesen ist. Das Öffnen der Schranktür hatte offensichtlich ausgereicht, um das Desaster auszulösen.

Mord im Zugabteil

Diesmal sollte es gelingen. Jörg Kabelmann hatte alles zigmal durchdacht. Heute fühlte er sich ausgesprochen gut vorbereitet. Seine Laune konnte nicht besser sein. Auf der Herren-Wanderung am vergangenen Wochenende im Schwarzwald hatte er Zecken gesammelt. Gut ein Dutzend – in einem schwarzen Schnappdeckel-Döschen, in dem einmal ein Negativ-Film steckte. Jetzt warteten darin schon sehnsüchtigst die langsam todbringenden Winzlinge auf ihren Einsatz.

Im Schwarzwald sollen die Zecken besonders blutrünstig, vor allem aber voller krankbringender Erreger sein. Erreger, deren Aktivitäten mit Sicherheit zum Tode führen. So hatte Kabelmann in einer Apotheken-Zeitung gelesen. Den Artikel über Zecken las er sich mehrmals ganz genau durch.

Die winzigen Zecken saßen an den Spitzen von Grashalmen, an Heidekraut und Farnen im schattigen Unterholz an den Wegrändern. Seine Kameraden sammelten Pilze, Steine, Schmetterlinge, Kräuter und was der Wald sonst noch an Kostbarkeiten zu bieten hatte.

In Jörg Kabelmann brodelte der in den letzten Monaten immer heftiger wallender Hass gegen seinen selbstsüchtigen Vereinsvorsitzenden Hermann Kübler. Zeit seines Berufslebens hatte Kübler ihn ignoriert. Dieser arrogante Kerl düngte sich, immer etwas Besseres zu sein. Sein Schleimen, wenn er etwas erreichen wollte, erschien vielen seiner Weggenossen geradezu eklig. Aber keiner litt so intensiv darunter wie Jörg Kabelmann. Einige wussten zu berichten, dass die beiden auch mehrmals stark aneinandergeraten wären.

Jetzt, als Rentner, versuchte Kübler wieder die erste Geige zu spielen. Geschickt nutzte er seine Beziehungen aus, zitierte Freundschaften mit Persönlichkeiten, die mit ihm eine Schlägerei anfangen würden, erführen sie von dieser einseitigen Vertrautheit, und übertrieb maßlos, wenn es um irgendwelche Fähigkeiten ging. Kübler wusste überall seinen Senf dazuzugeben.

Seine Kuren absolvierte Kübler angeblich in den kostspieligsten Sanatorien, wie er lauthals gerne von sich gab, in seinem Verein der Pensionäre zeigte er sich jedoch geizig bis zur Verleumdung.

Jörg Kabelmann hätte mit hasserfüllt zusammengekniffenen Augen noch viele Beispiele zitieren können.

Die Reisekosten ließ sich Kübler als Vorsitzender stets ersetzen. Doch Kabelmann konnte er nichts mehr vormachen.

An diesem Nachmittag sollte der Count-down für Küblers Ableben auf Erden beginnen. Im Zugabteil, auf der Fahrt nach Weinheim, würde es keinem der Zug-Passagiere auffallen, nicht einmal dem Kübler selbst.

Von diesem Tages-Ausflug kam die Herren-Runde wieder später nach Hause als gewöhnlich. Die Wanderwege waren anstrengend steil, die Strecke länger als an den übrigen Wochenenden, und die Sonne zeigte sich den ganzen Tag von ihrer besten Seite. Die Jacke hielt bei der Wärme jeder in der Hand oder schnürte sie auf den kleinen Rucksack.

So zeigte sich auch Hermann Kübler besonders müde, als es mit der Regionalbahn wieder heimwärts ging. Wie gewöhnlich lümmelte er sich in einem der Abteile über drei Sitzplätze hinweg und schlief mit röchelnden Lauten ein. Selten, dass sich mal einer der Kameraden zu ihm setzte. Der Zug war an diesem Abend auch relativ leer.

So konnte Jörg Kabelmann seinen Plan ausführen: Geschickt platzierte er die geöffnete Film-Dose unter dem ausgestreckten Bein von Kübler.

Die Zecken ließen nicht lange auf sich warten. Angelockt von der Körperwärme sprangen sie auf die behaarten Beine Küblers und schraubten ihre Saugrüssel in die dünneren Hautpartien neben der Ferse und im rückwärtigen Kniegelenk.

Kübler bemerke die Stecknadelknopf-großen Zecken erst am anderen Morgen, als er im Badezimmer stand. Des Nachts hatte er sich schon des Öfteren gekratzt. Dabei hatte er auch die Körpersäfte einiger Zecken in seine eigene Blutbahn gedrückt. Mitsamt den Erregern von Hirnhautentzündung, Leberkrankheiten und sonstigen Leiden.

Es dauerte gerade noch vier Monate, bis die Kameraden ihren Vereinsvorsitzenden zu Grabe tragen mussten. In den letzten Tagen hatte er noch sehr leiden müssen.

Doch auch Jörg Kabelmann konnte seine Rache nicht lange genießen. Eine Zecke muss ihm beim Öffnen der Schnappdeckel-Dose im Zugabteil an den Arm gesprungen sein. Sie hatte sich bis unter die Achselhöhle vorgearbeitet, um dort mit ihrer Bohrarbeit zu beginnen. Kabelmann bemerkte die vollgesogene Zecke erst nach gut zwei Tagen. Auch ihm gelang das Herausziehen des Untieres nicht fachmännisch, so dass ein paar Erreger in seine Blutbahn eindringen konnten. Sie waren offensichtlich besonders gefährlich, denn es folgten Wochen des Leidens.

Als Hermann Küblers Sarg in das vorbereitete Erdloch hinabgelassen wurde, zeigten sich die Schmerzen besonders unerträglich.

Noch zwei Jahren lang plagten ihn Kopfdruck und Mattigkeit. Hinzu kam, dass Sonnenlicht zunehmend eine unheilvolle Allergie auf seiner Haut bewirkte, die ihn nächtelang kein Auge schließen ließ.

Erst in den letzten Tagen seines Lebens, auf seinen seltenen Bahnreisen zu Wanderungen in die farbenfrohen Herbstlandschaften, erzählte Jörg Kabelmann einem Kameraden, was er sechs Jahre zuvor, genau in dem Zugabteil, in dem sie gerade saßen, angestellt hatte.

Es war Mord. Ein ganz hinterlistiger, lange geplanter Mord.

Kein Gendarm wäre auf die Idee gekommen, dass Hermann Kübler einem Verbrechen zum Opfer fiel. Kameraden sahen in dem Zeckenbefall und dem ungeschickten Umgang mit ihnen so etwas wie eine göttliche Gerechtigkeit.

Vielleicht war das Schicksal Küblers ja auch so etwas Ähnliches.

Vor allem aber das von Jörg Kabelmann.

Mordwaffe: Anakonda

Der Fabrikant Emilio Gimarais hatte in den USA eine Reihe größerer Schlachthöfe aufgebaut und damit ein ansehnliches Vermögen verdient.

Mit 60 Jahren zog er sich alleine auf sein großen Landgut in dem brasilianischen Staat Minas Gerais zurück, unweit von Ouro Preto. Vor vielen Jahren waren diese Landschaften mit den seichten Hügeln und den saftigen Weiden die Orte seiner Kindheit. Seine Frau blieb bei den Söhnen und ihren Familien in den USA.

Die Geschäfte überließ er seinen drei Söhnen. Diese hatten schon seit Längerem die Übernahme der Fleischfabriken ins Auge gefasst. Daher kamen Senhor Gimarais auch keinerlei Bedenken, seinen Söhnen das Erbe schon frühzeitig zu überlassen.

Sein Verwalter in Minas Gerais, Franco da Santo, hatte ihm schon vor einigen Monaten mitgeteilt, dass sich in unmittelbarer Nähe zu seinem feudalen Alterssitz ein alleinstehender Farmer angesiedelt hatte. Er wollte dort eine Schweinezucht einrichten. Ein Unternehmen, das selbst in einem kilometerweiten Abstand in dieser verlassenen Gegend noch Lärm und erbärmlichen Gestank hervorbringen würde. Auch die Haushälterin und der Gärtner lamentierten, man solle doch rechtliche Schritte unternehmen.

Der Gärtner Philippo Sumaro, ein hagerer Brasilianer aus der Gegend von Belem an den Mündungsarmen des Amazonas, bot sich an, das bevorstehende Problem auf seine Weise zu lösen, wie er eindringlich beschwor.

Senhor Gimarais hatte nichts dagegen.

»Es sollte nur eine nachhaltige Lösung sein. Und – ich weiß von nichts«, sagte er seinem Gärtner und verzog sich in seine Bibliothek.

Es dauerte vier Tage, bis sich Philippo wieder auf dem Anwesen sehen ließ. Er hatte dort in einem Nebengebäude eine kleine Wohnung, wo auch die Haushälterin mit ihrer zweijährigen Tochter zu Hause war.

»Wo hast du dich denn herumgetrieben?«, fragte ihn Senhor Gimarais, als Philippo gerade mit einem Gehilfen eine schwere Kiste von seinem Landrover japanischer Bauart entlud.

»Mein Geheimrezept gegen unliebsame Nachbarn!«, rief der Gärtner mit einem Lächeln, das den schlechten Zustand seiner Zähne nicht verheimlichte.

»Haben Sie mal etwas Kleingeld, Senhor?«, fragte Philippo seinen Dienstherrn.

»Was willst du denn damit?!«, kam prompt die Gegenfrage zurück.

»Das wollen Sie doch sicherlich nicht wissen, Senhor. Gehört zu meinem Plan«. Mit diesem Argument gab sich Emilio Gimarais sicherheitshalber zufrieden.

Der Plan ging hundertprozentig auf. – Das heißt: zunächst.

Der Gärtner Philippo Sumaro hatte in seiner Heimat Amazonien eine Anakonda besorgt. Über längere Zeit hatte sie keine Nahrung aufgenommen. In diesem ausgehungerte Zustand verhalten sich die großen Würgeschlangen, die bis an die neun Meter Länge erreichen können, besonders gefährlich.

Mittels einer Kopf-Schlinge, selbst gefertigt aus einem stabilen Rohr und einem Seil, transportierte Philippo die Würgeschlange in den Wassertümpel des unliebsamen Nachbarn. Der kam mit seinem alten Pickup knatternd den holprig, ausgewaschenen Sandweg herangefahren. Am Himmel senkte sich bereits die Sonne. Als der alte Adolfo Manuel da Silva, so hieß der Nachbar, immer bedacht auf seine beiden Vornamen, sein Fahrzeug verließ und auf seine provisorische Hütte zusteuerte, sah er am Boden etwas in der Abendsonne blinken. Er bückte sich. Es war eine Cruzeiro-Münze, blank poliert, als käme sie frisch aus der Presse.

Dann erkannte er, dass auf dem Sandboden eine weitere, und noch eine Münze lagen. Auf diese Weise gelangte er nahe an den Wassertümpel. Die Anakonda, bekannt als dämmerungs- und nachtaktiver Lauerjäger, hatte auf eine derartige Mahlzeit eifrig gewartet. Sie kann zwar nichts hören, aber jede kleinste

Mordwaffe: Anakonda

Boden-Vibration verrät ihr die Position einer möglichen Beute. Sie brauchte mit ihrer gespaltenen Zunge nur ein paar Mal die Witterung aufzunehmen, da war es um Adolfo Manuel da Silva geschehen.

Natürlich schrie er wie am Spieß. Aber die kräftige Ringmuskulatur der Anakonda presste den Körper fester und fester. Schon nach wenigen Minuten spürte sie den eingestellten Herzschlag ihres Opfers.

Sofort lockerte die Riesenschlange ihren Würgegriff und begann mit der Verspeisung. Sie tastete sich mit der bewegten Zunge zum Kopf des Mannes, weitete ihr Maul und stülpe es über den ganzen Kopf. Schon nach einer Viertelstunde war nichts mehr von Adolfo Manuel da Silva, einschließlich seiner Gummistiefel, zu sehen.

Aus der Nachbarschaft war nichts mehr zu hören.

Erst zwei Wochen später bog ein Lieferwagen auf den Hof des Nachbarn Senhor da Silvas ein. Er hatte eine Lieferung abzugeben. Sie sei schon bezahlt.

Der Fahrer rief zu dem Gutshof herüber, wo der Gärtner gerade mit einem Mähtraktor den Rasen kürzte:

»Wie kann ich denn Senhor da Silva erreichen?!«

»Keine Ahnung. Wir haben den schon wochenlang nicht mehr gesehen!«, rief der Gärtner Philippo Sumaro zurück, nachdem er den Traktor ausgeschaltet hatte.

In der Folgezeit ließen sich noch zweimal Leute auf dem Nachbargelände blicken, dann war das Vorhaben einer Schweinezucht eine nichtige Episode der Geschichte.

Brasilien ist ein weites, schönes Land. Sicherheitshalber kaufte der Fleisch-Fabrikant im Ruhestand Emilio Gimarais noch ein paar hundert Hektar um sein Anwesen herum auf.

Nach einem halben Jahr fingen vier Vertreter einer Naturschutz-Behörde die Anakonda auf dem ehemaligen da Silva-Gelände ein, nachdem Philippo Sumaro bei einer Behörde eine entsprechende Meldung machte. Ja, einer der Umweltschützer fand sogar noch zwei Münzen und hob sie stolz in die Luft.

Zwar war man erstaunt über das Auftreten einer Anakonda in dieser Gegend. Aber in Brasilien ist so manches möglich.

Eine polizeiliche oder sonstige behördliche Untersuchung hat es nie gegeben.

Natürlich der »Bimbo«

»Das war doch sicherlich der ›Bimbo‹!«, hörte man überall in der Nachbarschaft. »Die Fischers haben sich schon immer so sozial gegeben!«, schilderten auch einige der Befragten.

Inspektor Frank Jessen war zu dem Tatort gerufen worden. Die Frau des Hauses wurde von ihrem Ehemann, Karl-Heinz Fischer, erstochen in der Küche aufgefunden. Er hatte nach kurzer Orientierung sofort die Polizei-Dienststelle angerufen.

»Ich habe doch sofort gesehen, wie es um Rita stand!«, kam es weinerlich aus ihm hervor. »Sie war immer so herzensgut«, kam es noch aus ihm hervor.

»Wo ist denn ihr Untermieter?«, fragte Inspektor Jessen.

»Der Jonathan?« Erwin Fischer drehte sich suchend um.

»Ja, der müsste auch irgendwo hier sein«, antwortete der Ehemann der Ermordeten.

Den zwanzigjährigen Jonathan Samambesi hatten die Fischers in ihre kleine kinderlose Familie aufgenommen. Er galt als anerkannter Asylant aus den Kriegsgebieten Afrikas. Die beiden Fischers hatten sich für eine Betreuung entschieden, weil sie in den Flüchtlingsheimen keine sinnvolle Bleibe auf längere Zeit sahen.

Der Jonathan dankte es den Fischers, indem er Rita Fischer zum Einkaufen begleitete, nach umfangreicher Einweisung den Rasen mähte und auch im Haushalt aushalf.

»Er scheint wie vom Erdboden verschluckt«, stellte Inspektor Jessen fest. Er konnte leider nicht auf einen Assistenten zurückgreifen und veranlasste daher selbst die Fahndung nach Jonathan.

Die Dame vom Erkennungsdienst kam ebenfalls ohne Begleitung angerückt. Sie registrierte wichtige Merkmale des Tatortes, verteilte entsprechende Schildchen mit Nummern in der Küche und fotografierte alles sorgfältig aus verschiedenen Blickwinkeln.

»Würgemale oder Kampfspuren kann ich vorerst nicht feststellen«, sagte die auf dem Boden kniende Erkennungsdienst-Beamtin, indem sie sich zu Inspektor Jessen umdrehte, »den Todeszeitpunkt schätze ich auf vor vier bis fünf Stunden«.

»Das wäre ja mitten in der Nacht, so gegen drei bis vier Uhr morgens«, überlegte Jessen, »das muss doch mit einem gewissen Krach und Geschrei verbunden gewesen sein.«

Die befragten Anrainer aber wollten nichts gehört haben.

Es sollte bis zum späten Nachmittag dauern, bis Polizeibeamte den völlig verstörten dunkelhäutigen Jonathan Samambesi mit ihrem Polizeihund in einer Waldhöhle aufgespürt hatten.

»Ich nicht die gute Frau Fischer getötet!«, kam es gleich aus ihm heraus. Er ließ sich widerstandslos, mit Handschellen gefesselt, abführen.

Auf der kleinen Polizeiwache berichtete er sehr emotional in äußerst schwer verständlichem Französisch und noch weniger entschlüsselbarem Deutsch, wie er noch in der Nacht voller Angst und übereilt das Haus der Fischers verlassen hatte.

»Auf Weg zur Toilette ich fast über Frau ›Rittel‹ gestolpert. Ich sah Messer in Bauch. Ich Panik. Angst. Schnell Kleider geholt und weggelaufen!«

Herrn Samambesi wurden die Fingerabdrücke abgenommen. Man zupfte ein paar Fasern aus seinem Pulli und er ließ sich geduldig eine Speichel-Probe von der Zunge streichen.

»Die Untersuchungen werden wohl zwei bis drei Tage in Anspruch nehmen«, gaben die Beamten dem Verdächtigen mehrmals zu verstehen.

»Wenn sich Ihre Unschuld erweist, kommen Sie wieder frei«, beschwichtigte Inspektor Jessen den ängstlich dreinblickenden Jonathan, »solange müssen wir Sie aber in Gewahrsam nehmen.«

Inspektor Frank Jessen besuchte noch einmal den hinterbliebenen Karl-Heinz Fischer. Er hatte den Tatort vorbildlich gereinigt. Seine Frau lag in der Pathologie. Mit der Frage, ob es Neuigkeiten zu dem Tathergang und dem Täter gäbe, empfing er den Inspektor.

Nach einer halbstündigen Befragung konnte sich der Inspektor

jedoch keinerlei Reim auf eine externe Täterschaft machen. Eben so wenig fand er ein Motiv für Herrn Fischer.

Eine Wende bekam der Fall vier Tage später.

Die erkennungsdienstlichen Untersuchungen hatten Speichel-Spuren auf der Kleidung der Toten sowie zwei fremde Haare an dem Leichnam gefunden.

Die Auswertung dieser Spuren sollte abermals drei Tage in Anspruch nehmen. Der Vergleich mit den Haaren und Speichel von Herrn Samambesi entlastete ihn zunächst.

»Bevor wir zu weiteren Untersuchungen schreiten, werden wir erst einmal Herrn Karl-Heinz Fischer hier vorladen«, entschied Inspektor Jessen.

Es wurde ein längeres Verhör.

»Sie sind jetzt der einzige Mensch, der für uns als Täter in Frage kommt«, begann Inspektor Jessen das Gespräch, das er auch auf seinem Recorder aufzeichnete.

Aber auch die noch unbewiesenen Vorhaltungen, man hätte seine Haare und seinen Speichel auf der Leiche gefunden, tat Herr Fischer eiskalt mit dem Argument ab, dass er sich natürlich sorgenvoll über seine Frau gebeugt hatte, bevor er zum Telefon griff.

Inspektor Jessen stand mit leeren Händen da. Herrn Jonathan Samambesi musste er auch freilassen. Er kam nun doch im Asylantenheim der benachbarten Stadt unter.

Es sollte noch drei Wochen dauern, bis »Kommissar Zufall« diesen Fall lösen konnte.

Karl-Heinz Fischer besuchte eine frühere Schulkameradin, Anita Ehrmann. Sie war schon seit über zwei Jahren verwitwet, sah aber noch recht adrett aus. Da sie sich schon in jungen Jahren nicht unsympathisch waren, entwickelte sich gleich am ersten Abend eine so tiefe Übereinstimmung, dass Karl-Heinz Fischer bei seiner Jugendliebe gleich auf dem Sofa übernachtete.

Aber sein Schlaf schien von einer unbändigen Unruhe geprägt zu sein. Er wälzte sich, trotz des recht breiten und bequem ausgezogenen Sofas, wild hin und her. Seinem Mund entwichen schwer verständliche Laute.

Gerade als seine Jugendliebe Anita ihn wieder einmal zudecken wollte, hörte sie doch sehr Beunruhigendes:

»…mit diesem Fremden… lässt du dich ein! – mir verweigerst du … du deine sexuelle Gunst – zur … zur Hölle mit dir – du … du hast es nicht … nicht anders verdient … verdient … ja, ja, ja!«

Anita Ehrmann hatte von dem gewaltsamen Ableben Rita Fischers in der Zeitung gelesen. Sie wusste daher auch, dass zunächst ihr Untermieter in Verdacht geriet, dann aber wieder zum Erstaunen der Gemeinde freigelassen wurde.

Sie war sich zunächst unsicher, ob sie gleich ihre gerade wiederbelebte Freundschaft aufs Spiel setzen sollte. Auf der anderen Seite wollte sie es aber auch nicht mit einem kaltblütigen Mörder zu tun haben.

So erkundigte sie sich zunächst bei der Polizeistation nach dem leitenden Ermittler und bat um ein vertrauliches Gespräch.

Als sie dem Inspektor Frank Jessen gegenübersaß, druckste Anita Ehrmann zunächst etwas peinlich berührt herum.

»Ich weiß nicht, Herr Inspektor, wie ich so recht beginnen soll. Ob meine Beobachtungen für sie überhaupt von Nutzen sein könnten«, begann Frau Ehrmann.

»Ich bin ganz Ohr, Frau Ehrmann, auch der kleinste Hinweis kann sehr, sehr hilfreich sein«, sagte Inspektor Jessen mit beruhigender Stimme. Ein Beamter kam sogar mit einem Tablett mit zwei Tassen Kaffee herein.

Frau Ehrmann erzählte von ihrer Bekanntschaft. Von dem unerwarteten Wiedersehen. Von der Nacht mit dem kuriosen, Furcht erregenden Traum des Karl-Heinz Fischers.

Inspektor Frank Jessen zeigte sich nachdenklich.

Er schaute seiner Besucherin in die Augen: »Mir wäre wohler, wenn sie den Herrn Fischer vorerst nicht mehr treffen würden, Frau Ehrmann.«

Dann ging alles relativ schnell. Der Haftbefehl für Karl-Heinz Fischer wurde noch am gleichen Tag ausgestellt.

Die Festnahme erfolgte in dem Blumenladen, in dem er für Anita Ehrmann gerade einen großen Strauß roter Rosen geordert hatte.

In den folgenden Verhören brach er schließlich unter Tränen und Selbstmitleid zusammen. Nach einer kurzen Pause, um die er bat, legte er ein ausführliches Geständnis ab.

Sein Haus und Grundstück vermachte er dem Asylanten-Betreuungsverein. Denn lebend würde er ohnehin nicht mehr auf freien Fuß kommen.

Nur ein belangloser Jagdunfall

Eine abwechslungsreiche Jagd in den Wäldern südlich von Königsberg sollte an jenem Tag verhängnisvoll enden. Das Wetter zeigte sich wolkenverhangen und regnerisch.

Die 27 Mann starke Jagd-Gesellschaft um den protzsüchtigen und nach Jagdtrophäen gierigen Generalfeldmarschall Hermann Göring hatte sich im Herbst 1939, während die Wehrmacht Polen eroberte, im Jagdrevier des Revierförsters Koch getroffen. In den Wäldern südlich von Königsberg hatte der Revierförster einen kapitalen Zwölfender gesichtet und der Kommandantur pflichtgemäß gemeldet. Das lockte natürlich die Begehrlichkeit des einstigen Jagdfliegers aus dem ersten Weltkrieg und nunmehr, trotz der militärischen Bürden im zweiten Weltkrieg, ganz auf die weidmännische Trophäenjagd versessenen Göring aus seinem Lieblings-Revier, der Rominter Heide.

Durch Schonzeiten für Rot- oder Schwarzwild wollte sich der zweitwichtigste Mann im Deutschen Reich ohnehin nicht gängeln lassen.

Revierförster Koch versuchte den gemeldeten Kapital-Hirsch aufzuspüren, um ihn vor die Flinten der Jagdgesellschaft zu treiben.

Gerade als Koch aus einem dichten Unterholz ins Freie stürzen wollte, streckte ihn der Schuss aus einem Jagdgewehr nieder.

Die Jagd war damit beendet. Enttäuscht entfernten sich die hohen SS-Offiziere in ihren gepanzerten Limousinen. Einige Jagdhelfer verluden den Revierförster auf einen Leiterwagen und brachten ihn zu einem acht Kilometer entfernten Krankenhaus. Bereits bei seiner Ankunft stellten die diensthabenden Ärzte den Tod Kochs durch zu hohen Blutverlust fest.

Wer denn jetzt geschossen hatte, konnten die Angehörigen nicht in Erfahrung bringen. Man bedauerte. Als die Witwe schließlich einen der teilnehmenden Jäger ausfindig machen konnte, ließ der sich wochenlang verleugnen, um schließlich missmutig seine Unkenntnis zum Ausdruck zu bringen.

So vergingen die Kriegs- und Nachkriegsjahre. Die Menschen waren von anderen Sorgen getrieben. Nur den Enkel des Revierförsters, einen Winfried Sommer aus Itzehoe, ließen die Erzählungen seiner Großmutter um den Tod seines Großvaters nicht los. Für ihn war die Vertuschung dieses Jagdunfalls mit Todesfolge nicht so einfach hinnehmbar. Er wollte diesen ungesühnten tragischen Tod noch nicht im Schoße der Geschichte vergraben sehen. Die gewaltige Dichte der Geschehnisse aus jenen Tagen zusammen mit der menschlichen Verdrängungskraft und Vergesslichkeit setzten jeglichen Nachforschungen nahezu unüberwindbare Hindernisse entgegen.

So dauerte es nicht weniger als 17 Jahre, bis Winfried Sommer an einem Herbsttag 1986 eine Liste von ganzen elf Teilnehmern der damaligen Jagdgesellschaft in Ostpreußen mit Namen und Wohnort in Händen hielt.

Jetzt bedeutete es lediglich Fleißarbeit, die Herren aufzusuchen, um mit ihnen das damalige Unglücks-Szenario, das mit dem Tode seines Großvaters endete, ins Gedächtnis zurückzurufen.

Das war leichter in Gedanken durchgespielt als in ergebnisorientierte Taten umzusetzen.

Den ersten Jagd-Teilnehmer traf Winfried Sommer im hessischen Ober-Mörlen bei Bad Nauheim. Die auf 6.000 Einwohner angewachsene Gemeinde liegt malerisch verträumt in einer Senke der Wetterau. In seinem Landgasthof »Zum Taunus«, Bleibe für zwei Tage, erfuhr Sommer, dass ganz in der Nähe das Führerhauptquartier »Adlerhorst« liegt. Reichsbauinspektor Albert Speer hatte es nach seinen Plänen 1939/40 für die Ardennen-Offensive errichten lassen.

Winfried Sommer erkundigte sich aber auch nach Werner Karl Kolberg, den er am Folgetag aufsuchen wollte.

»Der Kolberg, übrigens Dr. Kolberg, ist als Rechtsanwalt und Notar hier gut im Geschäft. Ohne ihn läuft hier in der Wetterau überhaupt nichts«, erfuhr er von der Taunus-Wirtin.

Das Gespräch mit Dr. Kolberg verlief zunächst ganz verständnisvoll. »Der weiß, wie mit Menschen umzugehen ist«, kam Sommer in den Sinn.

»Ganz dunkel erinnere ich mich noch«, gestand der Rechtsgelehrte, »aber glauben Sie im Ernst, Sie könnten den Todes-Schützen noch vor ein Gericht zerren!?«

Als Sommer mit betretenem Schweigen antwortete, fuhr Dr. Kolberg fort: »Ich hatte von dem Unglück überhaupt nichts mitbekommen. Plötzlich hieß es nur, die Jagd sei vorüber. Über die Ursachen hatte ich erst einige Tage später Vages und Nichtssagendes gehört.«

So ganz enttäuschend verlief dieses erste Gespräch dennoch nicht: Dr. Kolberg entsann sich zwei weiterer Teilnehmer, die Sommer noch nicht auf seiner Liste hatte. Kontakt zu den alten Kameraden hätte er jedoch nie gesucht.

Aber bereits die Suche nach dem zweiten Teilnehmer der damaligen Göring'schen Jagdgesellschaft bringt Licht in die Bemühungen von Winfried Sommer. Schon zwei Wochen nach dem Gespräch mit Dr. Kolberg wollte er den Bauunternehmer Klaus Warnke in München aufsuchen. Aber als er sich telefonisch anmelden wollte, erfuhr er, dass Warnke vor über einem Jahr bereits verstorben sei. Seine Frau führte die Geschäfte fort.

So verabredete sich Sommer mit der Witwe, Sonja Warnke.

Zunächst gab sich Sonja Wanke, eine sehr adrett gekleidete Geschäftsfrau und Besitzerin einer beneidenswerten geschmackvoll eingerichteten Villa mit einem parkähnlichen Garten, etwas reserviert. Dann aber war ihr auch wichtig, von der Vergangenheit ihres Mannes zu erzählen:

»Mein Mann hatte mir einmal gestanden, lange nach Kriegsende, dass sich bei seinem Gewehr im Eifer der zu erwartenden Jagdbeute, unglücklicherweise ein Schuss löste, als der Revierförster gerade aus dem Gebüsch zum Vorschein kam. Er wollte seinem Gastgeber, dem großen Göring beweisen, dass er der bessere und schnellere Schütze sei.«

Winfried Sommer spürte in sich die Sprachlosigkeit. Als er sich gefangen hatte, fragte er leise: »Aber warum ist Ihr Mann denn nie für dieses offensichtliche Missgeschick, diese tödlich endende Tragödie, zur Rechenschaft gezogen worden!?«

Als hätte sie diese Frage bereits erwartet, antwortete Sonja Warnke gefasst: »Ich kann mich gut in Ihre Situation hineinversetzen. Auch Ihre Großmutter und die nahen Verwandten müssen eine äußerst schwere Zeit durchgemacht haben, noch über die schrecklichen Belastungen der Kriegstage hinaus. Aber ich kann Ihnen versichern, mein Mann, der Klaus, hat diese Tragödie auch nicht so ohne Weiteres weggesteckt und verkraftet. Mitunter hatte ich den Eindruck, er stürzte sich deshalb so in Arbeit, in Bauprojekte, in politische Ämter, weil er etwas wieder gutmachen wollte – etwas kompensieren musste.«

Als sich in Winfried Sommer ein Gedanken-Karussell zu drehen begann, schenkte Sonja Warnke aus edlem Service duftenden Bohnenkaffee ein, den sie hatte bereitstellen lassen.

»Klaus hat die Jägerei nach dem Unfall aufgegeben. Auch andere hatten keinen Spaß mehr an den großspurigen Einladungen. Zumal sie anscheinend sorglos in einer Zeit ergingen, da bereits Tausende deutscher Soldaten in den Schützengräben fielen.

Der Gipfel von Görings Jagdeifer zeigte sich in seinem Erlass vom Oktober 1941, nach dem keiner außer ihm mehr befugt sei, kapitale und hochkapitale Hirsche zu erlegen. Auch nicht seine Gäste.«

Nachdenklich schaute sie ihren verstörten Gast an und sagte: »Kann ich Ihnen irgendwie behilflich sein? Brauchen Sie Geld?«

Winfried Sommer winkte gleich entschieden ab.

»In welche Situation wollen Sie mich bringen? Ich wollte die Wahrheit und die Reue des Täters. Erstere haben Sie mir erzählt. Und ich glaube Ihnen. An eine sichtbare Reue Ihres Mannes komme ich jetzt nicht mehr heran.«

Nach einer Weile ergänzte Sommer noch: »Das muss er jetzt selbst mit dem Himmel ausmachen.«

Mit diesen Worten und einem tiefen Diener verabschiedete sich Winfried Sommer. Er schlendert die Isar entlang. Sah die entspannten Menschen im Englischen Garten.

»Hier muss ich eine Zeitlang verweilen!«, dachte er bei sich. Entspannt setzte er sich auf eine freie Parkbank, breitete die Arme aus, umfasste den oberen Rand der Rückenlehne und atmete tief in sich hinein.

So saß er da, bis über den weiten grünen Park die Dunkelheit hereinbrach.

Provozierter Selbstmord: ein Kapitalverbrechen?

Manfred Koppmann war ein wohlerzogener, aufrechter, system- und gesetzestreuer Mensch. Im Dritten Reich hätte er keine Sekunde gezögert, seinen Nachbarn an die Ordnungshüter zu melden, wie es die Buchstaben des damaligen Rechts forderten. Auch wäre er im Sinne der Sozialistischen Einheitspartei der sowjetischen Besatzungszone ganz selbstverständlich bereit, in seinem Wohnblock stets nach den partei- und staatsgerechten Maßstäben alles Gewünschte gut zu heißen und alles nicht Gewünschte dem Staatssicherheitsdienst zu melden. So hatten ihn seine Eltern, seine Lehrer und schließlich auch seine Dienstherren erzogen.

Koppmanns Erscheinung erweckte einen mitleiderregenden Eindruck, er wirkte hager und kränklich. Sein geistiger Horizont endete mit der Grundschulausbildung. Mit der beruflichen Aufgabe als Sachbearbeiter im städtischen Kartenamt hatte sich sein Werdegang über 47 Jahre hinweg erschöpft. Er lebte zurückgezogen in dem kleinen Haus, in dem er bis zu ihrem Tod vor acht Jahren noch mit seiner Mutter zusammenlebte. Seine außerberufliche Leidenschaft beschränkte sich auf das Sammeln von Obst-Aufklebern und Trockenpflanzen, aus denen er sich Tees zubereiten konnte.

Ja, und natürlich beobachtete er die Menschen in seinem kleinen Ort Senfwedel. Hundebesitzer, Falschparker, Radfahrer und andere Mitbürger kannten seine Vorliebe für seine präzisen Meldungen bei dem zuständigen Polizeirevier im Nachbarort.

So fanden die Bürger es nicht verwunderlich, dass der Briefträger den alten, pensionierten Anschwärzer eines Tages tot in seiner Stube auffand. Er hatte sich mit einem kurzen, handgeschriebenen Zettel von dieser Welt selbst verabschiedet.

»Ich halte diesen Terror nicht mehr aus«, las der Postbote, bevor er den Polizeiposten mit seinem Handy verständigte.

Aus der Hauptstadt meldeten sich zwei Kriminalbeamte bei den Dorfbewohnern. Sie nahmen sich an drei Tagen alle Bewohner in der weiteren Umgebung von Manfred Koppmanns Haus vor. Die meisten mieden den Kontakt mit ihm, so wie auch der alte Koppmann keine Geselligkeiten pflegte. Etliche Mitbürger hatten sich über seine Meldungen an die Polizei geärgert. Andere fanden es wiederum ganz in Ordnung, dass im Ort kein Schlendrian einreißt. Die Todesursache passte zur Sammel-Leidenschaft von Wiesenkräutern: Er starb an einem Tee aus dem sehr giftigen Schierlingskraut.

Die Beamten aus dem städtischen Kriminalamt kamen schließlich zu der Erkenntnis, dass sie den Tod von Manfred Koppmann als Selbstmord aus sensibler Senilität und Altersvereinsamung ansehen mussten. Mit einem entsprechenden kurzen Bericht der Polizeibeamten endete der Fall »Suizid Koppmann, Senfwedel« noch bevor er begonnen hatte. Die Akte verschwand vier Jahre im Polizei-Archiv.

Eines Tages, vier Jahre nach dem Selbstmord in Senfwedel, drang die Kunde von einem erzwungenen Selbstmord zu dem jungen Kommissar Eberhard Kessler. Er erinnerte sich an den Fall Koppmann und wollte sich in Senfwedel einmal außerdienstlich umhören. Er stellte sich in dem Gasthaus im Ort als Tierarzt vor, der auf der Suche nach einem Bauplatz sei.

Das machte Kommissar Kessler in mehrerer Hinsicht interessant, denn frisches Blut hätte der Ort dringend nötig. Die Damenwelt zeigte sich besonders interessiert, als sich herumsprach, dass dieser Kessler noch zu haben wäre.

So erfuhr der junge Kommissar, dass der Selbstmord des zurückgezogen lebenden Manfred Koppmann nur eine nachvollziehbare Konsequenz einer scheinbar ausweglosen Lage war, in die ihn der Landwirt Franz Georg Zeller gebracht hatte. Der »Zuckerrüben-Franzl«, wie ihn die Dorf-Bewohner nannten, hatte das Haus für seinen Vater, das Altenteil, mit zwei befreundeten Männern aus dem Nachbar-Ort »schwarz« hochgezogen. Der Koppmann hatte ihn angezeigt. Daraufhin musste der Zuckerrüben-Franzl ein empfindliches Bußgeld beim Amtsgericht bezahlen.

Das allerdings hatte ihm nicht nur dieser krumm genommen, sondern auch noch die beiden Schwarzarbeiter, die auf diese Weise auch nicht mehr so leicht an das Nebenbei-Verdienen kamen.

In der Folgezeit hatte Koppmann keine ruhige Zeit mehr: Sie klopften des Nachts an sein Fenster oder warfen Sand gegen die Scheiben, rempelten ihn beim Einkaufen an, ließen die Luft aus seinen Fahrradreifen, hängten eine tote Ratte vor seine Haustür, stopfen seinen Briefkasten voller Blätter, ließen Mäuse und Ameisen in seine Wohnung und vieles mehr. Es handelte sich selten um größere Schikanen, die es wert gewesen wären, bei der Polizei angezeigt zu werden.

Den Rest mussten Koppmann die geöffneten Fenster und Türen gegeben haben. Er weilte vermutlich am Waldrand auf Kräutersuche, als er bei seiner Rückkehr feststellte, dass seine Haustür sowie alle Fenster des Hauses sperrangelweit offenstanden. Der Durchzug hatte in der Wohnung ein heilloses Durcheinander bewirkt: Vasen und Blumentöpfe fielen um, fein säuberlich gestapelte Zeitungsausschnitte in chronologischer Reihenfolge wirbelten durcheinander und was Koppmann am ärgerlichsten erscheinen musste: Seine geliebten Obstschildchen von Bananen, Kiwis, Mangos und Orangen aus den Kunststoff-Kästchen waren in der Wohnung und sogar nach draußen verteilt.

»Ja, das ist eine perfide Art des Mobbings«, schoss es Kommissar Kessler schließlich durch den Kopf. Durch diese fortwährende Kaskade von Belästigungen, Störungen, Verärgerungen und Schädigungen haben Landwirt Franz Georg Zeller und seine Helfer den Koppmann systematisch zur Verzweiflung bis in den Freitod getrieben.

»Na, wie sieht es aus mit Ihrer Bleibe hier am Ort?«, fragte ihn der Gastwirt, als Kessler seine Rechnung beglich. »So einen, wie Sie täten wir noch gut brauchen können!«

»Ich fühle mich geschmeichelt, und – Gott zum Gruß«, verabschiedete sich Kessler kurz.

Die Tage in Senfwedel verliefen für ihn sehr erfolgreich. Aussagen am Biertisch und »im Vertrauen« konnte er hinreichend sammeln.

Die Frage war nur: Wären diese in dem Ort verwurzelten Menschen auch bereit, vor einem Gericht auszusagen? Würden sie ihre Informationen in gleicher Weise vor dem Richter vertreten? Sind die Attacken auf den alten Anschwärzer Koppmann in Hinblick auf eine, wie auch immer geartete Vernichtung bewusst geplant worden?

»Es bleibt spannend. Ob sich das Gericht zu einer Freiheitsstrafe hinreißen lässt, wie es in einigen Präzedenzfällen bereits geschehen ist?«, denkt Kommissar auf seinem Heimweg bei sich. Er schaut zufrieden auf die Landstraße.

Schicksal am Großglockner

Frank Feldmann rückte neu in den Vorstand des Maschinenbau-Unternehmens auf. Er hatte bereits seit 25 Jahren dem Unternehmen gedient. Als FH-Ingenieur fühlte er sich stets gegenüber den promovierten Akademikern zurückgesetzt. Sie brachten neues Wissen in das Unternehmen ein, entwickelten lukrative Erfindungen und bildeten eine Führungs-Clique unter sich. Feldmann galt bei ihnen als der erfahrene Macher des zweiten Gliedes. Er konnte seine bescheidenen Alltags-Erfolge, die er zumeist Kollegen oder Mitarbeitern zu verdanken hatte, geschickt und wiederholt in Position bringen. Ernsthaft nahm die Geschäftsführung jedoch keine große Notiz von Frank Feldmann.

Das änderte sich schlagartig, als der Standort einen neuen Chef bekam. Dr. Werner Hofmeister brachte noch zwei Kollegen aus seiner vorhergehenden holländischen Firma mit. Aber während die Vorstandskollegen zunächst auf Abstand zu ihrem neuen Chef gingen, hing Frank Feldmann wie eine Klette an Dr. Hofmeister. Hinterlistig scheute er keine Mühe, sich als den eigentlichen Motor des Unternehmens darzustellen. Dabei unterließ er es auch nicht, beiläufig die Leidenschaften der Vorstandskollegen zu kommentieren: das Golfspielen des Finanzvorstands, die vielen Immobilien des Technischen Leiters und seiner vermögenden Ehefrau sowie die dauernden Kuraufenthalte und Liebschaften des Arbeitsdirektors.

Es dauerte kein Jahr, bis Dr. Hofmeister seinen Vorstand neu besetzte. Dass seine beiden aus Holland mitgebrachten Kollegen in die Führungsriege aufrückten, hatte die Belegschaft schon lange kommen sehen. Die Beförderung von Fachhochschul-Ingenieur Frank Feldmann löste jedoch großes Erstaunen aus. Nicht nur die engsten Mitarbeiter, sondern auch die promovierten Kollegen wunderten sich über diese unverständliche Karriere. Schließlich waren sie es, die dem Kollegen Feldmann mit Arbeiten, Ratschlägen und ganzen Projekten unter die Arme griffen. Denn

Frank Feldmann war wahrhaftig in vielen Dingen völlig überfordert. Kollegen hatten das bald mitbekommen. Vor den Vorgesetzten hatte Frank Feldmann diese Schwäche in seiner beruflichen Grundausbildung immer gut und eifrig verheimlichen können.

»Hier in der Produktion zählt nur die praktische Erfahrung!«, hielt er jedem unter die Nase, ob er es hören wollte oder nicht.

Mit den guten Ratschlägen und Ausarbeitungen seiner Kollegen lief er umgehend zu seinem Vorgesetzten, um sie als seine eigenen Initiativen und Ideen zu platzieren.

So staunten die Kollegen nicht schlecht, dass ausgerechnet der am wenigsten Befähigte die technische Leitung des Unternehmens angetragen bekam.

»Die richtigen Netzwerke, belegt mit dicker Schleimschicht, das sind hier die Karriere-Wege!«, unkte ein enttäuschter Physiker aus der Entwicklungs-Abteilung.

Frank Feldmann ahnte, dass seine heimlichen, übergangenen Unterstützer zukünftig zurückhaltender mit ihren Hilfestellungen sein würden. Auch wenn er jetzt ihr Vorgesetzter wäre.

Dr. Hofmeister wollte sein neues, unmittelbar ihm unterstelltes Team zusammenschweißen. Nach reiflicher Überlegung und Konsultation eines Unternehmensberaters ersann er eine Klettertour in den Bergen. Da sei jeder auf jeden angewiesen. Das bringe seine engsten Mitarbeiter zusammen. Da könnte er ihnen seine Maximen auf engstem Raum anbieten und einbläuen. Zögerliche Reaktionen würde er sofort bemerken. Die würde er in seinem Hinterkopf speichern wollen.

Der Großglockner musste es schon sein.

Der »Glockner«, wie er auch kurz genannt wird, ist mit einer Höhe von 3798 Metern über dem mittleren Adria-Meeresspiegel der höchste Berg der österreichischen Alpen. Schon im 18. Jahrhundert erfolgte die Erstbesteigung im Rahmen einer Großexpedition unter der Leitung von Fürstbischof Franz Xaver von Salm-Reifferscheidt-Krautheim (1749– 1822). Bis heute spielt der Großglockner eine wichtige Rolle in der Entwicklung des Alpinistischen Fremdenverkehrs. Zu den jährlich über 5000 Gipfelstürmern zählen allerdings nur gut durchtrainierte Bergsteiger. Hofmeister würde hier mit Sicherheit erkennen, wo sich in seiner Führungsmannschaft die Spreu vom Weizen trennt.

Heiligenblut sollte der Ausgangspunkt ihrer Bergtour werden. Dieser kleine, um die 1.000 Einwohner zählende Ort liegt bereits in rund 1.300 m Höhe am obersten Ende des Mölltals im Nationalpark Hohe Tauern. Die Zimmer waren schnell gebucht. Bereits drei Wochen später sollte ein Bergführer die neue Unternehmens-Elite unter seine erfahrenen Fittiche nehmen.

Seit Frank Feldmann von diesem Vorhaben erfuhr, ging es ihm gar nicht gut. Schlaflose Nächte und Magendrücken plagten ihn. Würde der neue Chef jetzt den wahren Feldmann hinter all der antichambrierenden Höflichkeit und aufdringlichen Hilfsbereitschaft auf Kosten anderer durchschauen? In den Bergen wird ihm keiner helfen können. Hier zählen die wahren, unverhüllten Charaktere.

Schweißgebadet sann Frank Feldmann immer wieder nach Auswegen. Als er sich beim Werksarzt vorgestellt hatte, musste er sich gleich darauf die Warnung von Dr. Hofmeister anhören:

»Gekniffen wird aber nicht, mein Lieber!«

Seine Kollegen hatten sich umgehend in Fitness-Center eingeschrieben und vollführten Dauerläufe oder lange Touren mit ihrem Rennrad.

Das alles entsprach nicht der Welt des Frank Feldmann.

So lagen seine Erwartungen und sein Wille zu Herausforderungen auf einer langen Skala beim Nullpunkt, als Dr. Hofmeister frohen Mutes die Bergsteiger-Gruppe mit dem Bergführer am Fuße des Großglockners begrüßte. Gegen 4.00 Uhr nachts lag das Mölltal in gespenstischer Dunkelheit. Niedergeschlagen folgte Feldmann der durchtrainierten Gruppe als Schlusslicht. »Wie realitätsnah, diese Reihenfolge!«, dachte dieser bei sich.

Nach sechs Stunden brannten die Blasen in den Bergstiefeln von Frank Feldmann höllisch. Seine Kräfte waren diesen Strapazen nicht gewachsen. Sollte er aufgeben? Schon nach drei Stunden ging ihm der Satz durch den Kopf: »Chef, ich kehr um!«

Aber, was würde dann aus seiner neuen, unerwarteten Position? Würde Dr. Hofmeister Nachsicht üben? Könnte sich der Hohn seiner neuen Kollegen in Grenzen halten? Würden sie überhaupt noch mit ihm zusammenarbeiten wollen? Mit einem Schwächling!? Womöglich spricht sich daraufhin bis in die Führungsspitze herum, dass mit dem Feldmann noch nie was Besonderes los war.

Wieder raffte sich Frank Feldmann auf. Dem Bergführer konnte er seinen Leidensdruck nicht verbergen. Aber er wollte sich weiterhin zusammenreißen. Zusammenreißen? Ja, verdammt noch mal! Er durfte nicht aufgeben!

Sicherheitshalber ließ der Tourenleiter die Gruppe anseilen. Das wäre seiner Erfahrung nach sicherer, falls doch einem Touren-Mitglied unterwegs die Kniekehlen weich werden und er in sich zusammensackt.

»Zur Hölle mit dieser Tortur!«, hämmerte es in Feldmanns Schädel. Im Taumel der steigenden Mittagshitze folgte er wie benommen mit hochrotem Kopf am Ende der Seilschaft.

Die Intensität des immer wiederholten inneren Ermahnens »Reiß dich zusammen!« ließ bei Frank Feldmann von Minute zu Minute nach.

Dann hielt er sich nur noch mit einem bestialischen Plan auf seinen flauen Beinen. Es muss der Satan gewesen sein, der ihm dieses brutale Vorhaben in sein weich gewordenes Gehirn einflößte.

An einem besonders steilen Abhang wollte Frank Feldmann sein Seil mit dem Messer kappen. Aber damit nicht genug: der Rest der Seilschaft soll auf Nimmerwiedersehen in die Tiefe stürzen.

Schon nach 200 Metern sah Feldmann den rechten Moment für seine Untat. Mit voller Wucht warf er sich gegen seine beiden vor ihm balancierenden Seilschafts-Partner, nachdem er das Seil zwischen sich und dem Vordermann durchtrennt hatte. Sie fielen im freien Fall die steile Felswand hinab. Dieser Wucht vermochte auch der Rest der Seilschaft keine Kraft mehr entgegenzubringen.

Ebenfalls geschwächt und nicht mehr im Besitz ihrer vollen geistigen und körperlichen Kapazität, zogen die von Feldmann gestoßenen Kameraden sie ebenfalls mit in die Tiefe. Zu spät versuchte der Bergführer noch das Seil an einen Felsen auf dem schmalen Pfad zu drücken. Auch ihn ereilte das Schicksal dieser grausamen und hinterhältigen Verzweiflungstat.

Frank Feldmann saß wie ein Häufchen Elend auf dem schmalen Bergpfad. Zum Gipfel war es noch ein weiter Weg. Vermutlich hätte der Bergführer ohnehin bald zur Umkehr geraten. Vielleicht hatte selbst Dr. Werner Hofmeister nie vorgehabt, bis an die Spitze des legendären Großglockners vorzudringen.

Feldmann starrte auf das Ende seines Sicherungsseiles. Ein glatter Schnitt mit dem Messer. Das Seilende lag wie eine Anklage in seiner Hand. Glatter Schnitt?! Blut schoss durch sein Gehirn. So kommt ihm jeder auf die Schliche!

Wild reibt er das Seil an einer scharfen Steinkante, indem er es mit beiden Händen kräftig auseinanderhält. Das Ende mit der glatten Schnittkannte schleudert er, so weit er noch kann, den Abhang hinunter.

Führerlos und entkräftet schleppt sich Feldmann den schmalen Bergpfad hinab. Die Sonne steht jetzt hoch über ihm. Seine Zunge klebt am Gaumen. Wasser! Ja – Wasser hatte er keines mehr.

Die Aufregung war groß, als die Industrie-Herren, wie die Gasthof-Angestellte sie nannten, am darauffolgenden Morgen nicht zum Frühstück erschienen. Gendarmerie und Bergwacht waren schnell alarmiert. Eine ganze Rettungsstaffel mit Suchhunden machte sich in routinierter Weise auf den Weg. Enttäuscht kehrten sie bei Anbruch der Dunkelheit zurück. Verzweiflung stand in ihren Gesichtern. Die umliegenden Ortschaften wurden bereits am Nachmittag unterrichtet. Die Bergsteiger-Gruppe blieb verschollen.

Nach drei Monaten entdeckte ein alpines Zweier-Team einen verwesten Leichnam in einem unzugänglichen Felsen-Gelände. In seine Jacke war ein Schild mit dem Namen FELDMANN eingenäht.

Nach zwei weiteren Wochen stießen Spezialisten der Bergwacht bei der Erkundung einer neuen Aufstiegsstrecke zum Großglockner auch auf den Rest der vermissten Seilschaft mit den »Industrie-Herren«.

Späte Einsicht

In kaum einer anderen Situation sind Menschen auf die absolute Verlässlichkeit der Partner angewiesen, wie bei Seilschaften im Hochgebirge. Auf die Idee zu einem dieser Ausflüge kam der neu gekürte Geschäftsführer der Marketing-Abteilung Simon Lichtner.

Lichtner hatte diese Beförderung seiner »Seilschaft ohne Leinen« im Unternehmen zu verdanken. Seinen Vorgesetzten blieb anscheinend verborgen, dass die neu in die obersten Reihe beförderte Führungskraft weder über eine entsprechende fachliche Eignung noch über eine erwartungsgemäße soziale Kompetenz verfügt. Dafür galt er als Meister im Präsentieren fremder Arbeiten und Ideen als wären es seine eigenen.

Seit jeher versuchte er sich bei seinen Vorgesetzten als willfähriger Diener in ein Bild zu setzen, das er eigenständig gar nicht zu realisieren vermochte.

»Kann ich Ihnen noch irgendwelche Arbeiten abnehmen?«

»Das könnte ich doch für Sie erledigen!«

»Meine Kollegen gehen für mich durchs Feuer!«

Das waren seine scheinheiligen Einschleim-Aktionen, bei denen er keinerlei Hemmungen oder Gewissensbisse hatte. Die Aufgaben reichte er dann an kompetentere Kollegen weiter, um sie nach der Fertigstellung wieder an sich zu nehmen und dem Chef zu präsentieren. Business ist auch Show-Business! Jedenfalls in diesem Unternehmen.

Auch vor dem übertriebenen Lob vor versammelter Mannschaft scheute Lichtner nie zurück:

»Das haben Sie großartig hingekriegt, Chef!«, war ein oft geäußertes Zitat von ihm, ob berechtigt oder auch nicht.

Keiner wagte dann auch nur den Funken einer Kritik überspringen zu lassen. Die Chefs genossen derartige Schleimtaten demonstrativ.

Keiner der Vorgesetzten nahm sich einmal die Zeit, unter die Schicht aus Heuchelei und gespielter Unterwürfigkeit zu schauen, um den wahren Charakter Lichtners zu ergründen. Auch von den Kollegen fühlte sich jeder zu schade, diese allgemein als lächerlich empfundenen theatralischen Auftritte ernsthaft anzuprangern.

Dr. Klaus Mansfeld hatte Marketing und Betriebswirtschaft studiert. Er wurde jedoch bei der Beförderung schmachvoll übergangen. Kaum einer der Kollegen hatte diesen Umstand sinnvoll nachvollziehen können. Die Unternehmensstrukturen stecken noch immer voller Machiavellismus, bei dem nach Niccolò Machiavellis Hauptwerk »Il principe« von 1513 jede Treulosigkeit und Unredlichkeit zu Mitteln der Wahl werden können.

Mit seinen Kompetenzen würde Dr. Mansfeld den Lichtner mit Leichtigkeit an die Wand spielen. Nun wurde er faktisch zu seinem Gehilfen degradiert. Dr. Manfelds Leistungen und Erfahrungen blieben in Lichtners Schatten. Auch dafür hatte Lichtner hinter dem Rücken seines akademischen Kollegen gesorgt. Leistungsfähigkeit und Einsatzfreude bleiben gegenüber dem gekonnten Antichambrieren, entgegengesetzt zu den Beteuerungen in Leitbildern und Ethik-Richtlinien, noch immer zweitrangig.

Als neuer Leiter des Unternehmens-Marketing wollte Lichtner gleich Akzente setzen und mit einer Gebirgstour der leitenden Angestellten seine gehobene Management-Kompetenz unter Beweis stellen.

Bei der Unternehmensleitung machte das immerhin Eindruck.

In Wirklichkeit hat ihm diese Idee der Soziale Dienst aufgeschwatzt. Der Leiter dieser psychologischen Coaching-Abteilung Dr. Bertram hatte dem Lichtner diese Aktion wärmstens empfohlen, um seine engsten Mitarbeiter zu einem Team zusammenzuschweißen. Für Dr. Bertram war diese Hochgebirgstour wieder ein lukratives Geschäft, denn er organisierte es mit seiner Abteilung. Seiner Kostenstelle floss damit wieder ein beträchtlicher Geldbetrag zu.

Auf die für fünf Tage geplante Hochgebirgstour war auch Dr. Mansfeld geladen. Zunächst wollte er sich schamvoll vor diesem Extra-Ausflug in die Berge drücken. Letztlich war es seine Frau, die ihn dazu bewegte, kein »Spielverderber« zu sein.

Er konnte nicht ahnen, als er an einem sonnigen Herbstmorgen mit seinen Kollegen und Lichtner aufbrach, dass er das Leben wortwörtlich in der Hand haben würde.

Schon am zweiten Tag geriet die Bergsteiger-Gruppe mit ihrem angeheuerten Bergführer ungeahnt in eine Steinlawine. Das Anseilen war auf den gut angelegten Pfaden nicht unbedingt notwendig und wurde daher unterlassen. Simon Lichtner aber erschrak sich, getroffen von einem kleineren Stein derart, dass er den Abhang herunterzurutschen drohte. Dr. Mansfeld konnte ihn gerade noch am Arm erwischen. Der Arm rutschte durch seine Hand. Für Sekunden hing Lichtner Hand in Hand an Dr. Mansfeld.

Lichtner bemerkte seine prekäre Situation im Bruchteil einer Sekunde und seine Hand verkrampfte sich. Mit ähnlicher Geschwindigkeit bemerkte auch Dr. Mansfeld seine Chance. Mit Sicherheit hätte er die Hand Lichtner noch länger halten können. Er war zwar introvertiert und an sich herzensgut, aber auch bärenstark. Dr. Mansfeld merkte, dass er seinen neuen Chef, den keiner seiner Kollegen wirklich für voll nimmt, jetzt elegant loswerden konnte. Jeder seiner Kollegen sah, wie er sich um seinen Vorgesetzten bemühte.

Kollegen hielten Dr. Mansfeld, der seinen Arm weit den Abhang hinunterreichte. Seine Mitstreiter sahen, wie sich die Rettung schwerer und schwerer gestaltete. Die Hand Lichtners rutschte Millimeter um Millimeter aus dem Haltegriff.

Gerade warf der Bergführer ein Seil um den hängenden Körper, als Lichtner 110 Meter in die Tiefe stürzte. Die Bergsteiger-Gruppe musste mitansehen, wie sein Körper mehrmals an der Felswand aufschlug, bis er reglos auf einem Vorsprung aufschlägt und liegen blieb.

Zuerst hatten die Kollegen den Eindruck, Dr. Mansfeld würde hinterherrutschen. Ihn hatten Kollegen jedoch fest im Griff.

Erschöpft und tief durchatmend lehnte sich der erfolglose Retter an den Felsen.

»Dich trifft nun wahrlich keine Schuld!«, pflichteten ihm seine Bergsteiger-Kollegen zu.

»Selbstrettung geht vor Fremdrettung!«, kam aus dem Mund des nicht sehr redseligen Bergführers.

Dass es für Dr. Mansfeld kein großer Kraftakt gewesen wäre, seinen Chef fester zu halten, wusste nur er alleine. Sich schuldig zu bekennen, würde keinem nützen. Vermutlich würde man ihm die Selbstbezichtigung nicht einmal abnehmen.

Eine Woche später wurde Dr. Mansfeld in die Geschäftsführung gebeten. Ihm wurde die Leitung des Konzern-Marketings übertragen.

Die Worte eines der Direktoren hörte er schon gar nicht mehr: »Und ich habe immer gesagt, dass der Mansfeld der richtige Mann für diese Position ist!«

Tod auf Jamaika?

Die heiße Sonne ließ die Südsee in eine silberglänzende Spiegelfläche verwandeln.

»Wie schön könnte die Welt doch sein!«, dachte Fritz Körner, als er am Strand von Negril auf die Weite der Wasserfläche blickte.

Die eigene Ehefrau auf die karibische Insel Jamaika mitzunehmen, konnte schon zu einer Strafe ausarten. Dabei hatte sich Fritz Körner lange auf diesen Traumurlaub gefreut.

Aber die Realität hatte ihn auch auf dieser traumhaften Insel schnell wieder eingeholt: Ständig geisterte die nörgelnde Stimme seiner Ehefrau Irina in seinem Kopf herum. Schon mit dem Drei-Sterne-Hotel war sie überhaupt nicht einverstanden. Die Nachbarn würden nur in Hotels mit fünf Sternen absteigen. Aus der einst attraktiven Kauffrau war im Verlaufe der vielen Ehejahre ein weniger anschauliches, zänkisches und missgünstiges Geschöpf geworden, das immer weniger Tatkraft an den Tag legte. Ihre langen, gestylten Fingernägel und die farbenfrohen Seidentücher, in die sie sich einhüllte, wirkten in diesem relativ einfachen Strandhotel etwas »overdressed«. Stattdessen zeigten die jüngeren Damen mehr von ihrer Haut und ihren beneidenswerten Körpern.

Irina war schon etwas unförmig geworden. Körperliche Bewegung oder gar sportliche Betätigungen passten nicht in ihr Weltbild einer vornehmen Menschenklasse, die es zu gewissem Wohlstand gebracht hat. So zog sie die zahlreichen Treffen in ihrem Bridge-Club diesen, wie sie es nannte »vulgären Betätigungen« vor. Es ist vermutlich überflüssig zu erwähnen, dass ihr Drang nach Sexualität bereits in den ersten Jahren der Ehe versiegte und die häusliche Küche nicht gerade zu ihren Lieblings-Aufenthaltsorten zählte.

Natürlich hatte sie auch den Urlaub geplant. Nur in der Preisklasse der Beherbergung konnte sich Fritz Körner nach längerem Streitgespräch durchsetzen.

Eine Zumutung für Fritz Körner stellte auch der zunehmende

Hang seiner Frau zum Alkohol dar. Da sie auch das Rauchen, trotz mehrerer halbherziger Entzugs-Versuche nicht aufgeben konnte und mittlerweile bei über 40 täglichen Zigaretten und Zigarillos angekommen war, musste Fritz Körner all die Jahre viel ertragen. Zu schaffen war das nur durch zahlreiche Dienstreisen sowie übermäßiges Engagement in seinem Tennisverein.

So erschien es Fritz Körner als willkommene Gelegenheit, sich seiner Frau zu entledigen, als Irina ihn des Abends noch um einen Spaziergang entlang der Küste bat. Sie hatte sich wieder einmal am Buffet mit dem Schrimps übermäßig verköstigt, so dass ihr der Magen drückte. Es war ein lauer Abend. Die Sonne hatte sich bereits am Horizont verabschiedet. Irina bemerkte nicht, wie Fritz den Sandpfad zu den Klippen zusteuerte. Sie zog wieder an einem langen braunen Zigarillo. Der Rauch ließ sie die stark geschminkten Augen zukneifen. Um auf ihren hochhackigen Sandalen nicht ins Straucheln zu geraten, klammerte sich Irina am Arm ihres Ehemannes fest.

Die Erkenntnis für Fritz, dass dieses der letzte Gang mit seiner Frau sein könnte, schoss ihm das Blut ins Gehirn. Er meinte tief atmen zu müssen, um nicht vom Schwindel übermannt zu werden.

Als der Pfad recht eng an den Klippen vorbeiführte, war ihm, als überwältigte ihn eine fremde Macht. Er stolperte über einen Stein, den er in der Dunkelheit nicht sehen konnte. Seine Körperdrehung schleuderte ihn an den Rand der Klippe. Da hörte er einen markerschütternden Schrei. Seine Frau Irina konnte sich gerade noch an einem Felsenvorsprung retten und festklammern.

Fritz Körner übersah die Situation sofort. Das Stolpern legte er als Zeichen einer schicksalhaften Fügung aus. Der wollte er nicht in die Quere kommen. Da er Irina nicht mehr sehen konnte, schätzte er die Chance für sie sehr schlecht ein. Mit ihrem Gewicht, ihrer unsportlichen Kondition und ihren langen Fingernägeln würde sie sich nicht lange halten können, wo immer sie auch erstaunlicherweise noch gelandet war. So blieb er eine Zeitlang in ergebener Erwartung dort liegen, wo er hingestürzt war.

Der Schrei am Klippenhang

Lange dauerte es nicht, bis der Schrei in der Tiefe entschwand. Ein Sturz aus 20 Meter Höhe auf felsigen Untergrund überlebt kein menschliches Wesen.

Fritz Körner verständigte über den Hotel-Portier umgehend die örtliche Polizei. Mit der Meinung damit alles Notwendige erledigt zu haben, legte er sich auf das breite, von ihm jetzt alleine zu beanspruchende Hotelbett.

Eine kurze Weile zogen noch Bilder seines zukünftigen unbeschwerten Witwer-Lebens an ihm vorbei, bevor er in einen tiefen Schlaf fiel.

Es war wieder der Hotel-Portier, der ihn aufweckte. Draußen schien die Sonne schon hell. Die Vorhänge hatte er in der vergangenen Nacht gar nicht mehr zugezogen. Hinter dem Portier drängten sich zwei Gendarme in ihrer schwarz-roten Uniform. Fritz Körner solle sich umgehend anziehen und mitkommen.

Sie fuhren ihn in ein spartanisch eingerichtetes flaches Krankenhaus. In einem der Betten sah er seine Frau Irina – lebendig! Lebendig?

»Wie konnte das angehen!?«, schoss es ihm durch den Kopf. Seine Knie wurden weich. Der Atem stockte. Die Stimme versagte ihm.

»Irina – wo, wo kommst du denn her!?«, kam es dann aus ihm heraus.

»Ja, mein Lieber«, antwortete Irina mit fester Stimme, »ich weiß, dass du mich gerne loswerden willst. Aber meine Stunde ist noch nicht gekommen, wie du siehst!«

Nur mit Hilfe einer Krankenschwester gelang es Irina, ihr Bett zu verlassen. An Armen und Beinen trug sie Verbände aus blauem Stoff.

»Etwas lädiert bin ich schon. Aber ansonsten – du wirst weiterhin mit mir Vorlieb nehmen müssen!«

Der Streifenwagen brachte die beiden zurück ins Hotel.

Fritz Körner war froh, dass die Polizei kein Verfahren gegen ihn beabsichtigte. Unterlassene Hilfeleistung wäre das Mindeste gewesen, was ihm geblüht hätte. Ob er sich erfolgreich einer Anklage wegen Totschlag hätte entgegenstellen können, wäre noch fraglich. Vielleicht unterscheiden die Behörden auf Jamaika gar nicht zwischen Totschlag und Mord. Die Gefängnisse sollten hier grauenvoll sein, wie allgemein von den Reiseleitern zu hören war.

Aber was war nur geschehen? Wie hatte Irina diesen Sturz von den Felsklippen so relativ unbeschadet überstehen können? Fritz Körner war am Strand entlang marschiert und hatte den steinigen Untergrund an jener Stelle sehen können.

Was er allerdings nicht wusste, war die Tatsache, dass in dem benachbarten Luxus-Hotel eine große Hochzeitsfeier vorbereitet wurde. Dazu zählte auch ein großes Festzelt. Dieses war am Strand auf dem felsigen Untergrund bereits aufgestellt worden, so dass Irina, die schon mit ihrem Leben abgeschlossen hatte, wie von einem Sprungtuch der Feuerwehr aufgefangen wurde.

Eines der Liebespärchen, die sich am Strand um diese späte Stunde ungestört fühlte, wurde von dem Schrei und dem Aufprall auf das Zeltdach alarmiert und brachte Irina in die kleine Klinik des Nachbarortes.

Es waren nicht nur die Träume eines selbst bestimmten Weiterlebens, die für Fritz Körner wie eine Seifenblase zerplatzten: Der Alptraum des so genannten ehelichen Zusammenlebens mit Irina setzt sich in grausamer Weise fort. Auch eine harte Strafe – womöglich lebenslänglich.

Tod den verruchten Spitzenmanagern

Jeden Tag brachten die Medien Berichte, Verlautbarungen und Kommentare über unlautere Bereicherungen, nicht nachvollziehbare Abfindungen oder das allgemeine Gerechtigkeits-Empfinden unverschämt anmutende Boni für leitende Köpfe und Unternehmenslenker, dass der Unmut der körperlich hart arbeitenden und mit geringem Entgelt abgefundenen Bevölkerung überschäumte.

Leitende Angestellte und Beamte katapultieren sich nicht nur schamlos in schwindelerregende Gehaltsstufen, sondern kannten offenbar keinerlei Grenzen im Zusammenraffen von Aufsichtsratsposten mit unangemessen hohen Aufwandsentschädigungen.

Das alles musste Manfred Karrer bei seiner Arbeit im Bremer Überseehafen als einer der vielen Schauerleute erfahren. Jedes Mal, wenn er derartige Meldungen in der Zeitung las oder als abfällige, resignierende Bemerkung von seinen Kollegen hörte, verursachten sie eine Wirkung, als hätte der Stahl eines Degens mitten in Karrers Herz getroffen.

Zwölf Jahre hatte Karrer bei der Bundeswehr gedient. Über ein Jahr davon in Afghanistan und mehr als ein halbes Jahr im Kongo. Viele seiner Kameraden sahen ihre Heimat nicht mehr wieder, andere trugen schwere Verletzungen davon. Hauptfeldwebel Karrer hatte diese Abenteuer einigermaßen heil überstanden. Eine wilde Zeit! Allerdings ging seine Ehe dabei in die Brüche.

Sein erstes Opfer hieß Alfred Stormsen, Großreeder in Bremen, Erbe einer ansehnlichen Flotte von Küstenmotorschiffen von 299 bis 499 Bruttoregistertonnen. Stormsen selbst war nie zur See gefahren. Sein Vater Bruno Stormsen hatte ihm das Jura-Studium über 24 Semester finanziert. Dann musste er die Reederei übernehmen, weil sein Vater schwer erkrankte und ein Jahr später verstarb. Den Charakter des Lebemannes und Bremer Großmauls hatte er nie ablegen können. Die Nachricht von seinem Tod schlug in Bremen ein wie eine Bombe.

Manfred Karrer hatte den Anschlag geschickt geplant: Freddy Stormsen, wie Alfred allgemein genannt wurde, fuhr mit seinem schwarzen Ferrari gegen einen Allee-Baum, wie die Gazetten berichteten. Was sie nicht schrieben, war der relativ hohe Alkohol-Gehalt in Freddys Blut. Er befand sich weit nach Mitternacht auf der Heimfahrt von seinem Reeder-Herrenabend. Das war auch dem Polizeibericht zu entnehmen.

Was die Medien allerdings nicht wussten, war, dass zwischen zwei Allee-Bäumen eine riesige Aluminiumfolie gespannt war.

Manni Karrer hatte sie mit Gummibändern so befestigt, dass er sie kurz vor Auftreffen des Ferraris zurückschnellen lassen konnte. Freddy Stormsen war jedoch nicht mehr in der Lage, die unvermeidbar fatale Situation zu beherrschen und raste mit einer abgebremsten Geschwindigkeit von 140 km/h gegen den nächsten Baum, den die Allee zur Verfügung stellte. Auch wenn er nicht einen der Bäume getroffen hätte, den Absturz die drei Meter hohe Straßen-Böschung hinab hätte er ohnehin nicht lebend überstanden.

Manfred Karrer rollte in aller Seelenruhe seine Aluminiumfolie zusammen, verstaute sie in einem Rucksack, schwang sich auf sein Fahrrad und radelte einige Kilometer zurück in Friedas Hafenkneipe. Dort hielten sich auch noch gegen 3.00 Uhr morgens einige Gäste auf. Bei Erna gönnte sich der Manni Karrer noch zwei »Kuba libre«, um sich dann auch noch zwei Stunden in die Koje zu legen.

Die Zeitungen brachten noch nichts über den Tod von Stormsen junior. Erst die 10-Uhr-Nachrichten im Radio sowie das Lokalfernsehen berichteten von dem tragischen Unfall.

Ein ganzes Jahr ließ Manfred Karrer vergehen, bis er einen weiteren dieser unverschämten Bonzen auf dem Kieker hatte. Der lebte in Bonn.

Sein Name, Ludwig Seiboldt, war oft in der Lokalpresse von Bonn aber auch darüber hinaus zu lesen. Meistens mit negativen

Schlagzeilen: einmal entließ er 250 Arbeiter seiner Hüttenwerke, dann konnten ihn seine Anwälte gerade mit hohem Vergleich wegen einer Bestechungsaffäre vor dem Gefängnis bewahren, schließlich prallten die Gerichte auch bei einem Steuerhinterziehungs-Verfahren zurück, weil er seine Millionen ordnungsgemäß über Strohmänner auf den Bahama-Inseln in Luxus-Wohnanlagen investierte.

Karrer heuerte auf einem Lastenschlepper an, der auf dem Rhein bis Wiesbaden verkehrte. Bisweilen machte er auch an den Piers der früheren Bundeshauptstadt fest. Manfred Karrer kannte die Villa von Ludwig Seiboldt. Sie galt als gut und sicher bewacht. Was jedoch nur Insider wussten, waren die heimlichen Ausflüge zu einer kostspieligen, aber verschwiegenen Dame im Stadtteil Sankt Augustin.

Es war für den muskulösen Manni Karrer ein Kinderspiel, den ungelenken Seiboldt auf der einsamen Straße nach Mitternacht zu ergreifen und mit dem Kopf so heftig auf die Bordsteinkante zu schlagen, dass er für immer verstummte. Das Laub war gefallen und bildete einen rutschigen Untergrund. Da war der offizielle Befund eines unglücklichen Ausrutschens nicht von der Hand zu weisen.

Auch beim Tod von Ludwig Seiboldt wurde der hinterhältige Mord nicht offenkundig.

»Das dritte Mal geht besonders leicht schief!«, dachte Manfred Karrer bei sich. So wartete er mehr als zwei Jahre, bis er von einem Top-Manager hörte, der sich seines Amtes in keinster Weise würdig zeigte. Zwar ließ er sich als sozialer Gönner und mit einigen Ehrungen feiern, hinter vorgehaltener Hand jedoch munkelten Kenner der Düsseldorfer Szene, wie hinterhältig und skrupellos Dr. h. c. Karl Stoffers als Vorstands-Chef eines Chemie-Unternehmens in Wirklichkeit war. Den ersten Hinweis schnappte Karrer in einem Düsseldorfer Lokal in der Nähe des Hafens auf. Als er sich beim Arbeitsamt und bei der Lokalpresse über ihn als angeblicher Arbeitssuchender erkundigte, merkte er mehr und mehr, dass Stoffers vollends in sein Feindbild der liquidierungswürdigen Scheusale passte. Manfred Karrer bekleidete zu der Zeit einen Job als Vertreter für eine Zigaretten-Firma. So hatte er den gesamten nordrheinischen Bereich zu bereisen. Sein Firmenwagen verschaffte ihm die notwendige Mobilität.

Zunächst hatte Karrer vor, den korpulenten Vorstands-Boss mittels einer Giftspritze ins Reich der ewigen Jagdgründe zu schicken. Bei der superfeinen Kanülenspitze hätte dieser bei einem Empfang im Rathaus vermutlich nicht einmal etwas bemerkt.

Als er aber bei seinen Recherchen feststellte, dass Stoffers eine ganze Apotheken-Ladung von Medikamenten in seinem Wagen hatte, wechselte er die Strategie: Den Vorstandsfahrer schickte er mit einer telefonischen Anordnung zum werksärztlichen Dienst, er solle dort den wachhabenden Sanitäter wecken. Er ginge nicht ans Telefon. Der Stoffers hätte eine Herzattacke erlitten. Tatsächlich rannte der dienstbeflissene Vorstandsfahrer wie von der Tarantel gestochen in Richtung des Sanitätsbereiches, als der Boss eine Minute später am Wagen erschien. Zu spät bemerkte er, dass Manfred Karrer als Fahrer eingesprungen war. Es war schon sehr dunkel und frostig. Karrer fuhr die schwere Mercedes-Limosine an den Rhein. Stoffers bemerkte diese verirrte Dienstfahrt erst, als der Wagen anhielt. Karrer war schnell bei Stoffers im Fond des Wagens und verabreichte ihm eine ganze Röhre der Schmerztabletten sowie eine weitere mit Schlaftabletten. Er fand sie im Handschuhfach wie auch im Fond. Karrer hatte den Arm seines Opfer so geschickt und gekonnt verdreht, dass er nur wenig Widerstand verspürte. Dann setzte er den apathisch wirkenden Stoffers hinters Lenkrad und schob die Limousine mit geöffneten Fenstern in das eiskalte Wasser des Rheins.

Es sah wie Suizid aus. Die Polizei zweifelte zwar lange Zeit an dieser Todesursache. Schließlich fand sie jedoch auch keinen anderen handfesten Hinweis. Denn Kampfspuren hatte es wegen der dicken Winterkleidung kaum gegeben.

Dieser Mord sowie eine Serie von sieben weiteren Anschlägen mit tödlichem Ausgang in unterschiedlichen Orten blieben unentdeckt und ungeklärt, auf jeden Fall aber ungesühnt.

Nach zehn Anschlägen sah Manfred Karrer auch die Zeit gekommen, sich nicht weiter in riskante Unternehmungen zu stürzen. Es wären auch zu viele gewesen. Zudem wäre sein letzter Anschlag auf einen Winzer und Politiker fast schiefgegangen.

So schrieb er ein umfangreiches Geständnis nieder und fügte es seinem Testament bei. Den dicken Umschlag verstaute er auf dem Dachboden, direkt am Schornstein, wo der Lichteinfall durch die Dachluke ihn nach seinem Ableben leicht auffinden lassen müsste, wie er sich dachte.

Meine Eltern erwarben das Haus des verstorbenen Manfred Karrers von seinen Erben. Ich spielte damals oft auf dem Boden. Auch den Umschlag hatte ich gefunden. Mit dem Inhalt konnte ich als achtjähriger Bube nicht viel anfangen. So nutze ich die Papiere in dem Umschlag, deren Rückseiten wenig oder unbeschrieben waren, als Mal-Unterlage. Den Rest hatte ich weggeschmissen.

Erst als ich Jahre später, bereits als gelernter Werbegrafiker tätig, meine anfängliche Zeichenkunst anlässlich eines Geburtstags hervorkramte, machten mich die Zeilen auf der Rückseite stutzig. Aber was halfen sie noch Jahrzehnte später?!

Da ich mich meiner ersten Zeichenübungen nicht groß rühmen konnte, ließ ich auch diese verschwinden. Mit etwas Phantasie und Erinnerungsvermögen habe ich später mit diesen Zeilen zusammengefasst, was auf den Rückseiten meiner Erstlingswerke möglicherweise zu lesen war.

Tod durch Kohlensäure

Sie arbeiteten im gleichen Unternehmen. Die »Salz und Farben GmbH« bestand schon seit fast 100 Jahren. In dem Ort Papenhausen waren viele bei der »Salz« beschäftigt, wie der größte Arbeitgeber genannt wurde. So auch Heinrich Steffen und seine Tochter Pamela. Herr Steffen leitete schon seit mehr als 20 Jahren das Laboratorium der Firma. Seine Tochter hatte gerade als Bürokommunikations-Kauffrau ausgelernt. Sie war lange Zeit von einigen ansehnlichen Herren aus dem Unternehmen umschwärmt, und Heinrich Steffen konnte seinen Stolz nicht verbergen, eine so attraktive und gescheite Tochter zu haben.

Doch zum großen Leidwesen von Steffen hat sich Pamela auf den Gelegenheitsgärtner Bruno Landläufer eingelassen.

»Ausgerechnet der Landläufer!«, klagte Steffen bei seinen Kollegen.

Ja, als eine gute Partie ließ sich der Bruno wirklich nicht bezeichnen. Als Gelegenheitsarbeiter schlug er sich so eben durchs Leben. Wegen seiner Vorstrafen, leichte Diebstähle und Gewalttätigkeit, wollte ihn kein Unternehmen fest einstellen. Nur bei der Gemeinde durfte er ab und zu aushelfen. Sie musste über ihre Sozialkasse ohnehin für Bruno Landmann, 26 Jahre alt, wohnhaft im Sozialheim, aufkommen.

Allerdings ließ sich die fesche Pamela nichts mehr von ihrem Vater sagen. Die Mutter war einige Jahre zuvor an Krebs verstorben. Sie war erst 38 Jahre alt gewesen. So wollte die Pamela das Leben in vollen Zügen genießen. Der Bruno schien ihr genau der Richtige zu sein, mit dem sie glaubte, »Pferde stehlen« zu können. Er pfiff auf alle Konventionen, mit denen Pamela aufgewachsen war. Er zeigte weder Skrupel, ihr bereits mit 17 Jahren die Unschuld genommen zu haben, noch sich mehr oder weniger aushalten zu lassen. Auch über den Renault »Twingo«, den Steffen seiner Tochter zum 18. Geburtstag geschenkt hatte, verfügte dieser Landläufer, wie es ihm passte. Er besaß zu dem Wagen einen Zweitschlüssel, wie auch zu Pamelas Dachmansarde, in der sie sich von ihrem Elternhaus abgenabelt hatte.

Heinrich Steffen schmerzte das Herz. Er litt unter dem hörigen Zustand seiner Tochter gegenüber diesem »Nichtsnutz« von Landläufer. Sie hätte alle Chancen, mal ein besseres Leben aufzubauen, als er es nach dem Kriege durchleiden musste.

Als er sich eines Tages ein Herz nahm, allen Mut zusammenfasste und den Landläufer zur Rede stellen wollte, erntete er nur höhnisches Gelächter. Um ein Haar wäre dieser Lump sogar gegen Steffen handgreiflich geworden.

In der folgenden Nacht lag Heinrich Steffen lange schlaflos im Bett. Die Wut ließ ihn krampfhaft die Bettdecke zusammenknüllen. Seine Gedanken verdichteten sich zu einem teuflischen Plan. Der Landläufer, dieser »elendige Straßenköter« muss aus unserem trauten Leben verschwinden. Seine Tochter war ja kaum noch sie selbst! Aber wie sollte er es anstellen, diesen Lumpen zu vertreiben. Freiwillig würde der niemals die Gemeinde verlassen!

Es bedurfte noch einer ganzen Woche des Grübelns, bis der Laborleiter Heinrich Steffen einen Plan gefasst hatte, dem er ein Gelingen zutraute.

Die Gelegenheit bot sich, als Pamela Steffen einen EDV-Lehrgang in München besuchen sollte. Sie würde mit der Bahn dorthin reisen. So würde Bruno Landläufer die Gelegenheit nicht ungenutzt lassen, mit dem Twingo einige Spritztouren zu unternehmen.

Heinrich Steffen hatte sich den Autoschlüssel seiner Tochter besorgt. Frühmorgens, im Schutz der Dunkelheit, schlich er zu dem Sozialheim, in dem der Bruno Landläufer mit seinen Kumpanen hauste. Er hatte den Twingo seiner Tochter vor dem Heim geparkt. Die Nacht war wieder bitterkalt. Minus zehn Grad Celsius zeigte das Außen-Thermometer, als Heinrich Steffen sein Labor verließ. Er hatte einen ganzen Isolier-Eimer voller Trockeneis zu dem Wagen seiner Tochter transportiert. Sorgfältig verteilte er das feste Kohlendioxid in dem Motorraum des Twingos. Es würde sicherlich einige Stunden dauern, bis es sich verflüchtigt hat. Das weiße Tockeneis verflüchtigt sich bereits bei –78,5 °C zu gasförmigem Kohlendioxid. Dabei entstehen aus einem Liter Trockeneis etwa 760 Liter Kohlendioxid-Gas.

Würde der Motor innerhalb der nächsten Stunden gestartet werden, sollte noch genügend Trockeneis unverdampft unter der Haube vorhanden sein, um mit der Lüftung in die Fahrzeug-Kabine zu strömen. Dabei würde das Kohlendioxid die Atemluft verdrängen. Schon Konzentrationen über fünf Volumen-Prozent würden ausreichen, um den Fahrer besinnungslos zu machen.

Heinrich Steffens Blut pulsierte durch seine Adern, als er die Motorhaube des Twingo schloss. Das Sozialheim lag noch im tiefen Schlaf. Auch die Straßen zeigten sich menschenleer. Nur in der Ferne sah Heinrich Steffen einige Autos, die ihre Insassen schon früh zur Arbeit brachten.

Der Trockeneis-Eimer war bereits wieder gefüllt, als Steffen seine Arbeit in seinem Labor aufnahm. Seine Aufregung hatte sich gelegt. Ja, er zeigte sich fast ein wenig zufrieden. Die Stunden des Tages zogen sich ungewohnt langsam dahin.

Am Nachmittag tauchten zwei Kriminalbeamte im Labor der »Salz und Farben GmbH« auf. Der Pförtner hatte ihnen den Weg beschrieben.

»Wir suchen einen Herrn Steffen, Heinrich Steffen«, meldete sich einer der Beamten bei Steffen. »Kriminal-Hauptkommissar Schröder und das ist Kriminal-Assistent Erdmann!«, stellte er sich und seinen Kollegen vor.

»Herr Steffen, wir müssen Ihnen leider eine traurige Nachricht übermitteln: Ihre Tochter, Pamela Steffen, hatte einen tödlichen Unfall mit ihrem Ford Twingo. Der Fahrer, ein Herr Bruno Landläufer…«

Steffen schnappte nach Luft. Dann schrie er fast entgeistert und hoffnungsvoll zugleich: »Das muss ein Irrtum sein! Meine Tochter ist in München auf einem Lehrgang!«

»Schauen Sie sich diese Fotos an!«, sagte Kriminal-Assistent Erdmann, »Sie müssen ohnehin mitkommen, um ihre Identität zu bestätigen.«

»Herrn Landläufer brachte der Rettungsdienst in die Klinik. Der Mann ist zwar schwer verletzt, der Notarzt meinte aber, er hätte gute Chancen durchzukommen«, sagte Hauptkommissar Schröder.

Die Tote war wirklich Pamela, wie ihr Vater unter Tränen feststellen musste. Als Beifahrerin war sie sofort tot. Der Twingo war gegen eine Leitplanke gekommen, hatte sich überschlagen und war an der Böschung hinuntergerollt.

Obwohl die Polizei nie von einem Fremdverschulden ausging, lebte Heinrich Steffen seit dem Tod seiner Tochter schwer getroffen in zurückgezogener Depression. Bruno Landläufer wird zeit seines Lebens unter den Unfallfolgen zu leiden haben. Steffen sah ihn nie wieder.

Tod durch Kran

»Wann kommt der Hermann denn endlich aus der Anlage zurück!?«, entfuhr es Fred Bergmann ungeduldig. Hermann Schuster war vor der Schicht-Ablösung noch schnell in den »Bädersaal« gelaufen, wie die Kumpels die große Elektrolyse-Halle nannten.

»Jetzt drückt er sich schon eine geschlagene Viertelstunde zwischen den Bädern herum!«, schimpfte Bergmann ungehalten, da er endlich nach seiner Nachtschicht den Heimweg antreten wollte.

»Dann schau doch halt nach!«, rief Sven Henningsen ihm zu. Er hatte die Ablösung seines Kumpels Mark Sauters bereits hinter sich und beschäftigte sich mit dem Ablesen der Bad-Temperaturen an der Anzeigewand der Messwarte.

Die gesamten Bad-Straßen mit über 20.000 Kupfer-Kathoden liefen seit zwölf Jahren vollautomatisch. Alle Steuerungen waren von der Messwarte aus zu bedienen. Sie war in drei Schichten mit jeweils zwei »Messwarten-Fahrern« besetzt.

Als das Telefon in der Messwarte schellte, nahm Henningsen genervt den Hörer ab. Am anderen Ende war Fred. Seine Stimme klang aufgeregt.

»Mensch, Sven! Das Hermännchen ist mit dem Oberkörper – mit dem Kopf in das Säurebad gerutscht!«

»Mach keine Witze, Fred! So früh am Morgen bin ich noch nicht für Späße aufgelegt!«

»Ruf bitte schnell unseren Sani an!«, kam es mit Nachdruck aus der Elektrolyse.

In der Elektrolyse-Halle funktionierte kein Handy. Das Betriebstelefon reichte nur bis in die Messwarte.

Obwohl Fred seinen Kollegen mit den langärmeligen Gummihandschuhen aus dem Säurebad herauszerrte, mit Leitungswasser abspülte und sich um Wiederbelebungs-Versuche bemühte, konnten Sanitäter und der herbeigerufene Notarzt nur noch den Tod von Hermann Schuster feststellen.

Offenbar spielte der Transportkran für die Kupfer-Elektroden dabei eine Rolle. Vermutlich wurde Schuster von dem Kran überrascht und durch den Aufprall in das Säurebad gestoßen.

Aber wer hatte den Transportkran in Gang gesetzt? Dafür bestand keinerlei Anlass.

Der herbeigerufene Kriminalbeamte schickte den Erkennungsdienst in die Anlage. Aber brauchbare Fingerabdrücke und Spuren waren nicht zu finden. Mehr dagegen erbrachte schon die Befragung der einzelnen Messwarten-Fahrer.

Da war zunächst Fred Bergmann. Er wartete schon dringend auf seine Ablösung durch Hermann Schuster. Er hatte schließlich den toten Schuster im Säurebad über den Badrand hängend aufgefunden. Nachdem er sich die Sicherheitshandschuhe übergestreift hatte, zog er ihn, an den Hüften anpackend, aus dem Bad. Das verätzte Gesicht hätte er zunächst gar nicht gesehen. Mit dem Wasserschlauch spritzte er ihn ab und drehte ihn um. Da erschrak er über die Veränderungen im Gesicht von Schuster.

»Die Säure hat das Gesicht ganz schön zugerichtet!«, japste Bergmann, nach Luft ringend.

»Mund-zu-Mund-Beatmung habe ich mich nicht getraut. Aber ich habe ihn gerüttelt und auf den Brustkorb gedrückt«, sagte Bergmann etwas verlegen.

»Aber dann habe ich sofort in der Messwarte angerufen. Der Sven war am Apparat.«

Kommissar Jürgen Peters hatte keine weiteren Fragen. Er verabschiedete Fred Bergmann mit: »Vielen Dank, Herr Bergmann. Sie kommen morgen nach Ihrer Schicht bitte zum Revier in der Immanuel-Kant-Straße und unterschreiben Ihr Protokoll.«

Sven Henningsen erzählte dem Kommissar, dass er die Frühschicht bereits zeitig übernommen hätte. Sein verfrühtes Erscheinen begründete er mit schlechtem Schlaf.

Schließlich war Mark Sauters an der Reihe. Die Polizei hatte ihn aus dem Bett geholt.

»Ich bin sofort heimgefahren!«, sagte Sauters dem Kommissar. Er hätte Hermann Schuster beim Verlassen des Werkes noch zugewunken.

»Da kam Herr Schuster gerade zur Schicht?«, fragte Peters.

»Ja, der Schuster schloss am Parkplatz gerade seinen Wagen ab«, bestätigte Sauters beflissen.

Kommissar Jürgen Peters entdeckte in den Befragungen der betroffenen Personen nur wenige Anhaltspunkte.

»Warum sprach der Sauter von seinem Kollegen als ›der Schuster‹, während sich die anderen Kollegen mit Vornamen anredeten?«, schoss es Peters durch den Kopf.

»Aber sei es drum! Kommt eigentlich ein Suizid in Frage?«, grübelte der Kommissar weiter.

Diesen Verdacht, dass Hermann Schuster selbst an sich Hand angelegt hatte, konnte er nach dem Besuch bei der Witwe Schuster gleich wieder streichen.

Frau Schuster hatte die Nachricht vom Tode ihres Mannes bereits vor gut einer Stunde bekommen. Sie machte aber noch einen sehr aufgelösten und verwirrten Eindruck.

»Wir hatten uns noch so vieles – so viele schöne Dinge vorgenommen!«, schluchzte sie, während sie ein großes Stofftuch an ihre Wangen drückte.

Der Kommissar schätzte Frau Schuster als eine liebenswerte Person ein. Schulden hätten sie schon lange keine mehr.

»Der Hermann plante akribisch, mit großer Emsigkeit – wirklich–- einen Wintergarten für seine geliebten - Olivenbäume. Sie hatten im vergangenen Jahr erstmals – erstmals Früchte getragen.« Schluchzer unterbrachen den zaghaften Redefluss der zusammengesunkenen, zierlichen Frau.

Schusters Vorgesetzter konnte dem Kommissar nur Löbliches berichten. Ein automatisches Auslösen des Transportkranes schloss der Betriebsleiter völlig aus.

Verzweifelt schaute Kommissar Peters noch einmal im Labor des Erkennungsdienstes nach. Man hatte gerade ein paar Haare an einer beschlagnahmten Plane gefunden. Aber die Haare konnten auch aus den Vortagen stammen.

Auch wieder nichts! Allerdings brachten diese Haare den Kommissar auf eine hinterhältige Idee: Wer von den drei Messwarten-Fahrern würde seine Nervosität nicht verbergen können?

Der Einladung zu einer Speichelprobe folgte Mark Sauters nicht. Er blieb auch unauffindbar. War das schon ein Geständnis?

Drei Wochen blieb eine groß angelegte Fahndung ohne Ergebnis. Dann wendete sich das Blatt des Schicksals. Den Kommissar erreichte eine Meldung, dass Sauters in einer Bank am Ort einer ehemaligen Klassen-Kameradin mit seiner Scheckkarte Geld abgehoben hatte.

Es dauerte nicht lange, bis die Wohnung von Sauters Unterschlupf ausgekundschaftet war. Bei seiner Festnahme gab er seine Untat sofort zu. Er hätte das harmonische Leben seines Kollegen Hermann Schuster beneidet. Als Sauters seinen Kollegen um 200 Euro anpumpen wollte, hätte Schuster ihm einen Korb gegeben:

»Das Geld bekomme ich von dir ja doch nicht zurück!«, hätte er dem zutiefst enttäuschten Sauters nachgerufen.

»Das ist aber ein nichtiger Grund für einen Mord!«, sagte Kommissar Peters etwas zu laut.

»Aber ich wollte dem Schuster doch nur eine auswischen – einen Denkzettel verpassen!«, verteidigte sich Mark Sauters. »Ich konnte doch nicht ahnen, dass der Kran ihn gleich in das Säurebad stolpern lässt.«

»Das macht den Hermann Schuster auch nicht mehr lebendig!«, antwortete Peters sichtlich verärgert. Unsanft stieß er Sauters in den Streifenwagen.

Mit 43 Jahren endete das auf Harmonie und Verständnis aufgebaute Leben von Hermann Schuster. Sein Tod riss auch tiefe Wunden in das Leben seiner Frau.

Die Anwälte kamen mit ihrem Plädoyer und Antrag auf Todschlag durch. Mark Sauters saß vier Jahre in der Vollzugsanstalt Butzbach ein. Er soll sein Äußeres sowie seinen Namen geändert haben. Gehört hat man jedenfalls nie wieder etwas von ihm.

Tod im Ozean

Fred Koberstein rekelte sich auf seiner Liege am Swimming Pool des großen Atlantic-Hotelkomplexes und genoss seine Urlaubstage in Sri Lanka. Der Boy im gelben Hotel-Shirt und langer schwarzer Hose servierte ihm bei 30° C bereits die dritte Pinacolada. Kobersten hatte mit seiner Frau »all inclusive« gebucht. Seine Emilie schnappte sich, wie jeden Abend vor dem Abend-Diner ihre Maske, Schnorchel und ihre langen Geräteflossen, um vor den Riffen in der Nähe des Hotels nach den farbenfrohen Fischen, Schnecken und Seeigeln zu schauen.

Dabei konnte sie an diesem Abend auch nicht die gelbe Flagge am Strand aufhalten, die auf besonders starke Strömungen hinaus auf das Meer hinwies.

»Don't swim too far!«, warnte noch einer der einheimischen Jungen. Er hatte mit anderen dunkelhäutigen Jungen am Strand mit einem leicht verbeulten, vermutlich angetriebenem Plastikball gespielt und trat jetzt vor Anbruch der Dunkelheit den Heimweg an.

Keiner von ihnen achtete mehr auf Emilie. Sie konnte sich auf ihre guten Schwimm-Fähigkeiten etwas einbilden.

»Diese einheimischen Boys!«, dachte sie noch bei sich. »Von denen können die meisten gar nicht schwimmen.«

Aber Emilie merkte sehr bald selbst, wie die zunehmende, ablandige Meeres-Strömung sie vom Strand in den Ozean zog.

Mit kräftigen Kraulschlägen bemühte sie sich jetzt um den Rückweg. Da passierte etwas, mit dem sie überhaupt nicht gerechnet hatte: Der Haltegurt an der rechten Geräteflosse riss. Im selben Moment rutschte sie mit dem Fuß aus der Flosse heraus. So sehr sie sich auch bemühte, die defekte Flosse zu erreichen, sie trieb unerreichbar weiter und weiter davon, indem sie nach kurzer Zeit in den Wellen verschwand.

»Jetzt nur ruhig bleiben!«, ermahnte sie sich.

Die Sonne begann bereits rot gefärbt in den Horizont einzutauchen. Nach Hilfe suchend, bemühte sich Emilie ihre Arme weit aus dem Wasser zu schwenken. Ihre verzweifelten Schreie überdeckte das Tosen der Brandung. Mit aller Kraft kraulte sie dem Strand entgegen. Immer wieder schwanden ihre Kräfte. Sie musste das Schwimmen unterbrechen. Als sie den Abstand zu ihrem Hotel einschätzte, musste sie verzweifelt feststellen, dass die Distanz keineswegs geringer wurde. Ihre Kräfte ließen weiter nach. Zudem lief Salz-Wasser in ihre Maske. Es spülte die Sonnencreme aus ihrem Gesicht in die Augen. Es brannte höllisch. Aber jede Unterbrechung des Schwimmens ließ sie weiter hinaustreiben.

Draußen auf dem Meer sah sie ein Fischerboot. Neue Hoffnung flammte in ihr auf. Sie ließ sich treiben. Doch dann merkte sie, dass sich auch der Abstand zu dem Boot vergrößerte.

»Hoffentlich gibt es hier keine Haie!«, schoss es ihr durch den Kopf. Mit der einen Flosse musste sie ganz schön strampeln, und mitunter noch mehr mit dem flossenlosen Bein. »Irgendwann muss mein Fred oder irgendein anderer Mensch mein Fortbleiben doch bemerken!«, machte sich Emilie Mut. Dunkelheit überzog das Firmament.

Das Schicksal wollte es, dass einer der wenigen Touristen, die um diese Jahreszeit im Atlantic Hotel wohnten, von seinem Balkon auf der Seeseite den Sonnenuntergang fotografieren wollte. Er wartete mit seiner komfortablen Ausrüstung, bis sich die grelle Sonne in eine fotogene rote Scheibe verwandelte und den Himmel in ein malerisches Abendrot verwandelte. Bei der Einstellung der Brennweite des Objektives erkannte er auch einen winkenden Arm in den glitzernden Wellen. Sofort war ihm die Gefahr bewusst, in der dort draußen ein Mensch schwebt.

Eiligst ließ er seine Fotoausrüstung auf dem Balkon liegen und eilte pflichtbewusst zur Hotel-Rezeption. Jetzt galt es, Leben zu retten.

An der Empfangsloge wollte man sich zunächst selbst vergewissern. So verstrich wertvolle Zeit. Aus der flachen Perspektive war ohne Fernglas in dem Glitzermeer der untergehenden Sonne nichts von dem zu erkennen, was der aufgeregt sprechende Fotograf von sich gab.

»I can't see anything!«, vermeldete die Dame von der Rezeption ungläubig. Ihren Platz in der Empfangshalle wollte sie ohnehin nicht allzu lange verwaist lassen. Immerhin rief sie einen der Bediensteten herbei. Der wollte auch zunächst auf das Meer schauen. Nur das dringende Insistieren des Fotografen bewegte die Rezeptionsdame schließlich, telefonisch die Polizei zu benachrichtigen.

Dort nahmen die wachhabenden Polizisten den beschriebenen Vorfall sofort ernst. Einen weiteren ertrunkenen Touristen wollte man in ihrem Verantwortungsbereich auf keinen Fall riskieren. Immerhin hatte sich der Fremdenverkehr zur Haupt-Einnahmequelle entwickelt. Das wollte man auf keinen Fall gefährden.

Der Polizeiposten informierte auch umgehend die Wasserschutzpolizei. Doch deren Boote lagen 30 km entfernt stationiert. Ihr Eintreffen würde weitere eineinhalb Stunden in Anspruch nehmen. Daher mobilisierte der wachhabende Leiter noch zwei Fischer am Ort, die sich mit ihren Booten und starken Lampen auf die Suche begeben sollten.

Die Dunkelheit legte sich bereits über den Indischen Ozean. Wenn Amalie auf einem Wellenberg in die Richtung zur Küste blickte, sah sie die Lichter der Hotels und Häuser winzig und verschwommen. Die Augen brannten von dem Salzwasser. Mehrmals hatte sie ihre Maske ausblasen müssen. Ihr fiel es schwer, sich über Wasser zu halten. Über eine Stunde trieb sie nun schon im Wasser. Das Schwimmen hatte sie bereits vor einer Dreiviertelstunde aufgegeben. Plötzlich verspürte Emilie ein schmerzhaftes Brennen an Armen und am linken Bein. Sie musste gegen die Tentakel einer Feuerqualle getrieben worden sein. Die Nesseln brannten höllisch auf der Haut. Wieder schluckte sie von dem Salzwasser. Aber noch dachte sie nicht an ein Aufgeben. So vieles wollte sie noch in ihrem Leben bewerkstelligen.

Einer der Hotelboys fand schließlich Fred Koberstein, der inzwischen seelenruhig an der Bar seinen Platz gefunden hatte.

»Your wife is in the ocean – driven far away!«, sagte der Junge, noch ganz außer Atem von der langen und eiligen Suche im Zimmer, im Speisesaal, im Sportraum, Sauna und wo er sonst noch nach dem Ehemann von Emilie schaute. Koberstein allerdings fasste die Nachricht ganz gelassen auf und beschwichtigte:

»Sie wird auf dem Zimmer sein und duschen.«

»Police will come soon!«, sagte der Hoteljunge.

Das Wort »police« hatte Koberstein dann doch vom Barhocker schnellen lassen. Er verlor sein Gleichgewicht. Mit einer Rolle purzelte er auf die Fliesen vor der Bar. Der Alkohol hatte schon mächtig von ihm Besitz ergriffen.

Ein Ortspolizist schaute mit einem Fernglas bereits auf den weiten dunklen Ozean. Die Lichter zweier Fischerboote suchte die raue Wasseroberfläche ab. Eine endlose Zeit schien vergangen zu sein, bis auch das größere Schiff der Wasserpolizei die See mit drei starken Scheinwerfern absuchte. Erst in den späten Morgenstunden stellte sie die Suchaktion ein. Von Emilie war nichts mehr zu sehen. Nach drei Tagen bargen Fischer ihren Leichnam.

Fred Koberstein musste noch drei weitere Tage auf Sri Lanka bleiben. Auf ihn kamen mehr Formalitäten zu, als ihm lieb war. Die Überführung des Sarges bereitete die größten Schwierigkeiten. Den Urlaub wollte er aber so schnell wie irgend möglich beenden, wie er im Hotel zu verstehen gab. Endlich brachte eine Dame der Reiseleitung das geänderte Flugticket. Die Formalitäten am Bandareike-Flughafen von Colombo rissen auch nicht ab. Dabei zeigten auch die Beamten am Airport von Sri Lanka ein Höchstmaß an Mitgefühl.

Als Fred Koberstein seinen Namen durch den Lautsprecher in der großen Abflughalle hörte, zuckte er unwillkürlich zusammen. Noch einmal schallte der gleiche Aufruf durch die Halle:

»Mr. Fred Koberstein from Germany – please, come to the information center at gate five B!«

Krächzend wiederholten die Lautsprecher die Durchsage auch noch ein weiteres Mal. Koberstein schaute sich um. Er dirigierte seinen Trolly mit dem Handgepäck und den Souvenir-Geschenken in die geforderte Richtung. Eine Boden-Stewardess empfing ihn:

»Mr. Koberstein!?«, fragte sie freundlich.

»Please, come with me!« sagte sie, nachdem Koberstein sich als der Ausgerufene ausgab.

»Noch eine dieser Formalitäten!«, dachte Fred Koberstein genervt bei sich. »Nimmt das denn überhaupt kein Ende?«

»What is the matter!?«, fragt er die begleitende Stewardess.

»Please, come!«, war nur ihre Antwort, indem sie mit dem rechten Arm in die gewünschte Richtung deutete.

Fred Koberstein wurde in einen der Räume gebeten. Er staunte, als er sich im Kreise einiger Uniformierter befand. Ein grauhaariger, dunkelhäutiger Herr kam auf ihn zu.

»Mr. Koberstein?«, fragte er höflich. »Wir müssen Sie bitten, mitzukommen.«

»Aber mein Flug!«, entrüstete sich Koberstein. Doch ehe er sich versah, befand er sich in einem Polizeifahrzeug, das sogleich davonbrauste.

»Only two hours! – My take-off!«, versuchte Koberstein sich noch einmal Gehör zu verschaffen.

Ein Polizist neben ihm drückte ihn wortlos in die Polster des Rücksitzes zurück. Nach relativ lang erscheinender Fahrt erreichte das Dienstfahrzeug schließlich ein großes Amtsgebäude in Colombo. Koberstein musste in Begleitung über Gänge und mehrere Treppen laufen. In einem vergitterten Raum mit abblätterndem Wandputz bat man ihn zu warten. Koberstein bekam ein mulmiges Gefühl. Als die Tür jäh aufgestoßen wurde, zuckte er zusammen. Zwei Männer und eine Frau mit Notizblock betraten den Raum.

Als Fred Koberstein sah, dass der eine der Herren eine Schwimmflosse mit Sicherungsgurt in der Hand hielt, stieg ihm sein Blut wie ein Geschoss in den Kopf. Kobersteins Kreislauf drohte für einen Moment zu versagen.

»Erklären Sie uns doch einmal den Schnitt in dem Flossengurt Ihrer Frau!«, forderte der Herr mit dem corpus delicti in tadellosem Deutsch. »Das ist doch eine der Geräte-Flossen Ihrer Frau!?«, fragte er weiter.

»Aber, wie…?«, setzte Koberstein mit Erstaunen eine Frage an, brach jedoch dann ab. Er setzte sich auf einen Stuhl und vergrub sein Gesicht in beiden Händen. Er war nicht der Hardliner, der ein Gerichtsverfahren mit starken Belastungsindizien durchstehen könnte.

Ein Jahr später zeigte sich der Häftling Fred Koberstein sichtlich erleichtert, der Deutschen Gerichtsbarkeit übergeben worden zu sein. Obwohl dort erst das Verbüßen der eigentlichen Strafe begann: 15 Jahre Zuchthaus für einen heimtückisch geplanten grausamen Mord.

Tödliches Spiel

Als gestern Morgen einer meiner Patienten im städtischen Krankenhaus schon mit 48 Jahren verstarb, waren wir zunächst sehr verwirrt. Krankheitssymptome, die sein Immunsystem schwächten, waren rein im Seelischen zu vermuten. Erst als meine Kollegin, eine Psychotherapeutin, mich über die Hintergründe seines Lebens aufklärte, erschien mir sein früher Tod verständlicher.

»Er hätte früher um seelischen Beistand nachsuchen sollen!«, kommentierte meine Kollegin schließlich diesen Fall.

Die Therapeutin zog eine dicke Kladde aus ihrer Collegemappe, blätterte auf den Anfang ihrer betreffenden Patienten-Notizen. Nach einem tiefen Atemzug und einem Blick zu mir begann sie mit ihrem Bericht:

»Der verstorbene Patient, Silvio Bergmann, stammt aus dem Industriegebiet um Americana, nördlich von Sao Paulo in Brasilien. Ein deutscher Chemie-Konzern hatte seinen Vater als leitenden Ingenieur nach Brasilien entsandt. Seine Frau musste ihren Beruf als Lehrerin in Frankfurt aufgeben, um ihren Mann zu begleiten. Nach einem Jahr bekamen in Brasilien sie einen Sohn, den sie Silvio nannten.

Als Silvio zehn Jahre alt war, beherbergte er in einem Schuppen am Haus eine stattliche Anzahl einheimischer Schlangen. Er fand sie in den Wiesen und an den Ufern eines kleinen Flusslaufes in der Nähe seines Elternhauses. Von seinem Vater lernte er den Unterschied zwischen giftigen und ungiftigen Schlangen sehr genau kennen. Mitunter waren sie nur an wenigen Merkmalen zu unterscheiden.

Das galt besonders für die in jenen Gegenden häufig vorkommenden Korallenschlangen. Der Zoologe unterscheidet dabei die giftige Korallenotter und die für den Menschen ungefährliche Korallennatter. Zwar lassen sich die dünnen, über einen Meter lang werdenden Schlangentiere an ihrer Farb-Ringelung für den Eingeweihten zuordnen, aber selbst einem Direktor des bekannten Schlangen-Instituts Butantan in Sao Paulo unterlief bei diesen Tieren angeblich ein tödlicher Irrtum.

Silvio bekam des Öfteren Besuch aus der einheimischen Nachbarschaft. Als er bemerkte, dass einer dieser Jungen aus den Armensiedlungen der Nachbarschaft, den Favelas, eines seiner kleinen Transistorradios entwendete, den Diebstahl jedoch leugnete, wollte er ihn auf seine Art bestrafen, wie er es nannte.

Als er eines Tages gerade mit einer ungiftigen Korallennatter spielte, besuchte ihn wieder einmal der diebische Junge aus der benachbarten Favela. Indem Silvio durch das Auflegen des Tieres auf seinen bloßen Körper unter Beweis stellte, dass vor ihr keinerlei Gefahr zu befürchten sei, fasste der Besucher Vertrauen zu dem Schlangentier. Hinterlistig aber angelte Silvio mit einem Hakenstock für seinen neugierigen Besucher eine giftige, ähnlich aussehende Korallenotter aus einem der engmaschigen Drahtkäfige.

Silvio musste nicht lange auf den giftigen Biss der Giftschlange warten. Als sein Besucher kurz aufschrie, beruhigte er ihn, dass der Biss außer einen kleinen Einstich keine gravierenden Folgen haben würde.

Der Junge aus der Armensiedlung verstarb aber noch in der gleichen Nacht, wie Silvio später erfuhr. Er war sich mehr und mehr darüber im Klaren, dass er sich des Mordes schuldig gemacht hatte. Niemals erhielt er eine Anklage. In der Favela erfuhr niemand die wahren Hintergründe des Todes ihres Jungen.

Das Schuldgefühl aber blieb erhalten. Als seine Familie schon lange nach Deutschland zurückgekehrt war, entwickelte sich in Silvio ein verstärkter traumatischer Druck. Verschlossen und von anderen isoliert lebte er alleine in einer kleinen Ein-Zimmer-Wohnung.«

Die Therapeutin klappte ihre Kladde zusammen.

38 Jahre schleppte Silvio Bergmann eine schwere Schuld mit sich herum. Er hätte sich in der Tat in die heilenden Hände einer professionellen Vertrauensperson begeben sollen. Aber leider haben nur wenige Menschen die Kraft und den Mut, über dunkle Schatten ihrer Vergangenheit zu springen.

Anmerkung:
Die verschiedenen Arten der Korallenschlangen sind in Südamerika weit verbreitet. Die Warnfärbung der ungiftigen Korallennatter, auch Dreiecksnatter genannt, die manchen Unterarten der Korallenottern auffallend ähnelt, dient wohl der Abschreckung von Fressfeinden (Bates'sche Mimikry). Sie findet sich häufig in der Nähe von Getreidefeldern, wo sie als nacht- und dämmerungsaktiver Bodenbewohner nach Kleinnagern, Echsen, Amphibien und Reptilien sowie Eiern und wirbellosen Tieren jagt.

Das Nachahmen von wehrhaften oder ungenießbaren Tieren durch harmlose Tiere über Form und Zeichnung, nach dem englischen Naturforscher Henry Walter Bates (1825–1892) als »Bates'sches Mimikry« bezeichnet, ist ein Spezialfall des Schutz-Mimikrys in der Natur.

Merksatz zur Unterscheidung: »Make a colour check: no problem from red to black – but from red to yellow will kill your fellow!«

Ungesühnt, ungeahndet, gewissenlos

Es war ein kalter, regnerischer Oktobertag, als wir unseren Lauf-Kamerad Walther Konrad zur letzten Ruhe auf dem Waldfriedhof begleiteten. Über hundert Weg-Genossen aus seiner früheren Arbeitsstelle und den Läuferkreisen, in denen er sich stets zeigte, begleiteten die Urnen-Beisetzung. Das gewählte Baumgrab entsprach seiner Bescheidenheit. Aber auch die Familie zeigte sich erleichtert, sich nicht mit einer ewigen Grabpflege abmühen zu müssen.

Walther Konrad zählte bei seinem Ableben gerade einmal 57 Lenze. Schon ein Jahr zuvor hatte er seine Arbeit in einem Chemie-Konzern aufgeben müssen. Jahrelang hatte er dort mit giftigem Acrolein, scharf ätzenden Acrylsäure-Derivaten und dem krebserzeugenden Propylenoxid arbeiten müssen. Seine Vorgesetzten hatten sich selten in den giftwolkengeschwängerten Technika blicken lassen. Sie wussten, weshalb. Und wenn einer der Kollegen einmal über den üblen Geruch oder Kopfschmerzen klagte, bekam er ausweichende, nichtssagende und ignorante Antworten.

Aber vielleicht waren die unzulänglichen Situationen am Arbeitsplatz noch nicht einmal ausschlaggebend für den frühen Ruhestand.

Auch daheim durchlebte Walther Konrad die Hölle. Schon sein Vater rauchte eine Zigarette nach der anderen. Ihm folgte seine angetraute Ehefrau Sonja.

Zunächst nahm sie als Krankenschwester großen Abstand von den Rauchern. Mit der Zeit aber animierten ihre Kolleginnen auf der Krankenstation sie auch zum Rauchen. Mit ein paar gelegentlichen Zigaretten fing es an. Mit der Zeit wurden es immer mehr. Schließlich bedurfte es dreier Zigaretten-Päckchen mit an die 60 Glimmstängeln am Tag, um der Sucht ihren Tribut zu zahlen.

Das ging nicht nur ins Geld, sondern verpestete auch noch die Wohnungsluft. In der ersten Zeit verzog sich seine Frau Sonja noch auf den Balkon. Später immer seltener – und im kalten Winter schon gar nicht.

Walter Konrad wurde nicht müde, seinen Laufkollegen von seiner Belastung zu klagen: »Seid froh, dass ihr nicht durch diese Vorhölle gehen müsst!«

Kurz nach dem 50. Geburtstag musste er bereits die Teilnahme an den geliebten Stadt-Marathonläufen aufgeben. Ein Jahr später musste er auch auf die Volksläufe und Betriebssport-Veranstaltungen verzichten.

Mit den wenigen Laufbegeisterten schaffte er es in den letzten Jahren nur noch im Walking- und Wanderschritt, die kurze Strecke durch den benachbarten Wald zu walken. Dabei bedurfte es zunächst eines langsamen Gehens, um die Atemwege frei zu bekommen. An Joggen wollte er schon gar nicht mehr denken.

Wenn uns junge Läuferinnen und Jogger überholten, erklang wehmütig sein: »Vor ein paar Jahren hätten wir noch mithalten können!«

Und dann folgten immer wieder die Aufzählung und Schilderung seiner Leistungen in den läuferischen Glanzzeiten früherer Jahre: Der Schwarzwald-Marathon bei 2° C und strömendem Regen, das Überwinden der steilen »Hohe Acht« auf dem Nürburgring-Lauf über gut 24 km oder die Bestzeiten beim Münchener Olympia-Marathon mit seinen Laufkameraden unter 3:20 Stunden nebst der feucht-fröhlichen Nachfeier auf Kloster Andechs.

An den letzten Lauftermin-Tagen, die bei ihm fest im Wochen-Kalender eingraviert standen, konnte er schon nicht mehr das Haus für längere Zeit verlassen.

Sein Husten schien ihm die Lunge aus dem Leibe zu reißen. Der Rauch quoll schon aus seiner Wohnung, wenn er die Tür zum Treppenhaus öffnete. »Mit mir geht's zu Ende!«, waren die letzten Worte, die wir von ihm hörten.

Wie oft hatten Bekannte auf Sonja Konrad eingeredet, das Rauchen sein zu lassen, oder sich wenigstens nur außerhalb der Wohnung eine Zigarette anzustecken. Sonja zuckte dann jedes Mal nur mit den Schultern. Sie war durch das übermäßige Rauchen alt und kraftlos geworden. Die Falten im Gesicht stempelten sie bereits zu einer 20 Jahre älteren Greisin.

Den Friedhof verließen wir alle sehr betroffen. Walther Konrad war einer von uns. Er hat seinem Schicksal sehenden Auges nicht entrinnen können. Auf eine »Totenfeier« hatte die Familie verzichtet.

Die Witwe Sonja Konrad verließ die Begräbnisfeierlichkeiten kurz nach der Urnen-Beisetzung. Nur wenige Trauergäste kondolierten. Forschen Schrittes, so gut es noch ging, steuerte sie auf das Auto ihrer Tochter zu. Sie wartete bereits im Wagen. Als wären sie auf einer Flucht, verließ das Auto in unangemessen hoher Geschwindigkeit den Parkplatz vor dem Friedhofs-Gelände.

Eine kleine Gruppe alter Laufkollegen verabredete sich noch auf einen Kaffee im Ortsrestaurant. Wir waren schockiert über die Brutalität, zu der die Tabak-Sucht fähig macht. Selbst nahe Angehörige reißt sie mit in den frühzeitigen Tod. Ungesühnt, ungeahndet, gewissenlos.

Verhängnisvoller Affekt

»Frau Martens, wir kriegen den Kasten hier nicht vom Fleck!«, rief die Schülerin in der Jahn-Turnhalle ihrer Sportlehrerin zu. Drei Mädchen der neunten Klasse bemühten sich erfolglos mit vereinten Kräften, den Turn-Kasten in die Halle zu schieben. Sie wollten sich auf die Bundesjugend-Spiele im Geräteturnen vorbereiten. Die sollten in fünf Wochen hier stattfinden.

Die Sportlehrerin, Helga Martens, die gerade beim Auslegen der Matten geholfen hatte, kam gestresst auf die drei Schülerinnen zu.

»Na, zu dritt solltet ihr das Gerät aber aus der Ecke schaffen können! Habt ihr die Rollen ausgefahren?«, rief Frau Martens den Mädchen schon von Weitem zu.

»Aber Frau Martens! – Wir machen das doch nicht zum ersten Mal!«, hörte sie von einer der Schülerinnen.

»Dann wollen wir mal nachschauen, woran das klemmt. Hebt mal mit an!«

Kaum hatten sie gemeinsam den lederbespannten Kasten_ deckel angehoben, stieg ihnen auch schon ein moderiger Geruch in die Nase.

Als sie sahen, dass da eine Person in dem Kasten schlief, mussten sie erst lachen.

»Sag bloß, die liegt da noch seit der Fete am Freitag!«, ließ eines der Mädchen von sich hören. Als Frau Martens die Person am Schopf packte, herrschte Stille unter den Damen.

»Das ist doch die Petra!«, rief eine der Schülerinnen aus.

Frau Martens fühlte vergeblich den Puls an der Halsschlagader. Sie versuchte es nochmals an den Schläfen.

»Johanna, lauf schnell ins Sekretariat. Man soll den Notarzt verständigen!«, sagte die Sportlehrerin. Betroffen und nachdenklich senkte sie ihren Kopf.

»Sollen wir sie rausholen und in die stabile Seitenlage bringen? Ich hab' das gelernt!«, brach eine der Schülerinnen das kurzzeitige Schweigen.

»Nein, lass mal – es sieht nicht so aus, als wäre sie noch am Leben«, sagte die Lehrerin mehr zu sich als zu den Umstehenden.

»Der Sportunterricht fällt für heute aus. Zieht euch bitte um!« rief Frau Martens in die Turnhalle.

Die auffälligen blauen, blutunterlaufenen Flecken am Hals des leblosen Mädchens hatte sie nicht übersehen. Noch ohne sich selbst für ihre nächste Unterrichtsstunde in Biologie umzukleiden, marschierte sie stracks ins Direktoren-Zimmer und ließ die Kriminal-Polizei verständigen.

Der Direktor ließ sich ebenfalls noch einmal die Entdeckung des Mädchens im Turngeräte-Kasten schildern. Von Weitem war schon das eindringliche Auf- und Abschwellen des Martinhorns zu vernehmen.

Die Sanitäter eilten mit einer zusammengefalteten Trage auf die Sporthalle zu. Schülerinnen zeigten ihnen den Weg. Der ebenfalls im Laufschritt mit einem Sanitätskoffer folgende Notarzt, konnte auch nur noch den Tod des Mädchens im Kasten feststellen.

Wenig später traf Inspektor Jens Hansen ein, begleitet von Frau Helga Martens, der Sport- und Biologielehrerin an der Friedrich Ludwig Jahn-Realschule.

»Gut, dass Sie das Mädchen im Turnkasten haben liegen lassen. So kann die KTU, die kriminaltechnische Untersuchungs-Gruppe, eingehendere Tathergangs-Analysen anstellen. Sie kennen das Mädchen?«

»Nicht direkt,« sagte Frau Martens, die sich noch schnell des Sportanzuges entledigt hatte, um den Inspektor in einem ansprechenderen Kostüm zu empfangen, »aber meine Schülerinnen nannten sie Petra, Petra Sawatzky. Sie muss aus der letzten Klasse sein. Da gebe ich keinen Unterricht.«

»Ich werde mich beim Schuldirektor umsehen. Der kann mir sicherlich mehr zu dem Mädchen sagen. Wenn Sie mir noch freundlicherweise den Weg zu ihm zeigen können?«

Frau Martens begleitete Inspektor Hansen zum Direktor, der gerade mit zwei Büchern unter dem Arm in eine Klasse verschwinden wollte.

Aber er war natürlich auf den Besuch der Polizei vorbereitet. Seiner Klasse, in der er vorhatte, den Geschichtsunterricht mit den Feldzügen Napoleons fortzusetzen, sagte er ab. Die Schüler könnten sich mit Hausaufgaben beschäftigen. Eine Aufsicht komme in einigen Minuten.

Inspektor Jens Hansen stellte sich kurz vor.

»Guten Morgen, Herr Inspektor, Brumme – ich heiße Alfons Brumme, seit 10 Jahren bin ich hier Leiter der Schule, Aber…«

»Herr Brumme«, unterbrach ihn Inspektor Hansen, »ich brauche alle greifbaren Unterlagen zu Ihrer Schülerin Petra Sawatzky.

»Gewiss doch, Herr Inspektor, kommen Sie!«, sagte der Schuldirektor beflissentlich gehorsam.

Auf dem Weg in das Rektor-Zimmer fragte Brumme noch: »Sind Sie sicher, dass es sich um Mord handelt!? – Mord in meiner Schule!«

»Nach den Würge-Malen am Hals zu urteilen, war dem Ableben zumindest eine Rangelei vorausgegangen«, ließ der Inspektor keinen Zweifel an einer grausamen Untat.

Inspektor Hansen notierte die Daten des Mädchens:

- 16 Jahre alt, die vorletzte Klasse wiederholt
- Lieblingsfächer: Sport, Musik, Biologie, Erdkunde und Englisch; schwach in Mathe und Französisch
- Klassenlehrer: Herr Sören Meffert; Sport, Englisch und Deutsch
- Hobbys: Volleyball, Musik und Discos
- bei ihrer Mutter, alleinerziehend, in der Nordstraße 27, 2. Etage lebend
- die Mutter arbeitet als Bürokommunikations-Kauffrau bei einer Versicherung.

Der Direktor überließ dem Inspektor noch das Original-Passbild von Petra Sawatzky aus seinen Akten, bevor sich Jens Hansen dem Klassenlehrer Sören Meffert zuwenden wollte.

Herr Meffert wurde durch eine Lehrer-Vertretung, die sich gerade in einer Freistunde im Lehrerzimmer befand, in ein freies Klassenzimmer gebeten.

Inspektor Hansen gedachte, hier seine Befragungen ungestört fortsetzen zu können.

Herr Meffert, ein gut aussehender athletischer Typ, um die 45 Jahre, mit langem, nach hinten gestrichenem Haar, verheiratet, zwei Töchter, verhielt sich nach Ansicht von Inspektor Hansen recht wortkarg:

»Keine Ahnung, wie die Sawatzky in die Turnhalle gekommen ist.«

»Ja, Sport hat sie bei mir.«

»Nein, sie ist eher sportlich einzustufen.«

»Was sie in ihrer Freizeit macht, weiß ich nicht.«

»Nein, ich gebe nur Sport und Deutsch in dieser Klasse.«

»Ob sie Freunde unter den Klassenkameraden hat, weiß ich nicht.«

»Habe noch in der siebenten und achten Klasse Unterricht.«

Inspektor Hansen hätte von einem Lehrer mehr Wissen und Auskunftsfreude erwartet. Aber vielleicht hatten die Lehrer zu seiner Zeit auch noch mehr Möglichkeiten, sich intensiver um ihre Schutzbefohlenen zu kümmern.

Der Erkennungsdienst bestätigte den Tod des Mädchens durch Erwürgen, vermutlich mit beiden Händen. Wahrscheinlich nach einer verbalen Auseinandersetzung. Keine weiteren Blutflecken oder Zeichen von Gewalt. Kein unmittelbarer Geschlechtsverkehr. Jedoch nicht mehr Jungfrau.

Befragungen bei den Klassenkameraden, im Lehrer-Kollegium, daheim, in ihrer Volleyball-Gruppe und in der Disco am Ort brachten Inspektor Hansen nicht weiter.

So war es mehr eine Intuition, als er sich zwei Wochen später bei dem Klassenlehrer Herr Meffert daheim einstellte. Seine Frau arbeitete noch im Büro, seine Töchter befanden sich außer Haus. Sören Meffert saß gerade in einem dunklen, als Heim-Büro eingerichteten Raum an seinem Schreibtisch. Dort brannte nur die Schreibtischlampe.

Der Inspektor fühlte, dass er nicht gerade willkommen war.

»Herr Meffert, Sie müssen mir weiterhelfen«, begann Inspektor Hansen, »wir kommen in dem Fall Sawatzky nicht voran. Wir stehen vor einer Wand.«

»Aber ich wüsste nicht, wie ich ihnen da behilflich sein kann«, antwortete Herr Meffert, indem er zwei Wassergläser auf den Esstisch des Wohnzimmers stellte.

Der Inspektor hatte es sich in einem Ledersessel gemütlich gemacht. Seine Blicke durchschweiften den geschmackvoll eingerichteten Wohnraum.

»Welch ein ordentliches Zuhause!«, ging Jens Hansen durch den Kopf. Ein derart geordnetes Leben hatte er sich auch immer gerne gewünscht.

Er versuchte noch das Gespräch auf seine Schulzeit zu bringen, merkte aber alsbald, dass sich der Lehrer ungehalten zeigte. Offensichtlich wollte er seine Korrektur-Arbeiten fortsetzen.

Es sollten noch zwei Jahre vergehen, bis endlich Licht in den Fall Petra Sawatzky kam: Eine Schülerin der Parallel-Klasse, Samanta Jürgens, 17 Jahre, verunglückte tödlich bei einer Autofahrt mit ihrem Freund. Im Rahmen der Untersuchungen stieß man auch auf das Tagebuch des Mädchens. Sie hatte darin Beobachtungen notiert, wie sie ihre Klassenkameradin Diana Sonnemann mit dem Lehrer Meffert in seinem PKW herumknutschen sah. Inspektor Hansen erfuhr nebenläufig von dem Unfall. Er fiel nicht in sein Ressort. So war es mehr dem Zufall zu verdanken, dass der Kriminal-Inspektor Jens Hansen auch von dem Tagebuch-Eintrag hörte. Er schnappte es von Kollegen in der Kantine auf.

Es dauerte aber noch eine ganze Stunde, bis ihm die Parallele zu seinem zwei Jahre zurückliegenden Fall ins Gedächtnis drang.

»Das wirft ein neues Licht auf den zurückhaltenden Klassenlehrer Sören Meffert«, schoss es ihm durch den Kopf.

Die folgenden Verhöre im Präsidium dürften für den Oberlehrer Sören Meffert eine Tortur gewesen sein. Jetzt gebärdete sich Inspektor Hansen aber unnachgiebig wie ein passionierter Angler, der seine Beute nicht mehr loslassen will. Wie der alte Mann und sein Schwertfisch, den Ernest Hemingway einst beschrieb, oder wie ein Löwe, der seiner Beute gewiss ist.

Immerhin dauerte es noch zwei ganze Tage, in denen Sören Meffert in Gewahrsam gehalten wurde, bis er mit seinem Geständnis herausrückte:

»Ja, ich habe das Fräulein Sawatzky mit eigenen Händen erwürgen müssen. Sonst hätte sie mich beim Schulrat ans Messer geliefert.«

Der Lehrer schrie sein Geständnis geradezu heraus. Entnervt. Erleichtert. Am Boden zerstört.

Aus einer harmlosen, verbotenen Liebelei sah Sören Meffert keinen anderen Ausweg, als das Mädchen zum Schweigen zu bringen, zu dem er sich aus pädophiler Manie genähert hatte.

Verräterischer Palstek

Inspektorin Helga Bartels bog mit ihrem Polizeiwagen, genau acht Minuten, nachdem sie von Polizei-Kollegen aus Senfthagen benachrichtigt wurde, in den Waldweg ein. Sie sah schon von Weitem das aufblinkende Blaulicht eines Streifenwagens. Hinter sich hörte sie eine Sirene. Im Rückspielgel erkannte sie das näher kommende Sanitätsfahrzeug des Notarztes.

»Da ist nicht viel zu machen!«, vermeldete der Notarzt Dr. Schweizer schon nach kurzer Inaugenscheinnahme. Todeszeitpunkt vor vier bis sechs Stunden.

Bemerkt hatte die Leiche, die an einem starken Eichenast aufgeknüpft war, eine Pilzsucherin.

»Die Frau sitzt bei mir im Streifenwagen!«, rief einer der Polizeibeamten zu Helga Bartels herüber. Sie verrichtete ihren Polizeidienst hier in Senfthagen seit vier Jahren. Kapitalverbrechen hatte sie bisher nicht bearbeiten müssen.

»Suizid oder Mord?«, fragte die Inspektorin den Notarzt.

»So wie es aussieht, kann das Opfer, ein etwa 16- bis 17-jähriges Mädchen mit kurzen blonden Haaren, diese Aufhänge-Akrobatik nicht selbst vollführt haben«, sagte Dr. Schweizer, »schauen Sie mal nach dieser Verknotung. Eine Schlinge um ihr Genick und eine um ihr linkes Bein, die bis in den Schritt hochgerutscht war. Die Verknotung scheint mir ein Fachmann vollbracht zu haben.«

Als das Mädchen schon am Boden lag, erkannte Dr. Schweizer noch die Anzeichen eines Schlages auf den Hinterkopf.

Die Aussagen des Notarztes sollten sich bestätigen. Sowohl die feste Galgenschlaufe um das Genick des Mädchens als auch die Schlaufe um das linke Bein stellten sich als Palstek heraus.

»Wer kann denn hier in Senfthagen so einen Schiffer-Knoten?«, fragte die Kommissarin ihre Kollegen.

»Einen derartigen Knoten einer nicht zuziehenden Schlaufe praktizieren nicht nur Skipper, Taucher oder Angler«, erfuhr die

Kommissarin, »auch bei der Feuerwehr und in den Pfadfinder-Gruppen werden diese Knoten geschult.«

Die Identität des Mädchens war in dem kleinen Ort Senfthagen mit seinen 3.700 Einwohnern schnell geklärt. Es handelte sich um Maria Leitner, die »schöne Maria«. Schon ihre Lehrerin nannte sie mit derartigem Pseudonym, als sich Inspektorin Helga Bartels bei ihr erkundigte. »Ich muss sie von der ›guten‹ und der ›fleißigen Maria‹ hier im Ort unterscheiden, denn alle drei Marias gingen in dieselbe Klasse.«

Im Gegensatz zur Klassenlehrerin war der Besuch bei der alleinerziehenden Mutter schon emotionaler gestimmt. Sie hatte die Kommissarin zuerst aufgesucht.

»Ja, Freunde umgaben sie eine ganze Menge. Ich kann mir die Namen nicht alle merken«, schluchzte die Mutter nach einer Weile. Sie hatte die Mitteilung von dem Tod ihrer einzigen Tochter natürlich sehr mitgenommen.

»Sie war, sie war immer so lebenslustig – meine Maria«, hörte die Kommissarin noch von der Mutter in leisen Tönen, mehr zu sich selbst gesprochen.

»Wir werden den oder die Täter kriegen, das verspreche ich Ihnen«, sagte die Inspektorin und verabschiedete sich von der gebrochenen Frau. Ein aktuelles Foto von der Leitner-Maria hatte sie noch erbitten können. Damit würden Polizei-Beamte in der Bevölkerung und bei Bekannten den Verbleib von Maria Leitner in den letzten Stunden ihres Lebens rekonstruieren.

Bereits nach zwei Tagen hatte Kommissarin Helga Bartels ein einigermaßen klares Bild vor Augen:

Die schöne Maria hatte sich mit zwei Klassen-Kameraden getroffen. Wenig später stießen zwei junge Männer zu der Gruppe, die bereits in der Berufsausbildung standen. Maria hatte sie offensichtlich gekannt. Mit ihnen zog Maria davon, denn die beiden hatten ein Auto dabei, einen älteren Renault. Die beiden Schüler machten noch ihren Ärger Luft, indem sie gegen einen der öffentlichen Abfallbehälter traten, dass dieser aus seiner Verankerung riss.

Diese beiden Schüler gaben, später als Zeugen von der Polizei befragt, zu Protokoll, dass sie nur den einen der beiden Männer vom Sehen her kannten, den anderen nicht.

Aktenkundig schienen die beiden jungen Männer nicht zu sein. Auf einigen Dutzend Fotos konnten die beiden, von Maria im Stich gelassenen Schüler keinen identifizieren.

Auch der Versuch, eine einigermaßen erkennbare Täterzeichnung anzufertigen, scheiterte. Die beiden Schüler bezichtigten sich gegenseitig als schwachsinnig, bis der extra angereiste Polizeizeichner schließlich seine Geduld verlor und aufgab.

Polizeibeamte suchten über 30 Vereine und Verbände in der näheren Umgebung auf, bei denen spezielle Rettungsknoten eine Rolle spielen könnten. Auch die Art des Seiles, an dem die schöne Maria ihr Leben ließ, hätte zu den grausamen Tätern führen können.

Und genau das Farb-Muster dieser Leine führte auf die Spur der Täter.

Ein Ausbilder des Technischen Hilfswerks, THW, in einem Nachbarort, erkannte in diesem Muster seine Leinen. Vermutlich verwendeten auch andere Vereine diese Leinenmuster.

Palstek, beim Technischen Hilfs-Werk (THW) auch »einfacher Ankerstich« genannt

Aber in diesem Fall erinnerte sich der THW-Ausbilder an das Fehlen einer seiner acht Übungsleinen: »Seit etwa zwei Wochen vermisse ich eine Leine, die zum Üben von Knoten verwendet wurde.«

Als die Polizei eine unangekündigte Gegenüberstellung der THW-Mitglieder mit den beiden Schülern aus Senfthagen arrangierte, bemerkte die Kommissarin sofort, dass einer der THWler versuchte, sich heimlich zu verdrücken.

Die Kommissarin packte ihn am Ärmel, noch bevor er in seinen alten Renault verschwinden konnte. Sie legte ihm sicherheitshalber Handschellen an, bevor sie ihm vor Ort weitere Fragen stellte.

Die Gegenüberstellung mit den Schülern, die Maria Leitner zunächst begleitet hatten, fiel erwartungsgemäß positiv aus. Bertram Schamony stand in seinem Führerschein, den er im Portmonee bei sich trug. Mit seinem Kumpan Siegfried Langgässer hatte er sich eigentlich einen vergnügten Nachmittag und Abend vorgestellt.

»Dann aber wurde das Madl zickig«, versuchte sich der Bertram Schamony zu verteidigen.

Die geplante Vergewaltigung schien nicht geklappt zu haben.

»Sie ist in dem Gerangel mit dem Hinterkopf gegen einen Baum gestürzt. Danach hatte sie sich nicht mehr bewegt«, sagte der Schamony ganz redselig.

»Wir hatten kurz beratschlagt, was zu machen wäre. Da machte der Siggi den Vorschlag mit dem Aufhängen. Sollte wie ein freiwilliges Aus-dem-Leben-Scheiden aussehen«, ließ Bertram Schamony verlautbaren. Es machte den Eindruck, als zweifelte er im Nachhinein selbst an den Erfolgsaussichten ihres unüberlegten, blödsinnigen Handelns.

»Ich hatte noch die Leine im Auto, mit der wir die Rettungsknoten beim THW geübt hatten. Eigentlich wollte ich damit heimlich zu Hause weiterüben. Das eine Ende trug bereits eine Palstek-Schlaufe. Sie ging so gerade über den Kopf der Maria. Die andere habe ich selbst zustande gebracht.«

Beiden jungen Männer, Bertram Schamony und sein Mittäter Siegfried Langgässer, 18 und 19 Jahre alt, erhielten langjährige Freiheitsstrafen.

Wie das Leben so spielt

Als die Leiche von Robert Landmann am 24. Juni 1998 gefunden wurde, dachte noch niemand an den Wirbel und das öffentliche Interesse, den dieses Kapitalverbrechen einmal nach sich ziehen würde.

Ein Rentner, der mit seinem Terrier schon in der Frühe seine Gassi-Runde machte, fand den Toten, nachdem der Vierbeiner sein Herrchen in ein Gebüsch zerrte. Den Körper bedeckten notdürftig ein paar Zweige. Die Kleidung ließ keineswegs auf einen wohlhabenden Bürger schließen.

Tatsächlich hatte Robert Landmann eine schwere Zeit hinter sich. Kommissar Sven Krämer hatte damals die Ermittlungen übernommen. Recherchen in seinem Verwandten- und Bekanntenkreis brachten hervor, dass Landmann vor zehn Jahren von seiner Frau Svetlana geschieden wurde und dabei einen Großteil seines Vermögens verlor. Kurze Zeit später musste er mit seinem Chemikalien-Handel Konkurs anmelden und 18 Mitarbeiter entlassen. Er hatte sich 15 Jahre vorher selbstständig gemacht, nachdem er sich in einem Chemie-Konzern mit seinen Vorgesetzten überworfen hatte.

Nach dem Konkurs blieb ihm nicht mehr viel. Als Sozialfall trampte er durch die Gegend. Dann brach offensichtlich eine Krankheit aus, mit der sein langjähriger Hausarzt überfordert war. Er empfahl einige Spezialisten. Deren Behandlungen trug die Krankenkasse jedoch nur zu einem verschwindend kleinen Teil oder überhaupt nicht.

Seine Lebensweg-Gefährten und seine geschiedenen Frau gaben offen und umfassend Auskunft. Den Eindruck jedenfalls nahm Inspektor Krämer nach jedem Gespräch mit und er machte entsprechende Notizen in seinen Protokollen. Bei keiner der befragten Personen entdeckte er auch nur den Hauch eines Mordmotives: etwa Rache oder Eifersucht.

Als Inspektor Krämer eines Abends den Fall mit einer Kollegin besprach, eigentlich mehr nebenbei, nach einer zufällig gemeinsam besuchten Vernissage eines modernen Bildhauers, kam auch die Möglichkeit der Erpressung ins Spiel.

»Haben Sie schon mal an die Möglichkeit einer Erpressung seitens des Opfers gedacht?«, versuchte die Kollegin horizonterweiternd zu helfen.

»Ja, wen sollte denn dieses »arme Schwein« erpressen wollen? Der trampte doch schon jahrelang durch die Gegend. Da hatte er doch kaum noch etwas Belastbares in der Hand«, bemerkte Sven Krämer.

Mit »War ja nur so eine Idee!« verabschiedete sich seine Kollegin.

Zwei Monate später wurde Kommissar Sven Krämer als Hauptkommissar zu einer anderen Dienststelle in einen etwa 10 km entfernten Ort versetzt. Der Fall »Robert Landmann« ging an die Kollegin Sandra Berger. Sie hatte noch zwei weitere kleinere Fälle zu bearbeiten, so dass sich das Einlesen in die Akte »Robert Landmann« weiter verzögerte.

Der Kollege Krämer hatte sehr sorgfältig geordnete Unterlagen hinterlassen. So stieß sie auch auf die vage, noch nicht näher in Betracht gezogene Möglichkeit einer Erpressung. Damit wollte sie beginnen.

Denn die Möglichkeit der illegalen Geldbeschaffung für die Behandlung seiner ominösen Krankheit schien durchaus nicht aus der Luft gegriffen zu sein.

»Wer kommt im Leben des Robert Landmann als Erpressungsopfer überhaupt in Frage?«, dachte Sandra Berger bei sich.

Sie fertigte eine Liste an. Nahm allerdings nur solche potentiellen Opfer auf, die sich derart in die Enge getrieben hätten sehen können, dass sie an Mord als Ausweg gedacht haben könnten.

Da kamen die Jahre in der Chemischen Industrie in Frage. Hatte er damals von illegalen Machenschaften Wind bekommen? Aber wenn schon; das wäre längst verjährt. Konzern-Juristen verlangten konkrete Beweise – hätten längst belastbare Papiere vernichten lassen.

»Während seiner Zeit im eigenen Chemikalien-Vertrieb: Auf welche Unregelmäßigkeit bei Lieferanten oder Kunden hätte er stoßen können?«, überlegte Kommissarin Berger noch spät am Abend.

Am nächsten Morgen fasste sie den Entschluss, bei der geschiedenen Ehefrau, Svetlana Landmann, mit ihren Recherchen zu beginnen.

Den Aufenthaltsort dieser Dame ausfindig zu machen, gestaltete sich schwerer als zunächst angenommen. Zum einen hieß sie inzwischen Svetlana Grassner, zum anderen wohnte sie jetzt in einem Frankfurter Nobel-Appartment.

Als schließlich ein Termin vereinbart wurde, zu dem die Kommissarin nach Frankfurt fuhr, unterhielten sich die Damen recht ausführlich über Robert Landmann.

»Er war sehr ehrgeizig und wollte immer, dass alles gerecht und ausgewogen zugeht«, klagte seine geschiedene Frau Svetlana, »Kaum hatte er Zeit für mich, schimpfte über meine Ausgaben für Schmuck und Kleider, ja – und Kinder konnten wir auch nicht bekommen, wie sein Urologe festgestellt hatte.«

Als die beiden Frauen auf die Studienjahre zu sprechen kamen, erinnerte sich Svetlana Grassner, geschiedene Landmann, an die Katastrophe mit seiner Promotion. Er hatte sie bei gegebener Gelegenheit gegenüber seiner früheren Frau des Öfteren erwähnt.

»Am chemischen Institut von Professor Zeiler arbeitete ein gutes Dutzend Kollegen mit Robert an der Doktorarbeit. Robert forschte an Samarium-Verbindungen. Er schien recht erfolgreich voranzukommen. Ein Kollege aus der Arbeitsgruppe, der bereits seine Arbeit nach vier Jahren Forschung zusammengeschrieben hatte, erfuhr aus einer zu dem Zeitpunkt aktuellen Publikation, dass eine französische Forscher-Gruppe mit ihren Resultaten den gesamten Bereich der Arbeiten seines Kollegen abgedeckt hatte. Vier Jahre mühevoller Kleinarbeit umsonst! Der Kollege sprach von Selbstmord. Nur schwer konnten ihn die anderen beruhigen.«

»Mir sind diese Zusammenhänge etwas fremd«, warf die Kommissarin ein, »der Doktorvater – dieser, dieser Professor Zeiler, musste doch wissen, was der Kollege geleistet hatte? – Erinnern Sie sich noch an dessen Namen?«

»Sie nannten ihn ›Kringel‹, weil er immer dergestaltige Kekse aß. Aber den richtigen Namen, auch wenn er mal gefallen sein sollte, habe ich nicht mehr im Kopf. Jedenfalls hatte mein Ex-Mann ihm seine Arbeit über die Samarium-Stoffe für 10.000 DM verkauft.«

»Das war zu der damaligen Zeit sicherlich viel Geld!«, bemerkte Frau Berger.

»Ja, wir kannten uns damals schon. Mir schenkte er von dem Geld einen noblen Pelzmantel, und wir reisten für eine Woche nach Venedig.«

»Den Namen dieses ›Promotions-Käufers‹ muss ich herausfinden«, kam es der Kommissarin in den Kopf. »Dass dieser Professor derartige Machenschaften unter seinen Mitarbeitern gedeckt hat, ist mir zu hoch!«

Professor Dr. Waldemar Zeiler befand sich bereits als Emeritus daheim, als Kommissarin Sandra Berger ihn am Telefon erreichte.

»Ja, natürlich erinnere ich mich an den Landmann, wie hieß er doch gleich mit Vornamen?«, antwortete der Hochschullehrer auf die Eingangsfrage der Kommissarin.

»Robert, Robert Landmann!«, half Frau Berger.

»Ach ja, der Robert Landmann und der Kringel. Das war damals nicht so ganz hasenrein. Aber der Kringel, wie hieß er doch gleich? – Na, ja, dieser Kringel hatte sehr reiche Eltern. Der Vater hatte es selbst bis in den Vorstand eines Chemie-Konzerns geschafft. Der wollte natürlich, dass sein Sohn in seine Fußstapfen tritt, solange er ihn noch mit vollem Einfluss unterstützen konnte.«

»Da waren die 10.000 DM natürlich gut angelegt!«, entfuhr es der Kommissarin.

»Und die Universität wurde auch mit einem höheren Geldbetrag von dem Konzern unterstützt. Was soll ich da als kleiner Professor den Helden spielen!?«

»Den Namen und vielleicht auch die Anschrift dieses Herrn

Kringel müssen Sie mir noch aus Ihren Akten heraussuchen lassen, Herr Professor!«, bemerkte Kommissarin Berger etwas schroff.

Schon am Folgetag hielt Sandra Berger den Namen und die derzeitige Anschrift in Händen: Professor Dr. Dr. Dr. Robert Fällner. Professor Zeiler hatte sie persönlich telefonisch durchgegeben.

»Junge, Junge, da hat der gekaufte Doktortitel ja mächtig Kinder bekommen!«, überlegte die Kommissarin.

Die Villa von Herrn Fällner konnte mit der Vielzahl seiner Titel ebenfalls mithalten. Jedenfalls verhinderte das furchterregende Gebell eines Dobermanns, dass Sandra Berger das mächtige, schmiedeeiserne Gartentor eigenhändig öffnete. Herr Fällner erschien selbst in der Haustür, schritt den langen Gang zur Grundstückspforte heran, nahm seinen Hund am Halsband und öffnete das Tor.

»Ich weiß nicht, ob ich Ihnen bei Ihrem Fall behilflich sein kann«, begann Robert Fällner sein Gespräch in seiner noblen, holzvertäfelten Bibliothek. Sie allein wirkte auf Besucher sehr eindrucksvoll und verbot jeden Gedanken an falsche Titel.

»Wie kommen Sie denn an derart viele ehrerbietende Titel?«, fragte Kommissarin Berger. »Wenn auch der ›Honorarkonsul‹ und die adligen Titel fehlen.«

Für derartige süffisante Bemerkungen hatte Herr Fällner überhaupt keine Antennen. Er bat daher, gleich zur Sache zu kommen, da er sehr beschäftigt sei.

»Mich interessiert besonders der Titel, den Sie von dem armen Herrn Landmann am Ende Ihrer Studienjahre erstanden hatten!«, kam die Kommissarin zur Sache.

Der hochdekorierte Fällner bekam ein nervöses Zucken mit den Augen nur schwer unter Kontrolle.

»Ach, diese Geschichte – von wem haben Sie denn dieses Märchen erzählt bekommen?«

»Von Ihrem Doktorvater Professor Zeiler höchstpersönlich!«, kam es prompt aus dem Mund der Kommissarin.

»Ja, der gute alte Zeiler! Ich glaube, der bringt da etwas durcheinander.«

»Wo waren Sie am 24. Juni diesen Jahres?«, wurde Kommissarin Berger jetzt konkret.

Das Zucken in den Augen von Robert Fällner nahm bemitleidenswerte Züge an.

»Aber Frau Kommissarin, das weiß ich doch heute nicht mehr!«

»Dann schauen Sie doch mal in Ihrem Kalender nach!«, ließ Sandra Berger ihr Gegenüber nicht mehr zur Ruhe kommen. Sie spürte, auf der richtigen Fährte zu sein.

»Der 24. Juni ist Johannis-Tag, benannt nach Johannis, dem Täufer. Da werden Sie doch wissen, wie Ihr Tag damals abgelaufen ist!«, schrie Frau Berger jetzt Herrn Fällner weniger damenhaft an.

Plötzlich und unerwartet brach der sonst so stolz gebende Robert Fällter zusammen. Seine Hände umfassten sein zuckendes Augenlid. Insgeheim gab er diesem unbeherrschbaren Augentick die Schuld, ihn verraten zu haben. Ihm misslang plötzlich all das schauspielerische Geschick, mit dem er so viele Geschäftspartner imponieren konnte.

»Sie werden es mit Ihren modernen forensischen Kunstgriffen ohnehin herausbekommen, dass ich mich mit dem Robert getroffen hatte«, sprach Robert Fällner jetzt leise vor sich hin. Er wollte 100.000 Euro von mir als Schweigegeld. Es ginge ihm verdammt dreckig. Er hätte mir doch damals auch aus der Patsche geholfen.«

»Also handfeste Erpressung seitens Robert Landmann?«, wollte die Kommissarin genauer wissen.

»So richtig kann man das nicht als Erpressung bezeichnen. Ich hätte ihm auch ausgeholfen, vielleicht mit der Hälfte. Aber er trat so fordernd auf, dass ich wütend wurde. Dabei schubste ich ihn mit beiden Händen nach hinten. Er sollte doch Vernunft annehmen. Aber als er strauchelte, fiel er rücklings mit dem Kopf auf die Kante einer Beton-Parkbank. Ich war außer mir. Er atmete nicht mehr.«

»Warum riefen Sie denn nicht den Notarzt-Wagen: 112? Das weiß doch jedes Kind!«, ereiferte sich die Kommissarin.

Robert Fällner atmete ruhig durch und sagte in ruhigem Ton: »Ja, das hätte ich vielleicht tun sollen. Aber in jenem Moment schien der Verstand ausgeschaltet zu sein. Die Emotionen beherrschten mich! – Ich zerrte den Robert, den alten Kringel, unter ein Gebüsch, riss wie von Sinnen ein paar Zweige ab, um seinen Körper etwas abzudecken und lief davon. Gesehen hatte mich keiner. Davon konnte ich mich noch überzeugen. Deshalb war für mich dieser Fall erledigt.«

»Herr Robert Fällner, ich muss Sie jetzt im Namen des Gesetzes festnehmen. Wollen Sie noch etwas mitnehmen?«, wurde die Kommissarin jetzt dienstlich.

Die Geschichte um Prof. Dr. mult. Robert Fällner schlug hohe Wellen in den Medien, lange bevor so mancher Politiker sowie viele andere noch Unbehelligte, sich mit ungerechtfertigten Titeln schmückten und schmücken. Mögen sie von gemeinen Erpressungen durch Mitwisser verschont bleiben!